# 그림자 마법사들
사라진 그림자의 비밀

# 그림자
## 마법사들

사 라 진 그 림 자 의 비 밀

문학수첩

# 목차

# 돌아온 그림자의 미스터리

싱가포르의 센토사섬.

무더운 7월, 유명한 휴양지로 알려진 이 섬에서는 여유로운 여름휴가를 즐기는 이들의 시끌벅적함이 곳곳에서 쏟아져 나오고 있었다. 하지만 짙은 풀숲에 둘러싸인 한 거대한 별장만은 예외로, 이곳의 가장 큰 방에서는 잿빛 양복 차림의 한 중년 남자가 신문을 읽으며 한숨을 내쉬고 있었다. 주변의 밝고 여유로운 분위기와 전혀 어울리지 않는, 과중한 업무에 시달려 지친 회사원 같은 모습이었다. 신경이 곤두선 모습으로 커피를 홀짝이며, 남자의 흑색 눈동자는 신문 위 가지런히 인쇄된 검은 활자들을 빠르게 훑었다.

**The Penumbra Daily**

**의문의 그림자 연쇄 갈취 사건: 돌아온 그림자의 미스터리**

지난 7월 27일 밤, 두 달간의 '그림자 연쇄 갈취 사건'으로 인해 행방이 묘연했던 300개의 그림자가 모두 주인에게 돌아온 것으로 밝혀졌다. 가장 먼저 그림자의 귀환을 신고한 이는 채드 그램빗(59세, 가명) 씨로, 5시간이 채 남지 않은 순간에 그림자가 돌아와 극적으로 목숨을 부지하게 되었다. 그를 포함한 48명의 생존자 외에도 이미 사망한 140명의 '섀드Shad'와 112명의 '넌-섀드non-Shad'에게 그림자가 돌아온 것이 확인되었으며….

"각하."

남자는 그를 부르는 목소리에 이제야 정신을 차린 듯 고개를 한 번 부르르 떨었다.

"각하, 미합중국 대통령으로부터의 전화입니다."

그 목소리는 탁자 위에 놓인 검은색 정사면체 모양 물체의 가장 꼭대기 부분에서 나온 것이었다. 남자가 정사면체의 윗부분을 가볍게 한 바퀴 회전시키자, 전화가 연결되면서 미 대통령의 화난 목소리가 흘러나왔다.

"늘 그렇듯 메시지 한 줄만 던져놓고 사라졌더군요. 더 이상 '그 사건'에 대해 신경 쓰지 말라니, 그게 대체 무슨 말입니까?"

남자는 다시 신문 쪽으로 눈길을 넘기며 천천히 대답했다.

"말 그대로, 이제 인간세계에서는 그 사건에 대해 신경 쓰지 않아도 괜찮다는 뜻이죠. 사망할 위기에 처했던 스무 명의 넌-새드들은 이제 무사할 겁니다. 그리고 남은 수사는 우리의 몫이니 관여할 필요 없습니다."

하지만 안타깝게도 이 말은 미 대통령을 납득시키기는커녕 도리어 짜증을 돋우기만 한 것 같았다.

"제발 그 넌-새드니 뭐니 하는 이상한 별칭 좀 쓰지 않으면 안 되겠습니까? 그리고 갑자기 그 사건에 대해 신경 쓰지 말라니. 미국에서만 거의 200명이 죽었습니다. 200명! 그런데 어떻게 된 일인지도 알려주지 않고, 이제는 신경 쓰지 말라고요? 어제까지만 해도 한창 합동수사 방향을 논의하고 있었는데, 하룻밤 사이에 갑자기 당신네가 사건을 다 해결했다는 겁니까? 아니, 그리고 '사망할 위기에 처했던'이라는 말은 대체…? 누가, 언제 사망할지 미리 알고 있었다는 거요?"

미 대통령은 답답하다는 듯, 머릿속을 채우고 있던 물음표들을 두서없이 퍼부었다. 남자는 어지럽게 쏟아지는 문장들을 참을성 있게 듣더니, 지끈거리는 머리를 살짝 짚으며 답변을 제공하기 시작했다.

"첫째, 유감스럽게도 우리 역시 이 사건의 전말을 모르고 있습니다. 이렇게 말하기 부끄럽지만 누가, 어떻게, 왜 이런 일을 벌였는지… 아무것도 파악하지 못했죠. 그저 누가 사망할 위기였는지, 그 '결과'를 알고 있었을 뿐입니다. 둘째, 우리는 '당신네'가 아닙니다. 우리가 뭐라고 불리는지는 잘 아실 텐데요. 그리고 셋째."

남자는 눈썹을 약간 찌푸리며 말을 이어나갔다.

"아니요, 우리가 해결한 게 아닙니다. '상황이 스스로 해결되었다'라는 표현이 정확할 겁니다. 지금은 모든 게 불명확하니, 수사가 더 진행되면 결과를 공유하기로 하죠."

잠시 불만스러운 침묵이 흘렀다. 미 대통령이 이 답변에 만족하지 않았다는 것은 명백했지만, 그 역시 더 추궁해 봤자 얻을 수 있는 정보가 없다는 사실을 직감적으로 깨달은 듯했다. 결국 미 대통령은 긴 한숨으로 침묵의 끝을 장식하더니, 석연치 않다는 말투로 대화를 마무리해 나갔다.

"'그저 결과를 알고 있었을 뿐이다' 그리고 '상황이 스스로 해결되었다'…. 알 수 없는 말투성이군요. 하지만 어찌 됐든 당장의 위기는 해소된 모양이고, 나도 깊게 관여하길 바라진 않으니 이쯤에서 물러나도록 하겠습니다."

남자는 다행스럽다는 기색으로 작게 한숨을 내쉬며, 통화를 마무리하기 위해 검은 정사면체 쪽으로 재빨리 손을 뻗었다.

"마지막으로 한마디만 하죠."

그때 미 대통령의 낮은 목소리가 다시금 울려 퍼졌다.

"나는 우리 미합중국의 무고한 시민들이 앞으로 당신네, 아니 '섀드'의 일에 엮이지 않았으면 합니다. 최소한 내 재임 기간만이라도!"

## 2.
## 일곱 개의 신분

뉴욕, 로어 맨해튼.

반짝이는 햇살이 그 유명한 자유의 여신상을 지나쳐, 배터리 공원을 지나, 높이 뻗어있는 한 건물의 펜트하우스에 도달했다. 하지만 그 최상층에 자리한 침실은 겹겹이 쳐진 암막 커튼으로 보호받고 있어, 햇살은 들어갈 구멍을 찾지 못하고 커튼에 그대로 흡수될 뿐이었다.

암막 커튼은 벌써 한 달째 미동도 없이 자리를 지키고 있었고, 방 안에서 느낄 수 있는 기척이라곤 규칙적으로 낮게 들려오는, 잠든 이의 숨소리뿐이었다. 한참 동안 고요히 울려 퍼지던 숨소리의 주인은, 오늘 드디어 서서히 눈을 떠 빛 한 점 없는 암흑과 마주했다.

얼마 후 그 숨소리의 주인에 의해 암막 커튼의 일부가 걷어지자, 비로소 그의 연갈색 눈동자와 커피색 머리칼이 색을 드러냈다. 남자는 태어나서 햇빛을 처음 본 사람처럼 눈을 찌푸리더니, 턱에 지저분하게 자란 수염을 어색한 손동작으로 쓸어내렸다.

"여기가 어디지…?"

남자는 낯설게만 느껴지는 창밖의 풍경을 찬찬히 뜯어보며 자문했다.

"자유의 여신상? 뉴욕…?

누군가 기억을 조각내 몇 조각만 남겨두고 훔쳐 간 듯, 머릿속이 온통 희뿌연 느낌이었다. 말하는 법이나 사물의 이름, 장소의 명칭 등 인간으로서 갖추게 되는 기본 지식은 머릿속에 자리잡고 있었으나, 자기 자신에 대한 정보는 하나도 기억이 나지 않았다. 당장 본인이 누워있는 방조차 처음 보는 공간인 듯 생경했다.

남자는 커튼을 조금 더 걷어 방을 햇살로 채운 뒤, 천천히 주위를 돌아보기 시작했다. '방'이라고 부르기에는 너무나 큰, 층하나를 모두 차지한 이 거대한 공간은 하나부터 열까지 검은색으로 꾸며져 있었는데, 침대 옆 테이블에 놓인 하얀 정사면체 모양의 물체만은 예외였다. 보석처럼 반짝이는 하얀색 표면에 본능적으로 이끌린 손이 꼭대기 부분을 건드리자, 정사면체의 윗부분이 가볍게 한 바퀴 회전했다. 그리고 정사면체에서는 완벽하게 사람의 것이라고밖에 느껴지지 않는 자연스러운 목소리가 흘러나왔다.

"제론 님, 오랜만입니다."

"제론?"

남자는 자신의 것으로 추정되는 제론이라는 이름조차 낯선 듯, 입 밖으로 찬찬히 발음을 내뱉어 보았다.

"내 이름이 제론…인가?"

"네, 제론 에브런 님이시죠. 한 달 만에 깨어나신 기분이 어떠신가요?"

정사면체 속 목소리는 마치 대화를 나누듯 자연스럽게 말을 이었다.

"한 달 만이라고? 무슨 일이 있었던 거지…?"

정사면체는 혼잣말과 같은 속삭임도 놓치지 않았다.

"저는 집 밖에서 일어나는 일은 알 수 없습니다. 제론 님은 7월 27일 밤에 귀가하신 후 '가면의 방'을 들렀다 침실로 오셨고, 그대로 한 달 동안 깨어나지 않으셨습니다."

그 대답을 가만히 듣고 있던 남자—제론은 문득 생각난 듯 입을 열었다.

"그런데 내가 대화하는 상대는 누구지?"

"저는 제론 님의 가정 관리 지능, '젠'입니다. 모든 섀드의 가정 관리 지능이 그렇듯, 제론 님의 '그림자 영혼'이 저의 지능을 완성해 집을 완벽하게 지킬 수 있게 해주고 있죠. 그러므로 제론 님은 집 안 어디서든 그림자를 통해 저에게 명령을 내리실 수 있고, 제론 님의 그림자가 확인되는 한 집의 출입도 자유롭게 하실 수 있습니다."

마치 매뉴얼을 읽는 듯한 대답이었다.

'인공지능…이라는 건가? 신기하군.'

제론은 혼자 속으로 생각하며 정사면체, 아니 젠의 본체를 자세히 훑어보았다.

'그런데… 가면의 방이니, 가정 관리 지능이니, 섀드니, 그림자 영혼이니… 모르는 말투성이군. 머리가 어떻게 된 모양이야….'

제론은 몸을 일으켜 화장실로 가, 거울 앞에 선 자신의 모습을 이리저리 살펴보았다. 턱에 잔뜩 자란 수염을 차치하고라도, 투명한 연갈색 눈동자와 카페라테 같은 부드러운 색감의 머리카락 그리고 선한 듯 악한 듯 묘한 인상을 풍기는 이목구비는 아무리 뜯어봐도 영 어색한 느낌이었다. 깨끗하게 면도하고 헝클어진 머리칼을 정돈해 봤지만, 그래도 낯선 기운은 사라지지 않았다.

'눈매는 선한 느낌인데, 차가운 표정이 굳어진 듯한 얼굴이군. 나이는 30대 초반… 혹은 중반 정도이려나?'

어느새 거울 속의 남자를 마치 남인 듯 평가하고 있는 자신을 발견한 제론은, 이 불편한 기분을 떨치기 위해 일단 몸을 움직이기로 했다. 그래서 잡념을 내보내듯 숨을 한 번 크게 내쉬고는 새카만 달팽이 같은 계단을 거쳐 아래층으로 향했다.

계단은 아래층에 위치한 널찍한 거실로 이어져 있었는데, 침실이 자리한 최상층과 마찬가지로 아래층 전체도 적막한 어둠 속에 잠들어 있었다. 거대한 암막 커튼이 햇빛을 완벽하게 차단하고 있었던 것이다.

그 어둠의 의미를 이해하지 못한 채, 제론은 거실에 있는 암막 커튼도 걷어내 밝은 빛을 들여보냈다. 그러자 거실과 연결된 넓은 주방과 그 연결부의 오른편으로 길게 뻗은 복도가 눈에 들어왔다. 복도를 따라 발걸음을 옮긴 제론은 굳게 닫힌 검은 문 세 개를 발견했다. 오른쪽에 하나, 왼쪽에 두 개.

제론은 먼저 오른쪽에 자리한 문 앞에 서서, 손잡이 위에 손을 얹고 살짝 힘을 실어보았다. 손잡이는 작은 힘에도 매끄럽게 돌아갔다. 제론은 기억의 실마리를 찾을 수 있을까, 기대하며 손에 힘을 더해 조심스레 문을 열었다.

하지만 방에서 기다리던 것은 끝없는 어둠의 연속이었다. 암막 커튼이 빛을 차단하고 있는 가운데, 거실에서 새어나온 햇빛 한 줄기만이 양 벽면을 채운 거대한 책장들의 존재를 확인시켜 줄 뿐이었다. 다행히 제론은 벽 위를 더듬어 전등 스위치를 발견할 수 있었다. 스위치를 켜자 천장에 달린 전등에서 빛이 쏟아지며 책장에 늘어선 책들을 비췄고, 비로소 제론은 이 서재가 풍기는 위화감을 제대로 마주할 수 있었다.

　《고대 그림자 연금술 기초》,《인간과 섀드, 그 공존의 역사》,《현대 섀드마법의 한계에 대하여》,《고급 그림자 압축 마법》…. 기억을 잃은 탓인지, 책장을 가득 채운 제목들은 이질적으로 느껴지는 단어투성이였다. 여전히 머릿속 어딘가에 기억하는 '기초'나 '인간', '역사'와 같은 단어들과 달리, '섀드', '연금술', '마법'과 같은 단어들은 잃어버린 기억의 조각들과 함께 깊은 무의식 속에 가라앉아 버린 모양이었다. 이 모두가 자신이 속한 세계에서는 자연스러운 단어들이라 생각하니 기분이 이상했다.

　제론은 '섀드'나 '그림자 연금술'과 같은 말들을 머릿속에 새기며 서재를 한 바퀴 훑었다. 다시 공부해야 할 내용이 한가득인 듯했지만, 책들을 찬찬히 읽어보는 일은 나중으로 미루기로 하며 우선 두 번째 방으로 발걸음을 돌렸다.

　그런데 복도의 왼쪽 끝에 자리한 이 작은 방은 더욱 이상했다.

완벽한 어둠에 휩싸인 모습은 이 집의 여느 공간과도 같았지만, 서재나 주방 혹은 침실과 같은 정상적인 언어로 표현할 수 있는 공간이 아니었다. 창문조차 없는 이 작은 방은 사방이 검은색 벽면으로 둘러싸여 있었으며, 모든 벽이 가면으로 가득했다. 대충 봐도 스무 개가 넘는 무수한 가면들은 모두 검은색이라는 공통점이 있었지만, 모양이 같은 건 하나도 없었다. 각 가면에는 무엇이라 정의하기 어려운 독특한 문양이 서로 다른 느낌으로 그려져 있었다.

문 맞은편 벽에는 얼굴만 비쳐 보일 정도의 작은 거울이 있었는데, 제론은 문득 거울에 비친 얼굴을 흘깃 보고는, 자신이 완전히 낯선 이를 보는 듯한 표정을 짓고 있다는 사실을 깨달았다. 매일 보는 지겨운 얼굴을 마주한 사람의 표정이라고는 믿기 어려운, 아주 어색한 표정이었다.

그는 기억에 말도 안 되는 일이 벌어진 게 틀림없다고 생각하며, 주의를 돌리기 위해 옆에 있는 가면을 하나 집어 얼굴에 대어보았다. 그런데 방금까지 제론을 사로잡았던 기묘한 기분을 완전히 떨쳐낼 만큼 놀라운 일이 벌어졌다. 검은 가면을 쓴 얼굴이 비칠 것이라 기대하고 응시한 거울 속에 전혀 다른 얼굴의 남자가 들어서 있었던 것이다. 눈이 부실 정도로 빛나는 금발에, 녹색 눈을 가진 중년 남자의 얼굴이었다. 혹시나 하고 눈,

코, 입 등 온 얼굴의 근육을 하나씩 요리조리 움직여 보았지만, 그 낯선 얼굴은 완벽하게 그의 의지대로 움직였다.

제론은 다시 가면을 벗고—가면이 눈에 보이지는 않았지만, 경계 부분을 손으로 더듬어 떼어낼 수 있었다—다른 가면 여러 개를 번갈아 가며 써보았다. 소년부터 노인까지 다양한 나이와 피부색, 인상의 얼굴들이 나타났다 사라졌다. 다만 가면이 얼굴 아래의 다른 신체 부위에까지 영향을 미치는 것은 아닌지, 그의 팔다리에는 전혀 변화가 일어나지 않았다. 다른 성별이나 피부색을 가진 인물로 위장할 때는 가면을 쓰는 것보다 더 복잡한 방법이 있는 모양이었다.

제론은 과거의 자신이 살아가던 세계가 '정상'이라고 할 만한 세계와 다르다는 사실을 점점 강하게 느끼고 있었다. 대체 왜 지금까지의 당연한 삶이었을 것이 오히려 낯설게 느껴지는지 알 까닭은 없었으나, 기억의 파편들을 잃어버린 지금으로서는 이 모든 마법 같은 일들이 전혀 자연스럽게 느껴지지 않았다. 너무 오래 잠들어 있던 탓에 머리가 이상해진 모양이라고 치부하며, 제론은 이 집에 그리고 이 신비로운 세계에 적응하기 위한 탐험을 계속해 나갔다.

가면의 방 바로 옆에 위치한 세 번째 방에 들어서면서, 제론은 이제 칠흑 같은 어둠에도 놀라지 않고 침착하게 전등 스위치부터 찾았다. 하지만 빛이 쏟아지면서 그 정체가 드러난 세 번째 방 역시 일반적인 상식으로는 이해할 수 없는 구조였다. 한쪽 구석에는 단단한 도화지 같은 것들이 잔뜩 꽂혀있는 커다란 책장이 있었고, 나머지 벽면에는 서로 다른 흑백사진들이 정갈하게 걸려있었다.

그런데 특이한 점은, 사진에 모두 인물 없이 장소만 찍혀있다는 것이었다. 그것도 일반적이라고 볼 수 없는, 땅바닥을 향하고 있는 이상한 구도의 사진들뿐이었다. 에펠탑이나 골든게이트교 등의 명소가 작게나마 함께 찍힌 사진도 있었지만, 거의 식별이 불가능한 설원이나 초원, 도로의 사진도 있었다.

책장에 꽂혀있는 두꺼운 종이들을 무작위로 하나씩 꺼내보니 이 역시 흑백사진을 인화한 것들이었다. 제론은 작은 단서 하나도 놓치지 않겠다는 마음으로 사진의 앞뒷면을 모두 꼼꼼히 훑었다. 그러다 사진 뒷면의 오른쪽 구석에 꼬불꼬불한 손 글씨로 아주 작게 각 장소의 이름이 적혀있는 것이 눈에 들어왔다. 어느 곳인지 식별하기 어려운 사진에도 '한국, 37°21′46.7″N 127°06′23.5″E', '영국, Hyde Park'와 같은 다양한 방식으로 이름이 적혀있었다. 모든 사진에 같은 글씨체가 들어가 있는 걸 보니 아마 자신이 적어둔 것이 아닐까 싶었다. 하지만 이것만 봐서는 이 사진들이 그리고 이 방이 어떤 의미를 갖는지 전혀 알 수가 없었다.

그러던 중, 프랑스에 위치한 어느 근사한 레스토랑이 배경으로 찍힌 사진을 발견한 제론은 문득 자신이 극심한 허기를 느끼고 있다는 것을 깨달았다. 그리고 한 번 의식하기 시작하자, 공복감은 점점 크게 부풀어 그의 이성마저 밀어내기 시작했다. 어차피 이 방의 사진들을 모두 당장 살필 필요가 있는 건 아니었으므로, 제론은 일단 탐색을 중단하고 먹을 것을 찾아 주방으로 향했다.

그러나 무엇 하나 평범한 구석이 없다고 느껴지는 집답게 주방도 어쩐지 묘한 점투성이였다. 냉장고에는 음식으로는 보이지 않는 독특한 색감의 가루와 액체만이 가득했고, 몇 없는 주방 기구도 사용한 흔적이 전혀 없었다. 찬장을 샅샅이 찾아보았지만 식기와 접시 몇 개만 발견될 뿐, 먹을 수 있는 것은 전혀 없었다.

'아, 한 달이나 깨어나지 않았다고 했나….'

문득 가정 관리 지능, 젠의 말이 생각났다.

'어차피 먹을 만한 음식이 남아있을 수는 없겠군.'

제론은 실망스러운 마음으로 주방을 빠져나가려다, 문득 스토브 옆에 가지런히 놓여있는 책을 보고 걸음을 멈췄다. 다른 책의 세 배쯤 되는 크기의 두꺼운 책이었는데, 검은 가죽으로 덮인 표지에는 자필로 '쿡북Cookbook'이라고 쓰여있었다.

식재료도, 주방 기구도 하나 없는데 쿡북이라니. 어쩐지 의아해진 제론은 그 자리에서 쿡북을 펼쳐보았다. 그런데 그 안의 내용은 더 뜻밖이었다. 요리 사진이나 조리법에 대한 설명 대신, 각 장에는 검고 얇은 무언가가 붙어있었다. 언뜻 보면 아주 얇고 반투명한 검은색 셀로판지 같기도, 종이 위에 검은 잉크가 흐릿하게 인쇄된 것 같기도 했다. 그중 첫 장의 상단에는 특유의 글씨체로 '사과'라고 쓰여있었는데, 그 아래에 고정된 검고 얇은 물체는 이상하게도 마치 사과의 '그림자'처럼 보였다.

사과가 없는 사과의 그림자라니. 상식적으로 말이 되지는 않았지만 보면 볼수록 그것은 사과의 형상을 빼닮은 그림자라고밖에 생각되지 않았다. 그리고 자세히 보니, 그림자 밑에는 또다시 깨알 같은 글씨로 무언가가 적혀있었다.

"sna… pplia… tus…. 스나플리아터스? 스내플리아투스?"

제론이 무슨 말인지 알 수 없는 음절들의 결합을 겨우 제대로 발음해 내자 눈앞에 처음 보는, 아니 적어도 기억을 잃고 깨어난 후에는 처음 보는 광경이 펼쳐졌다. 그림자와 맞닿은 부분부터 서서히 진짜 사과가 생겨나기 시작한 것이다. 주방의 간접조명에서 나오는 은은한 빛을 받은 사과는 갓 딴 것처럼 생기 있게 반들거렸다.

"젠!"

놀란 제론은 자신도 모르게 이 집 안의 유일한 대화 상대인 젠을 불렀다.

"네, 제론 님."

젠의 부드러운 음성이 제론의 발밑 어딘가에서 흘러나왔다. 대답을 기대하고 부른 것이 아니었기에, 제론은 흠칫 놀라 발밑을 보았다. 하지만 그곳에는 자신의 그림자만 놓여있을 뿐이었다.

"어디서 대답한 거지?"

마치 속삭임과 같은 작은 혼잣말이었으나, 젠은 이번에도 제론의 음성을 놓치지 않고 대답을 돌려주었다.

"제론 님, 앞서 말씀드린 바와 같이 저는 그림자를 통해 제론 님과 연결된 가정 관리 지능입니다. 제가 제론 님의 그림자 영혼을 장착하고 있는 한, 이 집 안 어디서든 그림자를 통해 저와 대화하실 수 있고 제론 님의 그림자가 곧 이 집의 열쇠가 되죠."

그러고 보니 첫 대면 때 젠이 모두 설명한 내용인 듯했다. 어쩐지 머쓱해진 제론은 서둘러 화제를 돌렸다.

"설명 고마워. 혹시 주방에 있는 쿡북에 대해서도 알고 있어?"

"네, 제론 님. 제론 님께서는 음식을 직접 조리하는 대신 음식의 그림자를 분리해 두었다가 복원해 드시는 방식을 선호하셔서, 주로 찾는 식품의 그림자는 모두 쿡북에 모아두었습니다."

"잠깐, 그림자를 분리했다가 복원한다고?"

젠은 제론의 당황스러움을 감지했는지, 재빨리 더 구체적인 설명을 제공했다.

"네, 제론 님. 한 달 만에 깨어나셔서 그런지, '그림자 분리 마법'과 '그림자 복원 마법'에 대해 잊으신 모양입니다. 기본적으로 모든 무생물은 그림자를 잘라서 보관해 두는 것이 가능합니다. 그리고 분리 과정에서 그림자에 새겨놓은 주문을 정확하게 기억해서 외우면 해당 물체를 다시 복원해 낼 수 있죠. 보통 사과 정도의 크기는 힘이 약한 섀드들도 쉽게 해낼 수 있는 기초적인 복원마법에 속합니다."

제론이 잠자코 집중하는 사이, 젠의 설명이 이어졌다.

"그리고 물론, 제론 님처럼 분리된 그림자를 오랫동안 보관하면서 여러 차례 복원마법에 사용할 수 있게 하려면 '특수 보존 처리'도 필요합니다. 자세한 내용은 제론 님의 서재에 있는《그림자 복원 마법 기초》와《그림자 분리 마법의 모든 것》그리고《그림자 보존 처리 기술 101》을 참고해 주세요.

"그림자에 새겨놓은 주문을 정확히 기억해서 외운다…. 그림자 복원 마법, 그림자 분리 마법, 그림자 보존 처리…."

제론은 머릿속에 새기듯 젠의 설명을 중얼중얼 따라 해보았다. 아직은 모든 것이 혼란스러울 뿐이었지만, 그래도 그가 속

한 세계, 그가 잊어버린 세계가 신비한 마법이 존재하는 세계라
는 점은 확실해졌다.

사과를 한 입 베어 문 제론은 그 생생한 맛에 감탄하고는, 쿡
북의 다른 페이지도 탐색하기 시작했다. 배가 몹시 고팠던 터
라, 스테이크나 토마토 스튜 같은 본격적인 요리들을 발견하고
신이 난 제론은 연달아 다섯 개의 음식을 만들어 내고야 만족하
며 식사를 마쳤다. 물론 주문의 발음을 정확히 복기하는 데 난
항을 겪은 그림자도 있었지만, 제론 자신이 쓴 것으로 추정되는
주문이어서인지 몇 번의 시행착오를 거치자 입이 발음을 기억
해 냈다.

식사 후, 제론은 '평범한' 방식으로 설거지를 마치고 다시 집
안 탐구에 나섰다. 주방의 왼쪽에는 문이 없는 방이 하나 더 연
결되어 있었는데, 그곳은 '작업실'이라는 단어로 부르는 게 가장
어울릴 듯했다. 방에는 긴 작업용 책상 하나와 한쪽 벽을 가득
채운 거대한 선반이 자리 잡고 있었고, 선반 위에는 페이퍼 나
이프같이 생긴 은빛 칼과 다양한 크기의 유리병 그리고 용도를
짐작하기 어려운 그 밖의 이상한 도구들이 여럿 놓여있었다.

제론은 역시나 다른 방과 마찬가지로 이해가 되지 않는 풍경
에 답답함을 느끼며, 발길을 돌려 서재로 다시 향했다. 이제 집

안의 중요한 공간들은 대략적으로나마 다 살펴본 듯하니, 잠시 쉬면서 머릿속에 지식을 다시 채워 넣는 시간을 가지려는 것이었다.

제론은 서재에서 《트랜스포마스크<sup>Transformask</sup>: 가면제작술》, 《그림자 복원 마법 기초》 그리고 《그림자 분리 마법의 모든 것》 이라는 제목의 책들을 골라 그대로 침실로 올라갔다. 그리고 최대한 편안한 자세로 침실 한편의 안락의자에 걸터앉아 첫 책으로 《트랜스포마스크<sup>Transformask</sup>: 가면제작술》을 읽기 시작했다.

### 1장. Introduction

여타 섀드마법과 마찬가지로, '트랜스포마스크<sup>transformask</sup>'의 핵심은 '그림자 조각'이다. 보다 독창적인 형태의 마스크를 제작하기 위해서는 서로 다른 생김새를 가진 여러 섀드 혹은 넌−섀드의 그림자 조각을 확보해 적절히 섞는 것이 중요하다. 물론 한 명의 그림자 조각만 집중적으로 사용한다 해도 실존 인물과 똑같은 얼굴의 트랜스포마스크를 만드는 것은 불가능하다.

모든 마법이 그렇듯 트랜스포마스크 역시 높은 품질로 제작하기 위해선 많은 연구와 시행착오를 거쳐야 하지만, 이 책을 끝까지 꼼꼼하게 학습한다면 기본적인 트랜스포마스크 제작에 필요한 대부분 지식을 얻을 수 있을 것이다.

또한 고급 변신술 과정에 속하는 '트랜스포수트transforsuit'와 비교할 때 기초적인 트랜스포마스크의 제조에 필요한 그림자 조각은 100s. u.*에서 500s.u. 정도로 매우 소량이므로 너무 걱정하지 말고 한 단계씩 차근차근 이 책을 따라와 주길 바란다.

다음 장에서는 '적절한 그림자 조각의 기준과 확보 요령'부터 설명이 시작되며….

---

* s.u.: 섀도우 유닛shadow unit, 그림자 조각을 측량하는 단위

지잉—

계속해서 책을 읽어나가던 중, 갑작스러운 진동음이 제론의 주의를 빼앗았다. 눈치채기 어려울 정도로 미세한 진동음이었으나, 책장을 넘기는 소리마저 크게 느껴질 정도로 고요한 침실이었기에 그 소리는 바로 제론의 귀에 날아와 꽂혔다.

제론은 읽던 책을 그대로 의자 위에 올려두고는 소리가 감지된 방향을 향해 조심스레 걸어갔다. 그곳에는 밑에 서랍이 달린 검은 책상이 놓여있었는데, 힘을 살짝 줘 책상 밑 서랍을 당겨보니 그 안에는 작은 동전을 연상시키는 얇고 동그란 검은색 물체 여섯 개가 들어있었다. 그중 다섯 개는 동전 모양의 물체 그 자체만이 덩그러니 놓여있었고, 하나만 유일하게 손바닥만 한

정사각형 모양의 투명 케이스에 감싸여 있었다.

검은 동전 모양의 물체들은 생김새와 크기가 거의 같았는데, 언뜻 평범해 보이면서도 시선을 사로잡는 독특한 힘이 느껴졌다. 흔히 볼 수 있는 여느 동전과 같은 작고 납작한 생김새였지만, 검은 밤하늘을 그대로 압축해 매끄러운 유리 표면 안에 가둬둔 듯한 신비로운 색감은 어디서도 본 적 없는 것이었다. 게다가 각 물체의 문양은 실제로 시시각각 움직이는 밤하늘을 담고 있는 것처럼 계속해서 서로 다른 모양으로 고요하게 변화했다.

제론은 햇빛을 사방으로 반사하며 신비롭게 반짝이는 물체들을 홀린 듯 바라보다, 그중 하나를 집어 들어 앞뒤로 살펴보았다. 자세히 살펴보니 한쪽 면에는 'J. Eulix'라는 이름이 작게 새겨져 있었는데, 이것만 가지고는 어떠한 정보도 알아낼 수 없었다.

"젠."

무엇이라 질문해야 할지도 결정하지 못했지만 제론은 일단 젠을 불러보았다.

"네, 제론 님."

그런데 젠의 차분한 음성을 듣자 제론의 머릿속에 오늘 아침의 기억이 빠르게 스쳐 지나갔다. 아침에 젠을 처음 발견한 제론은 신기한 마음에 정사면체의 표면을 이리저리 관찰했다. 그때 분명….

제론은 젠의 본체를 들어 올려, 정사면체 밑부분의 정중앙을 다시 한번 확인했다. 역시나 그곳에는 동전 모양의 경계 부분이 두드러지게 나타나 있었다. 서랍에 놓여있던 여섯 개의 '검은 동전 모양의 물체'와 꼭 맞는 크기인 것을 보면, 이와 유사한 물체가 젠의 표면에 삽입된 모양이었다.

"젠. 너의 본체, 정사면체의 밑부분 중앙에 꽂혀있는 원형 물체가 뭐지? 작은 동전 모양의."

"기억이 안 나시나요? 제론 님의 '섀이덤Shaedom'입니다. 제론 님의 그림자 영혼 조각을 기기와 연결해 주는 일종의 소켓이죠."

"그 섀이덤…이라는 것에 대해 자세히 설명해 줄 수 있을까?"

"섀드들은 자신의 그림자에서 심장 혹은 두뇌와 가까운 부분의 그림자를 조금씩 도려내어 그림자 영혼을 만들 수 있습니다. 그리고 그림자 영혼을 '섀드-텍Shad-Tech' 기기와 연결해 주는 매개, 그러니까 일종의 소켓 같은 게 바로 섀이덤이죠. 그림자 영혼이 연결된 기기는 높은 지능 수준을 갖추게 될 뿐 아니라 섀드세계의 지식에 접근할 수 있고, 섀드 간의 암호화된 통신을 지원할 수 있게 됩니다."

제론이 잘 이해하고 있는지 확인이라도 하듯, 젠은 살짝 기다리더니 설명을 이어갔다.

"그렇기 때문에 섀이덤은 섀드세계의 정보보호에 직결되는 주요 기기로 분류되어, '섀드보호부[Ministry of Shad Protection, MSP]'의 신분 및 용도 확인을 거쳐야 발급받을 수 있습니다. 저와 연결된 섀이덤에 'J. Evron'이라고 적혀있듯, 각 섀이덤에는 명의자의 이름이 적혀있죠. 그리고 섀이덤이 연결된 기기는 해당 그림자 영혼의 소유주만이 사용 가능합니다."

과연 젠의 표면에 연결된 원형 물체, 아니 섀이덤에는 희미하게나마 J. Evron이라는 이름이 적혀있었다. 다시 제론은 시선을 서랍 안으로 돌렸다. 그렇다면 왜 서랍에는 여섯 개나 되는 섀이덤이 있는 걸까. 하나씩 확인해 보니, 예상대로 각 섀이덤에 적힌 이름이 모두 다르다는 걸 알 수 있었다.

마지막으로 집어 든, 투명한 정사각형 판에 감싸져 있는 섀이덤에는 'E. Brooks'라는 이름이 적혀있는데, 제론은 그 이름을 바라보다 이내 섀이덤을 감싸고 있는 케이스 쪽으로 시선을 돌렸다. 아까 젠은 섀이덤이 '그림자 영혼을 섀드-텍 기기와 연결해 주는 매개'라고 설명했다. 그렇다면 그 투명한 정사각형 판은 또 다른 역할을 하는 기기인 것일까?

제론은 젠과 같은 섀드-텍 기기의 일종으로 추정되는 그 판의 작동 원리를 파헤치기 위해 표면 이곳저곳을 눌러보기 시작했다. 하지만 어느 부분을 눌러도 이 기기를 작동시킬 수 없었다. 한쪽 모서리의 가운데 부분을 눌러보았을 때는 달칵, 하는 소리와 함께 표면이 눌리긴 했지만, 그건 섀이덤을 밖으로 빼내는 동작일 뿐이었다.

그래서 이번에는 판의 표면을 손가락으로 부드럽게 쓸어보았는데, 놀랍게도 그가 두 손가락으로 판을 쓱 쓸어내리는 순간, 투명한 판이 서서히 검은색으로 변하기 시작했다. 마치 물 위에 검은색 잉크를 떨어뜨린 것처럼, 그의 손가락이 닿은 부분에서부터 판 전체로 검은 색상이 번져갔다. 그리고 이내 판의 모든 표면이 검은색으로 물들어 그 안에 들어있는 섀이덤마저 보이지 않게 되었다.

이렇게 색이 완전히 변하고 난 후, 이어서 판의 표면 위로 흰 글씨가 나타나기 시작했다. 검은 돌 위에 음각으로 글씨가 새겨지는 형상처럼, 글씨는 검고 매끄러운 표면 위로 새겨지듯 빠르게 생겨났다.

Welcome, E. Brooks.


잠시 기다리자 환영하는 인사말은 자연스럽게 다시 사라지고, 다음과 같은 글자가 그 자리에 나타났다.

'섀드 정보 네트워크Shad Information Network': 질문을 입력해 주세요.

제론은 '대체 질문을 어떻게 입력하는 걸까' 하고 혼자 잠시 고민하다, 판의 표면에 대고 손가락으로 '섀이덤'이라는 문자를 끄적여 보았다. 이것이 정답이었는지, 섀이덤의 사진과 함께 앞서 젠이 상세하게 설명해 준 내용이 나열되고, 아래에 섀이덤을 신청할 수 있는 섀드보호부 페이지도 등장했다. 어떤 원리인지는 모르겠지만, 제론이 판 위의 내용을 모두 읽고 나면 그 아래의 새로운 내용이 위로 올라왔다. 그리고 '판이 너무 작아서 불편하다'라고 생각할 때마다 크기가 늘어나, 손바닥 하나 크기이던 판은 어느새 손바닥 두 개를 붙인 것만큼 커져있었다. 마치 이 물체가 제론의 두뇌와 연결되어 그의 의지대로 움직이는 듯한 느낌이었다.

제론은 이러한 사실에 몹시 감탄하며, 이번에는 화면에 'E. Brooks'라는 문자를 그려보았다. 그러자 화면에 금발에 녹색 눈을 가진 중년 남성의 얼굴과 함께 설명이 등장했다.

　　브룩스 교수는 고대 섀드학 분야의 권위 있는 학자로, '유란섀드학교Euran Institute of Shadology'에 재직 중입니다. 그는 섀드학 학술지 《섀드학의 정수》에 5년 연속 기고하며 유명세를 얻었으며….

제론은 순간 화면에 나타난 얼굴에서 이상하게도 낯익은 느낌을 받았으나, '고대 섀드학'이나 '유란섀드학교'와 같은 낯선 용어들이 금방 그의 주의를 빼앗아 갔다. 그리고 이해하기 어려운 명칭이 나열되자 혼란스러워진 제론은 브룩스 교수가 섀드세계의 유명한 학자인 모양이라고 짐작하는 정도로 만족하고, 설명을 더 읽지 않은 채 이 기기에 다른 기능은 없는지 궁금해하기 시작했다.

'분명 아까 들린 진동음이 이 기계랑 관련이 있을 텐데. 젠의 말에 따르면 섀드의 그림자 영혼이 연결된 기기는 섀드 간의 암호화된 통신을 지원한다고….'

놀랍게도, 단순히 이렇게 생각한 것만으로 또다시 기계에 반응이 나타났다. 이번 역시 제론의 마음을 읽은 것처럼, 판 위의 내용들이 일제히 사라지더니 아래와 같은 단어들로 대체되었다.


부재중전화는 3건, 메시지는 4건입니다.


부재중전화와 메시지 역시 생각만으로도 확인할 수가 있었는데, 일곱 건 모두 유란섀드학교에서 온 것이었다. 세 번째 메시지까지는 친근한 어조로 그의 행방을 묻는 내용이었으나, 마지막 메시지는 해고 통지와도 같은 딱딱한 내용이었다. 수신 시각을 보니 이 메시지가 바로 조금 전에 들려온 진동음의 출처였던 모양이었다.

> 브룩스 교수, 당신이 미국에서 찾을 수 있는 최고의 고대 섀드학 교수임은 분명하지만, 이런 식으로 한 달 동안이나 연락도 받지 않은 채 모습을 감추면 우리는 더 이상 당신을 기다릴 수 없습니다. 제 14번 조항에 따라 계약을 파기합니다. 불만이 있다면 찾아오세요.
>
> — P. Graham

브룩스 교수라는 인물이 종적을 감춘 기간인 한 달. 이는 바로 제론이 잠들어 있었다던 기간과 같았다. 게다가 아까 브룩스 교수를 검색했을 때 나왔던 그 얼굴…. 제론은 그 얼굴이 친숙하게 느껴진 이유를 비로소 깨달았다. 이는 바로 가면의 방에 있던 수많은 가짜 얼굴 중 하나였던 것이다.

제론의 머릿속에 있던 어렴풋한 짐작이 확신으로 굳어졌다. 자신이 브룩스 교수 명의의 섀이덤을 가지고 있는 이유는 누군가의 것을 대신 보관하기 위한 목적이 아니었다. 브룩스 교수는 자신의 또 다른 신분이었다. 그것도 한 달 전까지 활발히 사용해 온.

"도대체 왜…?"

제론은 뒤로 돌아 남은 다섯 개의 섀이덤을 응시했다. 자신은 제론이라는 본명과 브룩스 교수 외에도 각기 다른 명의의 섀이덤을 다섯 개나 더 보유하고 있었다. 거기다 가면의 방에 존재하는 수많은 가짜 모습들까지.

단순한 기분 전환을 위해 일부러 가짜 얼굴과 가짜 신분을 만드는 사람은 없다.

"나는… 정체가 뭐지?"

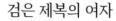

# 3.
# 검은 제복의 여자

캘리포니아, 요세미티 국립공원.

유난히 밝은 달빛이 쏟아지는 밤. 요세미티 국립공원의 명물이라 할 수 있는 미러 레이크는 그 이름처럼 마치 거대한 거울과 같이 주변의 나무와 바위들을 그대로 찍어내고 있었다.

밤에는 이 암흑 같은 숲에 접근하는 사람이 있을 리 없었으나, 어디서 들어온 것인지 어느새 검은 형체 하나가 살금살금 호수의 가장자리에 다가섰다. 위아래로 검은 제복을 차려입은 여성의 형상은 무언가를 찾는 듯 호수 가장자리를 천천히 거닐다, 하프 돔이라는 유명한 바위의 그림자가 늘어진 곳에서 멈췄다. 그러더니 주머니에서 반짝이는 가루를 꺼내 호수 위에 흩뿌렸다.

이윽고 반짝이는 은백색 가루는 호수 속으로 흔적 없이 녹아들더니, 거울 같은 호수 표면에 거대한 아치형 문의 그림자를 만들어 냈다. 문이 없는 곳에 문의 그림자만 놓여있는, 실로 기묘한 형상이었다. 하지만 검은 옷의 여자는 놀란 기색도 없이 그 문을 통과해 사라질 뿐이었다.

다시 아무 일도 없었다는 듯 고요해진 호수의 표면을 뒤로하고 사라진 여자가 들어온 곳에는 흰 대리석 복도가 펼쳐져 있었다. 여자가 지나는 자리마다, 복도의 벽면에 중간중간 자리한 창문에서 쏟아지는 달빛이 은은하게 감돌았다. 그 복도의 끝에서 기다리고 있던 것은 호수 위 보름달의 그림자를 형상화한 문양이 박힌 큰 아치문이었고, 그 위에는 '유란새드학교Euran Institute of Shadology'라는 글씨가 적힌 은빛 명패가 걸려있었다. 이 문을 지나자 반짝이는 흰 대리석이 깔린 거대한 원형 강당이 나타났는데, 천장의 유리창에서 들어오는 달빛이 하얀 대리석 벽면을 따라 투명하게 흘러내리는 모습에 어쩐지 경외감마저 드는 신비한 공간이었다.

강당에는 동쪽과 서쪽에 투명한 문이 하나씩 있었고, 그 안에는 각각의 서로 다른 동으로 향하는 승강장치가 자리했다. 여자는 망설임 없는 걸음으로 동쪽 승강기 안에 탑승한 후 'P'라고 새겨진 버튼을 눌렀고, 그 버튼은 그녀를 동쪽 동의 꼭대기 층에 위치한 조용한 복도로 데려다주었다.

무채색으로 가득한 고요한 복도의 끝에는 '총장실'이라는 글자가 간결하게 새겨진 검은 문이 있었다. 그리고 여자가 막 노크를 하려는 순간, 문이 스르르 열리며 그 뒤의 널찍한 방이 나타났다.

"그레이엄 교수님, 답신을 주셨더군요."

목에 걸고 있던 섀이텀을 손으로 살짝 만지며, 여자는 자연스럽게 방 안으로 들어와 앞에 놓인 의자에 앉았다.

그레이엄 교수라 불린 남자는 창문에서 새어나오는 달빛을 등지고 의자에 비스듬히 기대어 앉아있었다. 손에는 책을 들고 있었으나, 제복 차림의 여성이 방에 들어온 순간부터 책에 눈길을 준 적은 없었다. 그는 관찰하는 듯한 눈빛으로 그녀의 표정과 행동 그리고 달빛을 받아도 나타나지 않는 그림자의 빈자리를 주시했다.

"채 교수님, 이 학교 안에서는 그림자를 숨기지 않아도 어떠한 공격도 불가능합니다."

채 교수라 불린 여성은 살짝 미소를 지었다.

"습관이라서요. 이곳에서 지내게 된다면 명심하도록 하죠."

그레이엄 교수도 그녀를 따라 옅은 미소를 지으며 책을 옆으로 치웠다.

"물론 채 교수님 정도의 분이 이곳에서 지내고 싶다고 하시면 막을 방법은 없죠."

곧이어 그레이엄 교수는 물 흐르듯 부드러운 동작으로 서랍에서 계약서와 펜을 꺼냈지만, 그동안에도 탐색하는 듯한 눈빛은 채 교수에게 고정되어 있었다.

"그런데, 궁금하긴 하군요. 저희 측의 제안을 번번이 거절하셨던 걸로 아는데, 이번에는 어떤 일로 먼저 연락을 주셨을까요?"

이 질문에 채 교수는 은은한 미소를 지으며 그레이엄 교수의 우측 벽에 걸린 액자에 눈길을 두었다. 기품 있는 중년 여성의 얼굴이 담긴 액자에는 우아한 블랙 스피넬 장식과 함께 '유란 셴, 학교의 설립자Euran Shen, Founder of the Institute'라는 글씨가 새겨져 있었다. 채 교수는 무언가를 찾기라도 하는 듯 액자 속 초상화를 찬찬히 눈으로 훑으며 대답했다.

"'인간-섀드 평화협정Shad-Human Coexistence Treaty'을 이끌어 낸 장본인인 유란 셴이 만든 기관에서 한 번쯤은 일해보고 싶었다… 라고 말하면 믿지 않으실까요?"

그레이엄 교수는 손가락 사이로 펜을 가볍게 돌리며 미소를 지을 뿐이었다. 채 교수는 알겠다는 듯 다시 그레이엄 교수 쪽으로 시선을 두며 말을 이었다.

"제가 관심 있는 있는 쪽은 브룩스 교수입니다. 그분의 연구 활동에 매료되었거든요."

그레이엄 교수는 쓴웃음을 지었다.

"놀라울 만큼 간단하고 솔직한 답변이군요. 안타까운 일이지만 저도 사실대로 말씀드리죠. 브룩스 교수는 한 달 전에 감쪽같이 사라졌습니다. 원래도 자주 어디론가 훌쩍 떠났다가 나타나곤 했지만, 이렇게 아무런 연락도 받지 않는 건 처음입니다. 더 이상 이곳에 돌아오지 않는다고 봐도 무방할 겁니다."

이 말에 채 교수는 놀랐다는 표정을 지었고, 그레이엄 교수는 찰나의 순간 동안 채 교수가 연기를 하고 있다는 느낌을 받았지만 곧 잊어버렸다. 채 교수가 다시 차분한 태도로 돌아와 입을 열었기 때문이었다.

"그레이엄 교수님, 그렇다면 저는 브룩스 교수님이 맡았던 〈고대 섀드연금술〉 과목을 맡고 싶습니다. 그분의 연구 자료가 남아있다면 그것도 보고 싶고, 가능하면… 그분의 교수실을 이어받아 사용하고 싶습니다."

그러다 문득 자신이 너무 몰아붙이고 있다는 생각이 들었는지, 채 교수는 부드러운 웃음을 띠며 뒷말을 덧붙였다.

"워낙 브룩스 교수님의 연구에 관심이 많아서요."

하지만 그레이엄 교수는 이미 그녀의 말에 놀란 듯했다.

"하지만 채 교수님께선 '그림자 부림술'에 정통한 분이 아니십니까? 〈최신 그림자 부림술〉 과목을 맡아주시리라 기대하고 있었습니다만….”

어긋난 기대로 인해 분위기가 다소 경직되자, 채 교수는 빠르게 대안을 제시했다.

“그렇다면 제가 두 과목을 모두 맡는 건 어떨까요? 저는 고대 섀드연금술 분야에서도 수년간 연구 활동을 해왔기 때문에 자격은 충분하다고 생각합니다.”

그레이엄 교수는 고민에 잠긴 표정으로 채 교수의 눈을 물끄러미 바라보았다. 하지만 채 교수의 실력은 익히 알고 있었고, 그녀의 눈에서도 굳은 자신감이 느껴져 이내 고개를 끄덕일 수밖에 없었다.

채 교수는 매력적인 눈웃음을 지으며 계약서와 펜을 앞으로 끌어왔다. 간단한 계약 절차를 마치자, 그레이엄 교수는 계약서의 그림자를 분리한 후, 두 손가락으로 그 위를 쓱 쓸며 소리 없이 주문을 외웠다. 그러자 검은 그림자는 서서히 작은 덩어리로 모여들더니, 눈 깜짝할 새에 작은 직사각형 모양의 형체가 되었다. 그리고 단단하게 고체화되더니 결국은 검은색 금속 재질의 카드키로 변했다. 그 위에는 유란섀드학교의 문장도 선명하게 찍혀있었다.

“교수실의 카드키입니다. 요청대로 브룩스 교수가 사용했던 교수실로 배정했습니다. 안쪽에 생활공간이 이어져 있는 교수실이지만, 브룩스 교수는 거의 이곳에서 지내지 않았기 때문에 사용한 흔적이 없다고 봐도 무방할 겁니다."

"혹시 교수실에 남겨져 있는 물품이나 문서가 있을까요?"

채 교수는 카드키를 주머니에 넣으며 대수롭지 않다는 듯한 말투로 질문을 던졌다.

"그의 개인 물품은 모두 정리했지만, 이곳에서 연구했던 문서들은 남아있을 겁니다. 연구 자료는 학교의 모든 사람에게 공개된 자료이니 열람은 자유이지만, 외부 유출은 금지입니다."

그레이엄 교수는 자신의 말투가 다소 딱딱하다는 점을 자각했는지, 얼른 누그러진 어조로 뒷말을 이었다.

"혹시 방까지 안내가 필요하실까요?"

"괜찮습니다."

채 교수는 싱긋, 정중한 미소를 지어 보이고 단호하게 돌아섰다. 그러나 문을 막 나서려는 순간, 무언가 떠올랐는지 다시 천천히 몸을 돌려 그레이엄 교수를 향했다.

"그레이엄 교수님, 제가 듣기론 이곳에 마법적 재능이 부족한 섀드를 위한 보충반이 있었다고 하던데요."

문득 떠올랐다는 듯한 가벼운 말투였지만, 눈빛에는 잠시나마 서늘한 반짝임이 맴돌았다. 하지만 방이 어두운 데다, 채 교수가 서있는 곳과의 거리 때문에 그레이엄 교수는 어떠한 이상함도 느끼지 못했다.

"재능이 부족하다는 이유로 질 높은 교육을 받지 못하는 섀드들을 돕는 데 관심이 있어, 문득 궁금해졌습니다."

채 교수는 순수한 열정으로 가득한 미소를 자아내며 이유를 덧붙였다. 덕분에 그레이엄 교수도 아무 의심 없이 답할 수 있었다.

"아, 분명 유란 셴의 이념에 따라 창립 후 200여 년간은 보충교실이 별도로 운영되었다고 압니다. 하지만 교수들이 재능 있는 섀드들을 위해 힘쓰기도 바쁜 탓에 어느 순간 흐지부지 사라졌다고 들었어요. 그 후에도 몇 번 열렸다가 폐지된 적이 있었다지만… 내가 이곳에 온 이후에는 한 번도 운영된 적이 없습니다."

채 교수가 어둠 속에서 눈빛을 반짝 빛냈다.

"혹시, 제가 그 뜻을 이어받아 보충반을 다시 열어도 될까요?"

# 비밀 서랍과 그림자 광고

뉴욕, 로어 맨해튼.

제론이 다시 깨어난 날로부터 어느새 사흘이 지났다. 그동안 제론은 펜트하우스 밖으로 한 발짝도 나가지 않은 채, 자신의 수많은 신분과 섀드세계에 대한 새로운 정보를 학습하며 나날을 보냈다.

우선 그가 섀이텀을 연결해 사용한 검고 투명한 판 같은 물체는 '섀블릿Shablet'이라는 기기로, 신장성이 뛰어나 손바닥 크기부터 A4 용지 크기까지 자유자재로 늘어나는 물건이었다. 집을 통제하고 보호하는 역할을 가진 가정 관리 지능과 달리 신장성과 휴대성에 초점을 맞춘 기기인지라 젠만큼의 지능을 갖추지는 않은 듯했다. 또한 사용하지 않을 때는 그 안에 장착된 섀이텀을 확인할 수 있도록 유리처럼 투명한 재질로 돌아왔다가, 사용될 때만 검은색으로 변한다는 점도 특이한 부분이었다.

그리고 현재까지 파악된 그의 신분은 실제 신분이라고 생각되는 제론 에브런과 브룩스 교수를 비롯해 총 일곱 개였다. 하지만 나머지 다섯 개의 이름 중 섀드 정보 네트워크에 등재된 지식에 기대어 정체를 파악할 수 있는 인물은 한 박사와 J. H. 율릭스밖에 없었다.

여전히 제론이 섀블릿보다 더 의존하고 있는 젠은 한 박사를 다음과 같이 설명했다.

"한 박사는 한국계 독일인으로, 독일 프랑크푸르트에 자리한 섀드-텍 기업, '제로$^{Zero}$'의 창립자입니다. 13년 전, 30세의 나이로 창업해 단숨에 주목받았지만, 현재는 경영에서 물러난 상태라고 하네요. 한 박사가 세운 기업, 제로는 유명한 가정 관리 지능, '젠$^{Zen}$ 시리즈'로 유명합니다. 저도 그중 하나이고요."

그리고 J. H. 율릭스에 대한 설명은 이러했다.

"J. H. 율릭스는 캐나다의 작가로, 주로 고대 섀드전설을 바탕으로 한 소설을 쓴다고 알려져 있습니다. 발표한 작품은 네 권이지만, 그중 대중적으로 알려진 작품은 《두 어둠의 지배자》 정도인 것 같네요."

그리고 막 나흘째가 된 오늘 오전, 제론은 어떻게 해도 열리지 않는 서랍과 씨름하고 있었다. 침실 한쪽 벽면에 자리한 검은 서랍장의 첫 번째 칸이었는데, 다른 서랍은 모두 무리 없이 열리는 반면 그 서랍만큼은 아무리 힘을 줘도 열리지 않았다.

이제까지 제론은 단순히 이 서랍 칸이 고장 난 것뿐이라 여기고 있었는데, 어젯밤 서재에서 《그림자 보안 주술로 귀중품 보호하기》라는 제목의 책을 발견하고 나니 다시 한번 확인해 봐야겠다는 생각이 들었다. 어떠한 잠금장치도 걸려있지 않은 서랍 칸이 그렇게까지 움직이지 않는다는 게 어쩐지 이상했기 때문이었다. 그래서 제론은 서랍장을 밀고, 당기고, 흔들어 보면서, 첫 번째 칸이 미동조차 하지 않는다는 걸 다시 확인한 후 젠을 불렀다.

"젠, 침실에 있는 검은 서랍장에 혹시 무언가 보안 주술… 같은 게 걸려있는 걸까?"

"네, 제론 님. 그 서랍장의 첫 번째 칸은 제론 님이 걸어두신 그림자 보안 주술로 보호되고 있어서, 일반적인 방식으로는 열리지 않습니다. 서랍을 여시려면 손잡이 위에 제론 님 오른 손바닥의 그림자를 대고, '테사'라고 암호를 외우시면 됩니다."

추측이 맞았음에 감사하며, 제론은 젠이 일러준 대로 서랍장의 첫 번째 칸에 오른 손바닥의 그림자를 가져간 채 나지막이 암호를 중얼거렸다. '테사'라는 암호가 무슨 의미인지 언뜻 궁금한 마음이 스쳤지만, 곧 서랍장이 열리자 암호의 뜻에 대해 생각할 정신은 남아있지 않았다. 이미 가정 관리 지능으로 엄격히 보호받고 있는 집 안에 다시 또 이중으로 보호 장치를 만들어 둔 곳이라면 얼마나 대단한 비밀을 감추고 있을지, 기대와 걱정이 교차했기 때문이었다.

하지만 각오와 함께 들여다본 서랍장 안의 내용물은 의외로 평범해 보였다. 손바닥 정도 크기의 검은 수첩 하나와 반으로 접힌 A4 용지 크기의 종이 한 장뿐이던 것이다. 제론은 먼저 종이를 집어 펼쳐보았는데, 이내 그 안에 쓰인 내용을 단 한 글자도 읽을 수 없다는 걸 깨달았다. 자신의 글씨체였지만, 모든 내용이 완전히 처음 보는 언어로 적혀있었다. 그래서 제론은 일단 종이를 다시 접어서 서랍 안에 두고 이번에는 수첩을 넘겨보았다. 수첩의 내용은 다행히 읽을 수 있는 언어로 적혀있었는데, 그렇다고 의미를 바로 알 수 있는 것은 아니었다.

수첩의 첫 페이지에는 '7.31'이라는, 날짜로 추정되는 숫자가 적혀있었고, 그다음 페이지부터는 작은 동그라미들이 빼곡히, 규칙적으로 그려져 있었다. 동그라미는 한 줄에 일곱 개씩, 합해서 모두 314개였다. 그리고 몇 페이지 뒤에는 'A-1, A-2, C1-1, …'과 같이 알파벳과 숫자의 조합으로 된 알 수 없는 표식들이 줄지어 적혀있었고, 그 조합은 'P'라는 알파벳을 마지막으로 끊겨있었다.

수첩에 있는 내용 역시 지금으로서는 전혀 이해할 수 없었으므로, 제론은 한숨을 쉬며 수첩도 다시 서랍에 돌려놓았다. 그리고 다른 생산적인 일을 찾기 위해 서재로 향했다. 서재는 지난 사흘간 제론이 가장 많이 드나든 장소였다. 이제까지 그림자 복원 마법과 그림자 분리 마법 그리고 가면제작술의 기초까지는 대충 살펴본 상태였기에, 제론은 새로운 책을 고르기 위해 서재 안을 서성였다.

하지만 한참 만에 제론이 들고 나온 책은 그림자 마법에 대한 교과서가 아닌 소설책이었다. 자신의 또 다른 신분인 J. H. 율릭스의 대표작이라고 안내받았던 《두 어둠의 지배자》를 발견하자 마음이 강하게 끌렸기 때문이었다. 마법지식보다 자신의 과거에 대한 이해가 더 중요하다는 생각이 들어서인지, 아니면 사흘간 지식을 꾸역꾸역 채워 넣느라 그의 머리가 피로감을 호소한 탓인지.

제론은 책을 들고 침실로 돌아와, 안락의자에 몸을 맡기고 편안하게 책장을 넘겨보았다.

소설 《두 어둠의 지배자》는 이렇게 시작했다.

## 프롤로그(Prologue)

고대에는 인간도, 섀도도 아닌 제3의 종족이 존재했다. 그들은 '검은 지능체'라고 불리는 존재로, 고대의 신비한 연금술로 탄생한 '지능을 가진 그림자'였다.

전설에 따르면, 검은 지능체는 100개가 넘는 섀드왕국의 멸망을 초래한 50년간의 고대 섀드전쟁 중에 군사적 목적으로 만들어진 존재였다고 한다. 명령을 완벽히 이행할 수 있는 고도의 지능을 갖춘데다, 본체가 없어 활동에 제약을 받지 않는다는 점에서 은밀한 군사작전에 최적화된 존재였기 때문이다. 하지만 전쟁을 끝내고 섀드세계를 통일한 제왕 '아스카일'이 검은 지능체를 멸하고, 관련된 고대의 연금술 저서들을 모두 불태우면서 그들은 더 이상 세상에 존재하지 않게 되었다.

그리고 뒤의 내용은 고대의 그림자 연금술에 빠져들던 여자 과학자, '시안느Sianne'가 지능을 가진 두 번째 그림자를 갖고 싶다는 탐욕에 눈이 멀어 사랑하는 남자를 살해하게 된 이야기로 이어졌다. 예상외로 꽤 흡입력이 있어, 제론은 자신도 모르게 한나절 내내 침실을 떠나지 않고 책을 읽어나갔다. 어느덧 소설은 끝을 향해 달려갔고, 클라이맥스 부분에 비해 다소 약한 결말에 실망하며 책을 덮으려던 제론은, 마지막 페이지에 종이 한 장이 끼워져 있는 것을 발견했다.

반으로 접혀서 끼워져 있던 종이를 살며시 꺼내 펼쳐보니, 그 위에는 이해할 수 없는 언어가 늘어서 있었다. 당연히 지금의 제론으로서는 그 내용을 전혀 읽어낼 수 없었으나, 자세히 살펴보자 문자들이 아까 서랍에서 발견한 종이 위 문자들과 비슷하다는 점을 알아챌 수 있었다. 그래서 제론은 서랍 속 종이를 꺼내 두 장의 종이를 한 번 대조해 보았고, 과연 두 종이에 담긴 언어는 동일한 듯했다. 그리고 어쩐지 두 종이에 적힌 내용의 길이나 형식도 엇비슷해 보였다. 이에 제론은 그저 직감일 뿐이지만 두 종이가 서로 관련 있을 수 있겠다는 생각이 들어, 《두 어둠의 지배자》 끝에 끼워져 있던 종이도 함께 비밀스러운 서랍 안에 넣어두었다.

그러다 문득, 시간의 흐름을 잊고 있었다는 생각에 창문으로 고개를 돌리자, 밖에서는 이미 깨어난 후 네 번째 맞는 저녁노을이 지고 있었다. 그리고 노을을 물끄러미 바라보다 보니 바깥 공기를 좀 쐬면 좋겠다는 생각이 머릿속에 피어올랐다. 자신이 잠들어 있었다는 한 달의 시간을 더하면 꽤 오랫동안 바깥에 나가지 않았다는 사실이 떠오른 것이다. 그리고 외출을 하기로 한 김에 저녁은 제대로 된—복원마법으로 만들어 내지 않은—음식을 먹어야겠다고 생각했다.

'근처에 식료품점이 있는지 둘러보고 양파랑 감자, 소고기도 조금 사고…. 아, 그러고 보니 돈은?'

필요한 식재료를 떠올리다 보니 문득 돈이 필요하겠다는 생각이 떠올랐다. 제론의 머릿속에는 분명 기억의 파편들이 어지러이 흩어져 있었으나, 이상하게도 '식료품점', '양파', '소고기', '돈'과 같은 일상적인 지식은 전혀 생소하지 않았다. 오히려 그의 세계라고 봐야 할 섀드세계에 대한 모든 것은 어색하게 느껴지는 반면, 인간세계의 요소들은 친숙한 기분을 자아내기만 했다. 지금 이 순간만 해도, 인간적인 방식대로 돈을 내고 재료를 사고, 그 재료로 요리한다는 개념은 별다른 노력 없이 머릿속에 자연스럽게 흘러 들어왔던 것이다.

다행히 제론은 침실에 있는 서랍장의 맨 밑 칸에 지갑처럼 보이던 게 방치되어 있었다는 걸 금방 기억해 냈다. 지갑에는 '정상적인' 돈이 여러 장 그리고 인간세계 은행의 카드도 하나 들어 있었기 때문에, 제론은 안심하며 깨어난 후 처음으로 밖으로 향했다.

해 질 녘이라 그런지, 바깥 날씨는 예상보다 조금 쌀쌀했다. 그리고 집 근처의 풍경은 줄곧 살아왔던 곳이라고는 믿을 수 없게 너무나 생경했다. 식료품을 어디서 사야 하는지도 동네를 한 바퀴 돌고 나서야 찾아낼 수 있었다.

식료품점에 들어선 제론은 그래도 식료품이 늘어선 가판대의 풍경은 낯설지 않다는 사실에 안도의 숨을 내쉬었다. '인간적인' 식재료들을 보자 기분이 좋아져, 사과니 포도니 하는 과일부터 양파, 감자와 같은 채소들도 조금씩 바구니에 담았다.

제론의 눈에 이상한 행동이 들어온 순간은 그때였다. 근처를 서성이던 어린 소년 한 명이 굉장히 빠른 손놀림으로 사과의 그림자를 도려낸 것이다. 작고 예리한 은빛 페이퍼 나이프 같은 것으로 과감하게 그림자를 자르고 주머니에 넣는 모습까지, 모두 제론의 눈에 똑똑히 담겼다.

그림자 조각을 정교하게 잘라내기 위해서는 '섀도우-나이프 Shadow-Knife'가 필요하다. 특정한 물체의 그림자 전체를 상처 없이 온전하게 잘라내 주문을 입히면 '그림자 분리'가 가능한데, 해당 주문을 잘 새겨두었다가 '그림자 복원'을 위해 사용하면 해당 물체를 다시 복원해 내는 것이 가능하다. 섀드세계에서는 돈이나 보석 같은 재화를 제외하면 어떤 물체든 그림자를 분리하는 것이 금지되어 있지는 않다. 다만 그림자를 분리당한 물체는 수명이 급격히 줄어들기 때문에, 대가를 치르지 않은 물체의 그림자는 분리하지 않는 것이 인간세계와의 공존을 위한 불문율이다.

제론의 머릿속에 전날 공부한 《그림자 분리 마법의 모든 것》의 한 문단이 스쳐 지나갔다. 분명 눈앞의 소년은 사과의 그림자를 '분리'해 가고 있었다. 그것도 '대가를 치르지 않은' 사과를. 제론이 굳은 표정으로 응시하는 것을 의식했는지, 소년은 고개를 들어 제론과 눈을 맞추더니, 가벼운 윙크와 함께 장난스러운 미소를 흘리고 유유히 사라졌다.

　제론은 소년이 떠난 자리로 가, 그림자를 갈취당한 사과를 확인했다. 사과는 그림자가 분리된 순간부터 조금씩 시들어 가고 있었다. 인간들이 눈치채지 못할 만큼 아주 서서히. 제론은 본능적으로 점원에게 이 사실을 알리기 위해 주위를 돌아보다, 당연히 아무도 그의 말을 믿지 않으리라는 생각에 도달했다. "사과의 그림자가 도난당했다"고 말한다면 점원은 오히려 그를 이상한 사람 취급할 것이다. 그래서 제론은 고개를 한 번 흔들어 찝찝한 기분을 떨쳐내고는 다시 식재료를 고르기 위해 시선을 돌렸다.

　하지만 장보기를 마치고 묵직한 종이 가방을 안고 귀가하는 길에도 제론은 완벽히 평범한 저녁을 누릴 수는 없었다. 그새 완전히 어둠이 내려앉은 길거리에는 가로등이 만들어 낸 무수한 그림자들이 깔려있었는데, 그중 반짝거리며 시선을 사로잡는 게 있어 다가가 보면 광고 문구가 감춰져 있어서였다.

제론은 이런 풍경을 처음 봤기에—적어도 기억 속엔 없었기에—어떤 단어로 이 광경을 묘사해야 할지 알 수 없었으나, 어둠 속에 드문드문 감춰진 것들이 '광고'라는 점은 분명했다. 예를 들어, 공원의 벤치가 만들어 낸 검은 그림자 속에는 반짝이는 흑색 가루들이 '트랜스포마스크 판매—어퍼이스트 가면 공방'이라는 문구를 만들어 내며 지면에서 2cm 정도 떨어진 허공에 둥둥 떠있었다.

광고 문구 중 어떤 건 그저 앞을 지나가기만 해도 눈에 들어올 정도로 크고 화려했고, 어떤 것은 눈에 잘 띄지 않는 구석에 숨겨져 있어 자세히 관찰해야만 알아볼 수 있었다. 그리고 반짝이는 흑색 가루들에도 눈 하나 깜짝하지 않고 발걸음을 재촉하는 주위 사람들을 보면, 이 모든 것은 인간의 눈에는 보이지 않는 모양이었다.

그렇게 길 곳곳에서 발견되는 문구 하나하나를 흥미롭게 관찰하며 집 근처까지 도착했을 때, 거대한 가로수의 그림자 속에 숨겨져 있던 광고문이 제론의 눈에 강렬하게 들어왔다.

유란섀드학교—마법적 재능이 부족한 젊은 섀드를 위한 보충반: 9월 10일 시작

"유란섀드학교… 마법적 재능이 부족한…?"

분명 유란섀드학교는 그의 또 다른 신분인 브룩스 교수가 바로 한 달 전까지 재직했던 곳이었다. 그리고 '마법적 재능이 부족한 섀드를 위한 보충반'이라니. 마법에 대한 거의 모든 지식이 사라져 버린 자신에게 너무나 적합한 기회가 아닌가. 섀드마법에 대한 기억을 되찾고, 운이 좋으면 자신의 과거 행적에 대해서도 알아볼 수 있겠다는 생각이 들었다.

제론은 집으로 돌아온 즉시 섀블릿을 찾아 거실에 자리를 잡았다. 식재료를 냉장고에 넣는 것도 까먹은 채였다. 섀블릿에 유란섀드학교의 보충반에 대해 검색하자 입학 방법에 대한 소개가 금방 눈에 들어왔다.

유란섀드학교: 마법적 재능이 부족한 젊은 섀드를 위한 보충반

Euran Institute of Shadology: Class for Young Shads Lacking in Magical Gift

- 9월 10일 시작

- 1년 과정(2개의 정규학기)

- 대상: 마법적 재능이 부족하거나 교육을 받을 형편이 안 돼 섀드로서 고등교육을 받지 못한 30세 미만의 섀드

- 정원: 40명

- 지도 교수: 채 교수(Prof. Chae)

– 접수: 9월 1일, PST 20시에 유란섀드학교에서 접수 후 선발 테
   스트 진행 예정

"젠, 오늘이 며칠이지?"

 제론은 문득 이제까지 자신이 날짜도 제대로 모른 채 시간을 보내왔다는 사실을 깨달았다.

"8월 30일입니다."

"8월 30일?"

 9월 1일에 있을 선발 테스트까지 이틀밖에 남지 않았다는 사실을 깨달은 제론은 서둘러 자리에서 일어났다. 얼마 남지 않은 시간 동안 스무 살 전후로 보이는 마스크를 준비하고, 새로운 신분을 꾸며내고, 무엇보다 근본적으로 유란섀드학교라는 곳으로 가는 방법을 알아내야 했다.

 그때 브룩스 교수 명의의 섀이텀을 장착한 섀블릿이 부르르 진동했다. 제론은 바쁜 마음을 가라앉히며 다시 섀블릿을 집어 들어 메시지를 확인했다.

 유란섀드학교에서 3년 이상 근무한 전·현직 교수님께 '마법적 재능이 부족한 젊은 섀드를 위한 보충반' 추천 권한을 부여합니다. 동봉한 추천서 양식을 확인해 주세요.

메시지를 다 읽자마자, 섀블릿의 오른쪽 면에서 하얀빛이 한 번 반짝이더니, 추천서가 소리 없이 부드럽게 출력되었다. 아니, 엄밀히 말하자면 추천서의 그림자가 섀블릿에서 흘러나오더니, 그 위에 본체인 종이가 서서히 생성되었다. 광고 문구에, 이제는 추천서까지. 이상하리만치 모든 신호가 그를 유란섀드학교로 인도하고 있었다. 제론은 뜻 모를 위화감을 느꼈지만, 그 정체를 알아내려면 유란섀드학교로 향할 수밖에 없다는 것 역시 느끼고 있었다.

제론은 간단한 저녁 식사 후 바로 다시 서재에 틀어박혔다. 언뜻 스치듯 보았던 '공간 이동'과 관련된 책을 찾기 위함이었는데, 책장 두 개를 훑은 후에야 《그림자 이동술 완벽 가이드》라는 이름의 책을 발견할 수 있었다. 그리고 서재 바닥에 그대로 주저앉아 한두 시간 동안 책을 빠르게 훑어나간 제론은 다음과 같은 사항들을 알게 되었다.

1. 그림자 이동술을 위해서는 특정 장소의 지면이 찍힌 사진이 필요하다. 구체적으로 머릿속에 떠올릴 수 없는 장소로는 이동할 수 없다. 일반적인 사진에는 이동술이 통하지 않으며, 특수한

'포토-셰다이즈Photo-Shadize' 처리가 된 사진이 필요하다.

2. 그림자 이동술을 위해서는 '이븐프림 오일EvenPrim Oil'이 필요한
데, 달맞이꽃 종자유에 레몬그라스, 하얀 담비의 털 등을 넣어
만든다.

3. 이동을 위해서는 포토-셰다이즈 처리가 된 사진을 자신의 그
림자와 겹쳐두고, 이븐프림 오일을 한 방울 떨어뜨린 다음 눈
을 감고 머릿속에 가고자 하는 곳의 이미지를 생생하게 떠올려
야 한다.


책은 어떤 구도의 사진이 가장 성공 확률이 높은지, 사진을 어
떻게 포토-셰다이즈 처리를 하는지 그리고 이븐프림 오일은 어
떻게 만드는지 등의 구체적인 내용들을 별도의 챕터로 다루고
있었다. 하지만 제론은 꼭 알아야 할 내용이 아닌 것들은 일단
무시하고 책장을 넘겼다. 이미 '사진의 방'에 포토-셰다이즈 처
리된 사진들이 잔뜩 있다는 것을 깨달았기 때문이다. 그리고 또
다른 필수 재료인 이븐프림 오일 같은 경우에는….

냉장고에 각종 이상한 가루와 액체가 채워져 있다는 사실이
생각난 제론은 곧장 주방으로 향했다. 물론 셰드마법에 대한 기
억을 전부 잃은 제론으로서는 무엇이 무엇인지 전혀 식별할 수
없었지만, 이븐프림 오일이 그림자 이동술에 없어서는 안 되는

물질이라면 하나쯤은 준비된 게 있으리라고 짐작했다. 그래서 냉장고에 있는 모든 병을 살펴보며 책에서 묘사한 것과 같은 액체가 있는지 찾기 시작했다. 책에 따르면, 완벽하게 완성된 이브프림 오일은 '레모네이드를 연상시키는 반짝이는 연한 노란색'에, '다소 무겁게 흔들리는 진한 농도'를 보인다고 했다. 다행히 저자의 꼼꼼한 묘사 덕분에 제론은 표현과 정확히 일치하는 액체가 담긴 병을 금방 찾아낼 수 있었다.

제론은 곧바로 병을 가지고 사진의 방으로 와, 가장 먼저 눈에 들어온 사진을 골라잡았다. 지면만 가득 클로즈업된 흑백사진이라 명확하지는 않았지만, 어딘가의 사막인 것 같았다. 뒷면을 보니 알 수 없는 위도, 경도와 함께 'Dubai'라는 글자가 적혀있었다.

제론은 심호흡을 하고, 그림자 위에 사진을 겹쳐놓은 후, 이브프림 오일 병을 열었다. 그리고….

"이곳으로 어떻게 돌아오지?"

서두르느라 가장 중요한 점을 잊어버린 자기 자신을 책망하며, 제론은 황급히 맞은편 벽면에 걸린 'Home'이라 적힌 사진을 집어 들었다. 책장에 꽂혀있는 사진들과 달리 벽면에 걸려있는 사진들은 조금씩 손때가 묻어있는 것이, 꽤 자주 사용한 사진들인 모양이었다. 하지만 제론은 과거의 자신이 어떤 곳에 주로 방문했었는지 탐구하는 것은 다음으로 미루고, 다시 두바이의 사막으로 이동하는 일에 집중하기로 했다. 공간 이동술을 성공적으로 해내느냐는 이틀 후, 유란섀드학교로 갈 수 있느냐가 걸린 중요한 문제였으니까.

그래서 제론은 다시 한번 깊게 숨을 들이마신 후, 그림자 위에 사진을 겹쳐놓은 채 이븐프림 오일을 정확히 한 방울 떨어뜨렸다. 그리고 눈을 감고, 사진에 찍혀있던 두바이의 사막을 떠올렸다. 그리고 다시 눈을 뜨자….

아무 일도 일어나지 않았다. 공간 이동에 실패한 것이다. 물론 《그림자 이동술 완벽 가이드》에서도 그림자 이동술은 일정 기간 훈련이 필요한 마법이라고 소개되어 있었지만, 제론은 잊힌 기억 어딘가에 묻혀있는 경험이 자신을 성공으로 이끌어 줄 것이라 기대했기 때문에 적잖이 실망할 수밖에 없었다.

결국 제론이 그림자 이동술을 완벽히 해내기까지는 수십 번의 시도가 걸렸다. 책에 적혀있는 마법 구현 방식을 꼼꼼히 읽고 또 읽고, 몇 번이고 자세를 바로잡고, 머릿속에 더욱 생생한 이미지를 떠올리기 위해 정신을 가다듬었다. 하지만 마침내 이동술을 성공시킨 핵심 포인트는 다른 곳에 있었는데, 바로 눈을 감고 사진 속 이미지를 떠올릴 때 '지면 위에 있는 자신의 그림자를 함께 또렷하게 상상하는 것'이었다.

마지막 시도를 위해 사진을 완벽히 그림자에 겹친 후에, 이븐 프림 오일을 한 방울 떨어뜨리고, 눈을 감은 채 두바이의 사막과 '그 위에 늘어진 자신의 그림자'를 함께 상상한 후 눈을 뜨자, 제론의 눈앞에 보인 풍경은 적갈색 모래알이 고요히 늘어선 사막과, 그 위에 늘어져 있는 자신의 그림자였다. 바로 이동 직전까지 상상한 그대로였다. 강렬한 아침 햇살 아래 자리한 사막은 붉은 광채로 뒤덮여 모래알 하나하나가 불타오르듯 눈부시게 반짝였다. 마침내 그림자 이동술에 성공한 것이었다.

5.
유란새드학교

캘리포니아, 요세미티 국립공원.

비가 부슬부슬 내리는 9월 1일의 저녁 7시경, 미러 레이크 옆의 한 거대한 나무 그림자 위로 젊은 남자 한 명이 느닷없이 나타났다. 20대 초반 정도로 보이는, 연갈색 머리칼에 짙은 푸른색 눈동자를 가진 청년으로, 사실 이는 제론의 위장용 마스크 중 하나였다.

전날, 제론은 가면의 방에 있는 무수한 트랜스포마스크 중에서 '마법적 재능이 부족한 젊은'이라는 조건에 부합해 보이는 얼굴을 찾기 위해 고군분투했고, 그 결과 선택한 것이 적당히 순진하고 평범해 보이는 이 청년의 마스크였다.

하지만 완벽한 얼굴로 '유란새드학교'라고 적힌 사진의 장소로 이동하는 것까지는 성공했으나, 이제부터는 무엇을 어떻게 해야 할지 알 수 없었다. 당황스럽게도 제론이 찾아낸 사진은 웅장한 학교 입구가 찍혀있는 사진이 아닌, 풀과 흙이 깔린 바닥과 호수 그리고 나무 그림자뿐인 사진이었고, 실제로 그가 도착한 곳도 그랬다. 주위의 모든 사물을 마치 거울처럼 담아내는 신비로운 호수 위로 얇은 빗줄기가 조금씩 떨어지는 풍경은 실로 대단했지만, 제론은 관광하러 온 것이 아니었기에 그저 경치를 감상하고 있을 여유는 없었다.

학교의 흔적을 찾기 위해 간절한 마음으로 호수 주변을 살피던 제론은 나무 뒤에서 일렁이는 사람의 그림자를 발견하고 그쪽으로 다가갔다. 형상을 알아볼 수 있을 만큼 조금 더 다가가 보니, 나무 뒤에 서있는 사람은 검은 제복 차림의 동양인 여성이었다. 제론이 말을 걸기 위해 한 발짝 더 내딛으려는 찰나, 여성은 바로 기척을 눈치채고는 고개를 휙 돌렸다. 그녀는 아주 잠시 동안 경계심이 가득 담긴 싸늘한 눈초리로 그를 바라보더니, 이내 언제 그랬냐는 듯 선량한 미소를 얼굴 가득 밀어 올렸다.

"학생인가요?"

갑자기 상냥하게 돌변한 그 태도에, 제론은 순간 당황해 말문을 열지 못했다. 찰나의 순간 그에게 꽂혔던 냉랭한 눈빛이 여전히 눈앞에 감돌았기 때문이었다.

"유란섀드학교를 찾아왔나요? 나는 채 교수라고 해요."

제론이 적당한 대답을 찾기도 전에, 채 교수는 자신감 넘치는 미소를 뿜어내며 그에게 뚜벅뚜벅 걸어와 악수를 청했다. 제론은 잠시 머뭇거리다 어색한 손동작으로 그 손을 잡았다.

"…보충반에 지원하고자 왔습니다. 에론 레브런이라고 합니다."

전날, 제론은 얼굴과 함께 미리 이름을 골라놓았는데, 고민 끝에 본명을 조금만 변형해 사용하기로 했다. 완벽히 새로운 이름을 주장하면 헷갈릴 것 같았고, 무엇보다 '제론 에브런'이라는 이름은 섀드세계에서 전혀 알려지지 않은 이름이라는 걸 발견했기 때문이었다. 섀드 정보 네트워크에서도 전혀 검색되지 않았고, 제론 에브런 명의의 섀이템에는 남아있는 통신 이력도 전혀 없었다.

"에론 레브런 군…이군요. 반가워요."

채 교수는 그 이름이 의미심장하다는 듯 잠깐 말을 끌었으나, 제론이 눈치채지 못할 만큼 재빨리 다시 완벽한 미소를 끌어 올렸다.

"보충반에 지원한다니 섀드로서의 힘이 약한 모양이군요. 아니면 섀드교육을 제대로 받지 못할 만한 여건이었거나?"

이유는 알 수 없었으나, 어쩐지 떠보는 듯한 말투였다.

"…사정상 어릴 때부터 인간들 틈에 자라서, 섀드세계에 대해 미처 배우지 못했습니다."

제론은 자신의 섀드마법력이 얼마나 강한지 아직 몰랐으므로, 보다 안전한 이유로 둘러댔다. 섀드세계에 대한 기억을 잃어버린 지금의 자신을 아주 잘 설명해 주는 이유이기도 했다. 채 교수는 그런 제론을 흥미롭다는 듯 얼마간 빤히 보더니, 이내 몸을 돌려 따라오라는 손짓을 보냈다.

"학교로 들어가는 방법을 모르는 것 같네요. 이쪽이에요."

채 교수는 호숫가의 특정 지점에서 발걸음을 멈추더니, 몸 안에 품고 있던 가루를 꺼내 호수 위로 뿌렸다. 그러자 수면이 일렁이더니 숨겨져 있던 문의 그림자가 나타났다.

"섀드세계의 대부분 시설은 '그림자 숨김' 상태로 문이 감춰져 있죠."

채 교수는 또다시 의미심장한 눈빛을 던지더니, 빠른 보폭으로 문의 그림자 앞으로 나아가 이내 시야에서 사라졌다. 제론은 채 교수가 대체 어떻게 그림자만 있는 문안으로 들어간 것인지 고민하다, 일단 자신도 똑같이 문의 그림자 앞으로 다가가 보기로 했다. 제론이 성큼 앞으로 나아가자 그의 그림자가 문의 그림자와 겹쳤고, 눈을 한 번 깜빡이고 나니 어느새 제론의 눈앞에는 호수의 전경이 아닌 흰 대리석 복도가 펼쳐져 있었다. 그리고 그의 등 뒤에는 굳게 닫힌 실제의 문이 자리하고 있었다. 이 놀라운 일에 감탄할 틈도 없이, 제론은 앞서가는 채 교수를 따라잡기 위해 서둘러 발걸음을 재촉했다. 흰 대리석 복도 위를 가로질러, 은빛 명패가 걸린 아치문을 통과해 거대한 원형 강당으로 인도될 때까지, 제론은 그 웅장함을 감상하며 그녀의 뒤를 얌전히 따랐다.

"테스트는 8시에 시작해요. 아직 시간이 많이 남았으니 이곳에서 기다려 줄래요? 그럼 잠시 일이 있어서 이만."

채 교수는 제론을 강당 맨 앞줄에 앉도록 한 후, 동쪽의 승강기로 가 버튼을 눌렀다. 제론은 채 교수의 모습이 완전히 눈앞에서 사라질 때까지 눈으로 그녀의 움직임을 따라갔다. 아까 지상에서 채 교수가 보인 태도의 의미가 궁금했기 때문이었다. 분명 그녀는 인간세계의 휴대폰으로 무언가를 하고 있었는데, 제론의 기척을 느끼자 순간 뾰족한 냉기를 뿜어냈다. 인간세계의 누군가와 비밀리에 이야기하고 있는 현장을 제론이 방해했던 것일까?

하지만 당연히 제론은 그런 사소한 사항에 신경 쓸 때가 아니라고 판단했다. 일단은 유란새드학교에 어떻게든 들어가는 게 중요했기 때문이었다. 그리고 안타깝게도 보충반의 경쟁률은 상당할 것으로 보였다. 아직 8시까지는 한참 남았는데도 강당에 지원자가 속속 들어서고 있었다. 아슬아슬하게 20대 후반 정도로 보이는 사람부터, 부모님의 손을 잡고 온 10대 청소년까지, 다양한 연령대의 지원자들이 한두 명씩 강당에 자리 잡았다.

여기저기 오가는 속삭임을 들어보니 지원자들은 대부분 섀드 세계의 사정에 밝은 모양이었다.

"유란섀드학교에서 보충반을 다시 여는 건 80년 만이래."

"이 정도 명문 학교라면 보충반으로 입학해도 영광이야. 셰릴, 잘할 수 있지? 어떻게든 테스트를 통과하렴."

"어떤 테스트를 보려나? 혹시나 해서 초등 섀드 교육 과정을 일주일 동안 복습하고 왔는데…."

다들 별다른 어려움 없이 숨겨진 문을 따라 학교 안으로 들어온 것만 봐도 자신보다 훨씬 섀드세계에 익숙한 모양이라고 생각하며, 제론은 살짝 한숨을 쉬었다. '초등 섀드 교육 과정'이라는 것도 있었다니. 자신의 경우 지난 며칠간 고군분투하며 읽은 책 몇 권이 현재 뇌에 남아있는 섀드지식의 전부라는 걸 떠올리자 막막해졌다.

어느덧 시간이 흘러 8시가 되었고, 강당은 지원자들과 그들을 따라온 지인들로 가득 찼다. 채 교수는 8시 정각에 맞춰 강당에 등장했다.

"안녕하세요. '마법적 재능이 부족한 젊은 섀드를 위한 보충반'을 담당할 채 교수라고 합니다. 과거에 유란섀드학교에서 오랜 세월 유지되어 왔던 보충반의 고귀한 뜻을 이어받게 되어 영광입니다. 지원자분들만 이쪽으로 따라오시죠."

채 교수는 지원자들을 서쪽 승강장치로 인도했다. 사실 서쪽에 위치한 투명한 문 너머는 단순히 '승강장치'라고 일컫기에는 꽤 독특한 공간이었다. 흔히 인간세계에서 '엘리베이터'라고 부르는 네모반듯한 박스 모양의 장치와는 전혀 달랐기 때문이다. 투명한 문을 지나 승강장치 안으로 들어선 제론은 마치 경계가 없는 우주에 발을 내딛는 듯한, 묘한 기분을 느꼈다. 분명 발아래로 딱딱한 바닥이 느껴졌고, 반투명한 검은색 벽면이 그의 주위를 감싸고 있었으나, 공간이 정확히 구획되지 않은 느낌이었다.

그리고 제론이 느낀 공간감은 단순한 망상은 아니었다. 실제로 사람이 들어올 때마다 승강장치의 공간이 조금씩 늘어난 것이다. 처음에는 네 명 이상 들어갈 수 없다고 생각했으나, 탑승객이 늘어날수록 공간이 일렁이듯 확장되어 끝내 지원자 모두를 수용할 수 있는 크기가 되었다. 하지만 채 교수는 조금도 신기해하는 기색 없이 차분하게 지원자 모두를 승강기 안으로 안내하더니 'A'라고 적힌 버튼을 눌렀다. 제론은 어떤 버튼에도 층수가 쓰여있지 않은 점을 보고 또다시 놀랐다. 'A', 'C1', 'D1', '✳' 등과 같이 그 자체만으로는 알 수 없는 문자들뿐이어서, 도대체 어떤 층이 어떤 층 위에 있는지 상하 관계를 파악할 수가 없었다.

그사이 승강장치 내부는 서서히 어두워져서 완전한 암흑이 되었고, 다시 밝아진 후에는 놀랍게도 이미 다른 층이었다. 원리는 알 수 없었으나, 마치 바닥이 그를 부드럽게 삼켜 다른 시공간으로 내뱉은 것처럼 느껴졌다. 눈 깜짝할 사이에 이동이 끝나는 바람에 어리벙벙해진 제론과 달리, 채 교수는 익숙하다는 듯 우아한 손동작으로 지원자들을 밖으로 안내했다. 그들이 도착한 A층의 복도 끝에는 커다란 문이 하나 있었는데, 그 밖에 긴 테이블을 두고 젊은 섀드 두 명이 앉아있었다.

"이쪽은 접수를 도와줄 학생들이에요. 접수할 서류를 제출하고 문안의 대형 강의실에서 대기해 주세요. 순서가 되면 별도의 방으로 불러 테스트할 겁니다."

제론은 여타 지원자와 마찬가지로 안내에 따라 지원서와 추천서를 내민 후 문안으로 들어섰다. 채 교수의 말대로 그 안은 아주 거대한 강의실이었는데, 온통 무채색으로만 칠해져 있다는 사실을 제외하면 어딘가의 오페라극장이라고 해도 좋을 정도로 웅장하고 고풍스러웠다. 주변의 속삭임을 들어보니, 실제로 이따금 이곳에서 연주회가 펼쳐지기도 하는 모양이었다.

학생들은 일곱 명씩 조를 지어 테스트를 받게 되었고, 약 30분 정도의 대기 후에 제론 역시 함께 이름을 불린 여섯 명의 학생과 함께 다른 방으로 안내되었다. 방에는 채 교수와 '로렌츠 교수'라고 소개된 젊은 남자 교수가 있었는데, 그들이 앉아있는 길고 넓은 테이블의 가운데에는 하얀색 돌이 놓여있었다. 다소 거친 표면을 가진, 거위 알 정도 크기의 네모난 돌로, 아주 귀한 물건인 듯 회색 벨벳 쿠션 위에 소중하게 놓여있었다.

"먼저 '섀도우 스톤Shadow Stone'으로 힘을 측정할 거예요. 섀도우 스톤이 익숙하지 않은 분들을 위해 설명해 드리자면, 이는 섀드로서 어느 정도의 힘을 가졌는지 확인해 주는 물체입니다. 물론 섀드의 마법력은 교육과 훈련을 통해 더욱 증폭될 수 있으니 오늘 결과에 낙심할 필요는 없어요."

채 교수는 말을 이어나가며 제론이 서있는 방향을 흘깃 보았다. 제론은 방에 들어선 순간부터 채 교수가 묘하게 자신에게 주목하고 있다는 느낌을 받았지만, 바로 첫 번째 지원자부터 테스트가 시작되었기에 사소한 느낌에 신경 쓸 겨를이 없었다.

다행히 테스트는 섀도우 스톤이라는 것을 처음 보는 제론도 금방 그 원리를 알아챌 만큼 간단해 보였다. 지원자들이 차례대로 스톤 위에 '손의 그림자'를 드리우면 순백색이던 스톤의 아랫부분부터 일정량의 검은 기운이 차올랐다. 스톤이 어느 정도 검게 물드는지가 지원자들이 지닌 힘의 크기를 보여주는 모양이었다.

제론은 여섯 번째 순서였는데, 애초에 '마법적 재능이 부족한 젊은 섀드를 위한 보충반'이기 때문인지, 앞선 다섯 명의 지원자는 거의 스톤의 10% 정도밖에 물들이지 못했다. 5%도 안 되는 양밖에 채우지 못해 고개를 떨구며 자리로 돌아가는 지원자도 있었다. 그래서 차례가 되자 제론은 속으로 '더도 말고 덜도 말고 다른 지원자들만큼 10% 정도만 채우자'라고 다짐하며 앞으로 나갔다.

그런데 놀랍게도, 제론이 손을 들어 올려 섀도우 스톤 위로 그림자를 늘어뜨리자, 섀도우 스톤은 순식간에 검은 기운이 차오르더니 멈출 기미를 보이지 않고 계속해서 검게 물들어 갔다. 스톤의 80%가 검게 물들자, 불필요한 주목을 받고 싶지 않았던 제론은 두 교수의 눈치를 살폈다. 로렌츠 교수는 약간 당황한 눈치였지만, 다행히 채 교수는 아직 놀란 기색은 없어 보였다. 하지만 스톤이 이내 완벽한 검은색으로 변한 것도 모자라 조금씩 금이 가며 검은 기운이 피어오르기 시작하자, 채 교수도 살짝 미간을 찌푸렸다.

"이만하면 됐습니다. 손을 떼주세요."

채 교수의 단호한 지시에 제론은 얼른 손을 들어 올렸다. 다행히 새도우 스톤에 문제가 생긴 것은 아닌지, 제론이 손을 떨어트리자마자 스톤은 새하얀 원래 상태로 돌아왔다. 하지만 제론의 힘을 감당하지 못하고 생긴 약간의 균열은 회복되지 못했다.

"…보충반이다 보니 3등급 새도우 스톤 정도면 충분하다고 생각했는데, 저희가 잘못 생각했네요. 그렇지만 새도우 스톤에는 전혀 문제가 없으니 이어서 테스트 진행하겠습니다."

채 교수는 다시 단정한 미소를 선보이며 다음 순서의 지원자에게 손짓했다. 제론은 뒤로 물러나며 채 교수의 표정을 살폈으나, 처음의 느낌과 다르게 채 교수가 그를 유독 주시하고 있는 것은 아닌 듯하다는 결론을 내렸다. 채 교수는 어느새 담담한 표정으로 일곱 번째 지원자에게만 시선을 고정하고 있었기 때문이었다. 혹은, 앞선 다섯 명의 지원자가 모두 제론에게 호기심과 질투로 가득한 뜨거운 시선을 보내고 있었기에, 그에게 간혹 꽂히는 채 교수의 시선을 눈치채지 못한 것일지도 몰랐다.

하지만 일곱 번째 지원자의 테스트가 시작되자, 제론을 포함한 나머지 지원자들의 시선은 그쪽으로 몰리기 시작했다. 그녀가 그림자를 얹기 무섭게 스톤이 또다시 빠른 속도로 차올랐기 때문이었다. 그렇지만 빠르게 올라오던 검은 기운은 스톤을 반도 채우지 못한 채 멈춰버렸다. 그러자 지원자들의 시선은 다시 제론에게 돌아왔다가, 채 교수가 입을 열자 다시 그쪽으로 몰렸다.

"세린 양, 혹시 팔찌에 감력減力 물질이 숨겨져 있는 건 아니죠? 힘이 빠르게 차오른 데 비해 조금 급작스럽게 멈춘 감이 있어서."

세린이라는 지원자는 침착하게 오른팔에서 팔찌를 빼서 채 교수에게 건넸다. 독특한 문양이 새겨져 있는 은회색 팔찌였는데, 확실히 흔히 판매하는 다른 팔찌에 비해 조금 눈에 띄게 두꺼웠다.

"교수님, 이 팔찌의 독특한 디자인은 저희 가문에서 내려오는 것입니다. 섀드마법은 전혀 담겨있지 않습니다."

채 교수는 팔찌를 유심히 살피고 그 위에 알 수 없는 마법을 중얼거려 보기도 했으나, 별다른 것을 찾지 못했는지 그대로 세린에게 돌려주었다.

"의심해서 미안해요. 자, 그러면 간단한 구술 면접으로 넘어가도록 하죠."

채 교수는 은은한 눈웃음을 지으며 앞에 놓인 서류를 사락거리며 넘겼다. 지원자들은 뒤에 놓인 회색 의자에 테스트를 치른 순서대로 앉도록 안내되었고, 그 순서대로 면접이 진행되었다. 질문은 주로 로렌츠 교수가 했는데, 대체로 특정한 마법의 개념을 알고 있는지만 확인하는 수준인 듯했다. 그리고 지원자마다 질문이 다른 모양이라, 거의 유일하게 숙지하고 있던 개념인 그림자 분리 마법과 그림자 복원 마법에 대한 질문이 모두 앞에서 나와버리자 제론은 남몰래 한숨을 쉬었다.

"…그림자 이동술에 대해 알고 있나요, 옌 군? 개념과, 필요한 도구 정도만 간단하게 설명해 주세요."

"…어떤 마법약이 필요했던 것 같은데…, 기억이 잘 안 납니다."

다행인지 모든 지원자가 모든 질문에 정확히 답하지는 못했고, 교수들의 반응을 볼 때 한두 문제 넘기는 것은 크게 문제가 되지 않을 듯했다. 하지만 그림자 이동술에 대한 질문마저 앞서 나와버린 것은 큰 문제였다. 스치듯 알게 된 개념이 아주 조금이라도 더 있는지 급하게 머릿속을 더듬는 동안, 제론의 순서가 돌아왔다.

"에론 군, 21세. 브룩스 교수의 추천을 받았다고 되어있네요."

로렌츠 교수가 제론의 지원서를 검토하며 질문을 준비하는 동안, 채 교수는 브룩스 교수의 추천서를 확인하고는 아주 찰나의 순간 동안 눈을 반짝 빛냈다. 제론을 제외한 모두가 전혀 눈치채지 못할 만큼. 하지만 제론도 그 묘한 시선의 이유를 알 수는 없었다. 그녀가 무언가 질문이라도 했다면 실마리라도 잡을 수 있었을지 모르지만, 채 교수는 언제 그랬냐는 듯 단정한 표정으로 돌아와 성실하게 서류를 검토하고 있을 뿐이었다. 그리고 로렌츠 교수의 질문이 시작된 터라 제론도 더 이상 채 교수만을 주시하고 있을 수는 없었다.

"그러면 에론 군, '그림자 교환술'에 대해 설명해 주세요."

"…모르겠습니다."

"음…, 그렇다면 '그림자 부림술'에 대해 알고 있나요?"

"…역시, 모르겠습니다."

안타깝게도 제론은 질문받은 마법들에 대해 전혀 아는 바가 없었다.

"괜찮아요. 섀드로서 교육을 받은 적이 없다면 모를 수 있죠. 그렇다면…."

"혹시 '트랜스포마스크'에 대해서는 들어본 적이 있을까요?"

로렌츠 교수가 적당한 질문을 궁리하는 동안, 갑작스럽게 채 교수의 질문이 날아왔다. 그리고 채 교수는 트랜스포마스크라는 말을 듣는 순간 미세하게 흔들리기 시작한 제론의 눈동자를 똑바로 주시했다.

"…모르겠습니다. 죄송합니다."

제론은 트랜스포마스크에 대해서는 여타 지원자들만큼이나 혹은 그 이상 알고 있다고 자부할 수 있었지만, 차라리 모른다고 대답하는 쪽을 택했다. 그 자신이 현재 트랜스포마스크로 신분을 속이고 앉아있는 점을 감안하면, 다른 마법은 전혀 설명하지 못하면서 트랜스포마스크에 대해서만 해박한 것이 수상하기 때문이었다. 테스트에서 좋은 성적을 거두지 못하면 입학이 어려울 수 있어 망설였지만, 신분을 속이고 시험을 치른 사실이 밝혀지면 어쩐지 그 이상의 대가가 기다리고 있을 것 같았다.

"알겠습니다. 그러면 다음 차례로 넘어가도록 하죠."

채 교수는 제론에게 정중한 미소를 보내고는 로렌츠 교수에게 넘어가자는 신호를 보냈다. 제론에게 별다른 관심은 없는 듯한 얼굴이어서, 제론도 복잡한 생각이 교차하는 속마음을 감추고 입가에 정중한 미소를 걸어두었다. 그리고 세린이라는 지원자가 제론과 비교되게도 모든 질문에 완벽하게 답한 것을 마지막으로 테스트는 모두 끝이 났다.

"…합격자는 3일 후, 섀드 정보 네트워크를 통해 발표할 예정입니다. 정원이 마흔 명으로 제한되어 있어서 지원자 선별 과정이 필요한 점 양해 부탁드려요. 모두 고생하셨습니다."

채 교수는 완벽히 단정한 태도로 테스트를 마무리 지었다. 제론도 찰나의 순간 동안 느꼈던 의문스러운 시선이 실제가 맞는지 혹은 자신의 오해일 뿐인지 의아해질 정도였다. 그래서 집으로 돌아간 제론은 자신이 예민했을 뿐이라고 결론을 내리고 편히 잠을 청하기로 했다. 게다가 질문에 하나도 답하지 못한 사람은 같은 그룹의 지원자 일곱 명 중 제론 자신뿐이었으므로,

채 교수보다는 합격 여부가 더 신경이 쓰였다.

　한편, 모든 테스트가 완료되고 지원자들이 돌아간 후인 그날 밤, 채 교수는 또다시 달빛이 스며드는 호숫가에 나와있었다. 어느새 비는 모두 그쳐, 물기를 머금은 풀잎을 밟고 선 채 교수의 머리 위로 깨끗한 검은 하늘이 펼쳐져 있었다.

　"…추천서를 확인했으니 거의 틀림없습니다. 그리고 그 태도에 그 힘…. 아, 저를 알아보는 거 같지는 않더군요. 그럼, 다음에."

　한껏 낮춘 목소리로 통화를 마친 채 교수는 주변을 한 번 쓱 둘러보더니, 휴대폰을 주머니에 넣고 호수 위 그림자 문의 안으로 사라졌다.

6.
## 다엘 슈에트

뉴욕, 로어 맨해튼.

9월 4일 오전 10시. 다소 늦은 시간에 일어난 제론은 간단히 토스트를 집어 먹으며 별다른 기대 없이 섀드 정보 네트워크에 접속했다.

유란섀드학교: 마법적 재능이 부족한 젊은 섀드를 위한 보충반

Euran Institute of Shadology: Class for Young Shads Lacking in Magical Gift

### 합격자 명단

세린 카일

노아 메쉬

루나 에자키

다니엘라 앤더슨

에론 레브런

제이 홍

…


"에론 레브런!"

합격자 명단에서 그의 가명을 발견한 제론은 어안이 벙벙했다. 혹시나 하는 마음에 합격자 명단을 찾아보긴 했지만, 질문에 하나도 답하지 못했는데 설마 붙으리라고 기대하진 않았던 것이다.

합격 사실을 확인하자, 문득 채 교수에게서 느껴지던 묘한 위화감이 다시 생각났다. 이따금 그에게 꽂히던 시선, 브룩스 교수의 추천서를 확인하고는 반짝 빛났던 찰나의 눈빛. 하지만 이 모든 것은 순전히 상상일지도 몰랐다. 아니, 상상에 지나지 않을 가능성이 높았다. 저명한 섀드학교의 교수가 그날 처음 본 학생일 뿐인 자신에게 그리 깊은 관심을 둘 리가 없지 않은가. 결국 제론은 너무 과민 반응했을 뿐이라 결론짓고, 다시 눈앞의 현실에 집중하기로 했다.

자신이 어떻게 합격자 명단에 이름을 올릴 수 있었는지는 의

문이라 해도, 유란섀드학교의 보충반은 제론에게 꽤 좋은 기회였다. 섀드지식을 배우면서 자신의 과거에 대해서도 탐색할 수 있는 최적의 장소였으므로, 과정이야 어떻든 결국 손에 들어온 이 기회를 놓칠 수는 없었다.

이로써 여섯 개의 가짜 신분 중 브룩스 교수에 대한 조사는 한 발짝이나마 앞으로 내딛은 셈이라고 할 수 있었다. 하지만 다른 신분에 대한 탐색은 그리 순탄하지 않았다.

한 박사는 유명한 기업인이라는 것치고는 섀드 정보 네트워크 상에 공개된 정보가 거의 없었다. 그가 창립한 기업 제로가 프랑크푸르트의 마인강변 어딘가에 있다는 사실은 알려져 있었지만, 지금 무작정 마인강변에 찾아가 봤자 제로의 위치를 찾아내기는 어려울 게 틀림없었다. 제론은 유란섀드학교의 문을 찾아주며 건넨 채 교수의 말을 똑똑히 기억하고 있었다.

"섀드세계의 대부분 시설은 '그림자 숨김' 상태로 문이 감춰져 있죠."

중요한 섀드-텍 기업이라는 제로 역시 당연히 눈에 쉽게 띄는 장소에 있을 턱이 없었다. 그러므로 제로의 정확한 위치를 알아내고, 그림자 숨김 상태의 물체를 찾아내는 방법을 배우기 전까지는 할 수 있는 것이 없을 듯했다.

그리고 그가 지난 며칠간 조금씩 찾아본 지식에 따르면 안타깝게도 J. H. 율릭스 역시 그리 크게 알려진 인물은 아니었다. 게다가 가장 유명한 작품이라고 소개된 《두 어둠의 지배자》 외세 권의 책은 제론 자신의 서재에도 없는 모양이어서, 우선 그의 소설책을 찾아서 차근차근 읽어보는 일부터 시작해야 할 것 같았다.

물론, 더 큰 문제는 전혀 신원을 파악할 수가 없는 세 개의 신분이었다. 나머지 세 개의 섀이덤에 적힌 이름은 각각 'L. Powell', 'X. Cheong', 'N. Neumann'이었는데, 이 이름들은 섀드 정보 네트워크에서 전혀 검색이 되지 않았다. 설상가상으로 섀이덤 자체에도 통신 기록이 모두 지워져 있어서, 무언가 새로운 연락이 올 때까지는 할 수 있는 것이 없어 보였다.

결국, 당장 할 수 있는 일은 J. H. 율릭스의 소설을 구해 읽는 것과 더 많은 섀드마법을 공부하는 것 그리고 유란섀드학교의 보충반에 갈 준비를 착실히 하는 일밖에 없다는 결론이 나왔다. 9월 10일까지는 일주일도 채 남지 않았다. 우선 보충반 입학 준비에 집중하기로 한 제론은 섀블릿과 그림자로 복원한 커피 한 잔을 들고 식탁에 앉았다. 보충반 합격자를 명시해 둔 내용 바로 아래에는 '합격자 입학 준비 사항'이라는 회색 글씨가 있었는데, 이를 강하게 응시하며 머릿속으로 집중력을 흘려보내자, 바로 새블릿 오른쪽 면에서 종이의 그림자가 흘러나왔다. 이어서 본체를 드러낸 연회색 종이에는 정갈한 검은색 활자로 아래와 같은 내용이 적혀있었다.

### 입학 준비 사항

1. 9월 8일 ~ 9일, PST 10시 ~ 18시 사이에 방문해 비용 납부
2. 기숙사 또한 위의 기간 중 편한 일자와 시간에 방문해 신청
3. 9월 10일, PST 10시 1층 강당에서 집합
4. 수업 목록에 맞는 교재 준비

### 1학기 수업 목록

- 〈그림자 이동술 기초〉
- 〈섀드세계의 역사와 규칙〉
- 〈초급 트랜스포마스크 제작〉
- 〈그림자 교환술 기초〉
- 〈사물 그림자화〉
- 〈그림자 분리와 복원〉
- 〈그림자 공격과 방어〉

내용을 쭉 읽어 내려가던 제론은 문득 자신이 섀드세계의 화폐에 대해서도 아는 것이 전혀 없다는 걸 깨달았다. 도대체 섀드학교의 비용은 어떤 돈으로 지불한단 말인가. 인간세계의 구매 수단은 노력하지 않아도 당연하다는 듯 떠오르는 점과 사뭇 대조적이었다. 이런 생각을 하던 중, 섀블릿 오른편에서 또 하나의 종이가 등장했다. '수업별 준비 사항'이라고 쓰인 종이로, 각 수업을 위해 미리 구매해 두어야 하는 교재와 준비물이 적혀 있었다. 일곱 개 수업의 준비 비용도 모두 합치면 꽤 만만치 않아 보였다.

물론 제론은 그 자신이 돈이 없을 것이란 생각을 하지는 않았다. 지금 발을 디디고 있는 맨해튼섬 한복판의 호화로운 펜트하우스, 마법서적으로 가득 찬 넓은 서재, 가면의 방과 사진의 방, 냉장고 안 마법재료들까지. 그 무엇을 떠올려도 '가난함'이라는 단어와는 거리가 멀었으니까. 일곱 가지 신분 중 하나는 저명한 교수, 하나는 성공한 기업가, 하나는 이름이 알려진 작가라는 부분만 생각해도 돈을 걱정할 필요는 없어 보였다. 돈이 아무리 많아도 지불수단에 대한 기억이 없다면 소용이 없긴 하지만.

그래서 제론은 이미 몇 번이고 돌아본 집 안을 다시 한번 꼼꼼히 탐색했다. 놓친 것이 있는지 가구 밑까지 꼼꼼하게 살펴보았지만, 인간세계의 돈이 든 지갑 외에는 어디에도 지불수단으로 보이는 것이 없었다. 하는 수 없이 제론은 다시 젠의 지식에 기대어 보기로 했다.

"젠, 섀드세계의 결제 수단에 대해 물어봐도 될까? 되도록 구체적으로 설명해 주면 좋겠어."

"섀드세계의 자산은 모두 소유자의 그림자에 기록이 저장됩니다. 자산 확인 및 거래를 위해서는 '블랙큐브'를 사용하는데요, 블랙큐브에 소유자의 그림자를 스캔하면 자산 내역을 확인할 수 있습니다. 그리고 그 상태로 자신의 블랙큐브를 타인의 블랙큐브에 접촉한 채 이체할 금액을 입력하면 상대의 그림자로 돈을 이체할 수 있습니다."

제론이 대부분 지식을 잃었다는 걸 학습했기 때문인지 젠의 설명은 이번에도 길게 이어졌다.

"그리고 상점에는 보통 기업용 블랙큐브가 있습니다. 이 경우 등록된 코드의 상점으로만 이체가 이루어지며, 상점 측에서 블랙큐브에 금액을 입력한 후 결제자가 자신의 그림자를 스캔하는 방식으로 결제가 이루어집니다. 그리고 그림자에 저장된 섀드자산을 인간세계의 돈으로 환전하시려면 섀드은행을 찾아가셔야 합니다."

"블랙큐브?"

"블랙 토르말린에 검은 백합 가루를 섞어 복잡한 그림자 주술을 입힌 물건입니다. 그림자에 저장되어 있는 암호화된 신호를 읽어 들이는 속성을 가지고 있죠."

"블랙큐브에 그림자를 어떻게 스캔하는 거지?"

"본인이 미리 지정해 둔 그림자 부위를 블랙큐브 위에 5초 이상 드리워 주시면 됩니다. 제론 님의 경우 오른손 손바닥이 지정 부위인 걸로 기억합니다."

제론은 섀블릿에 블랙큐브를 바로 검색해 보았다. 다행히 이미지로 된 결과를 확인할 수 있었는데, 블랙큐브라는 이름 아래에 나온 이미지는 정육면체 모양의 광물 같은 물체였다. 숯 같은 새카만 몸체에 미세한 회색 선들이 결을 따라 가로로 나있으면서도 표면은 진주처럼 매끈해 보였다.

이미지를 확인하자마자 제론의 머릿속에 떠오르는 것이 있었다. 침실에 있는 검은 서랍장. 그중 인간세계의 돈을 담은 지갑이 들어있던 가장 아래 칸의 서랍에 분명 비슷한 모양의 물체가 있었다. 이제까지는 단순한 디자인 소품처럼 보이던 물체가 그리 중요한 기능을 가지고 있으리라 상상하지 못했기에 관심을 두지 않았던 것이다.

드디어 그 용도를 깨달은 제론은 얼른 침실로 올라가 검은색 정육면체를 꺼내왔다. 생각보다 작은, 손바닥 정도의 크기였는데 자세히 보니 매끄러운 표면에 미세하게 회색 결이 나있는 것이 정확히 섀블릿 속의 이미지와 똑같았다. 제론은 바로 시험 삼아 블랙큐브에 그림자를 스캔해 보았다. 젠이 일러준 대로 오른손 손바닥 부분의 그림자를 블랙큐브 위에 드리운 채 5초를 기다리자, 띵 하는 맑은 소리와 함께 블랙큐브의 한 면에 은색 글씨가 나타났다.

110,194,502,070,300,000

숫자는 아마 자산의 액수를 표시해 주는 것 같았는데, 섀드화폐 단위에 대한 지식이 증발한 제론이 봐도 어느 정도 큰 금액인 것 같았다. 물론 그렇게 생각하게 된 이유는 자신을 둘러싼 호화로운 집 안 환경의 영향일지도 모르지만.

결제 방법을 알아냈으니, 이제 남은 건 교재와 준비물을 구매할 장소를 알아내는 일이었다. 물론 유란섀드학교에 찾아가 물어볼 수도 있겠으나, 그 정도로 섀드세계에 대해 아무것도 모른다는 사실을 학교 측에 알리면 오히려 불필요한 관심을 자아낼 것 같았다. 마법에 대해서는 제대로 배우지 못했다 해도, 섀드세계에 속한 이라면 섀드들의 활동공간에 대해 전혀 모를 수는 없을 테니까.

젠이나 섀블릿의 힘에 의존하는 방법도 이번에는 큰 도움이 되지 못했다. 젠이 일러준 길을 따라 찾아가 봐도, 상점이 대체 어디에 있는지 찾을 수가 없었던 것이다. 섀드세계에서는 소소한 상점들마저도 대부분 그림자 숨김 상태로 문이 감춰져 있어, 이를 찾아내는 방법을 알아내지 못한다면 상점의 대략적인 위치를 알아도 무용지물인 듯했다.

그래서 다음 날에도 제론은 브루클린교 근처에 있다던 어느 상점을 찾기 위해 오전 시간을 내내 허비하다, 결국 포기하고 집에 돌아가기 위해 발걸음을 돌렸다. 그런데 집으로 돌아가기 위해 다리 아래의 어느 한적한 구역을 지나가는 순간, 마침 공교롭게도 아무것도 없던 허공에서 사람이 등장하는 모습이 그의 눈에 들어왔다. 10대 후반 정도 되어 보이는 부스스한 금발의 청년이었는데, 그가 들고 있는 종이봉투에는 '게일&데임 섀드 교육 스토어<sup>Gale&Dame Shad Education Store</sup>'라는 이름이 쓰여있었다. 그리고 그것은 바로 제론이 찾던 바로 그 상점의 이름이었다.

청년은 숨겨져 있던 섀드상점에서 나오다가 목격된 사실이 상당히 당황스러운지, 차고 있던 시계에 대고 작은 목소리로 짜증을 냈다.

"왜 인간이 주변에 있다고 말을 안 했어!"

"그… 저도 섀드예요. 안심하셔도 괜찮아요."

제론은 잠시 머뭇거리다, 청년의 시계가 무언가 대답을 하기 전에 먼저 자신을 소개하고 나섰다.

"아…."

청년은 당황스럽다는 듯 얼마간 제론을 빤히 마주 보며 서있더니, 다시 정신을 추스르고 사과의 말을 건넸다.

"아, 너무 당황해서. 미안해요. 이렇게 인간을 마주칠 때마다 기억을 지우는 게 너무 번거롭다 보니…."

청년은 일단 사과를 한 후 제론에게 역으로 질문을 던졌다.

"그런데 이런 구석진 곳에 왜 그렇게 어색하게 서있었던 거죠? 섀드라면서 내가 상점에서 나오는 걸 보고 화들짝 놀란 점도 좀 이상하고…."

청년은 섀드인 제론이 왜 그렇게 섀드세계에 대해 익숙하지 않다는 얼굴을 하고 있는지 의아한 모양이었다.

"아, 그러니까… 오늘 뉴욕에 처음 왔거든요. 저도 게일&데임 섀드 교육 스토어를 찾아보고 있었는데, 길을 잘 몰라서 헤매고 있던 터라."

제론은 재빨리 변명을 꾸며냈다. 그리고 이 말이 나름대로 일리가 있다고 생각했는지, 청년은 이해했다는 듯 고개를 끄덕였다. 다행히 꽤 단순한 성격의 소유자인 모양이었다.

"그렇군요. 그런데 초면에 너무 지나친 참견일 수 있지만, 개인적으로 이 상점은 추천하기 어려울 거 같아요. 저도 여기에서 학생들을 대상으로 프로모션을 한다길래 오늘 처음 와봤는데, 괜찮은 물건이 생각보다 별로 없어서…. 뉴욕에 처음 온 거면, 차라리 다엘 슈에트에 가보는 게 낫지 않겠어요?"

"다엘 슈에트?"

제론의 반문에 청년이 도리어 의아하다는 표정을 지었다.

"'다엘 슈에트Dael Shouette'. 미국에서 가장 큰 섀드백화점이잖아요. 뉴욕에 처음 와봤다고는 해도, 다엘 슈에트를 모를 수는 없을 거 같은데?"

청년의 어리둥절한 표정에 당황한 제론은 차라리 그의 사정을 어느 정도라도 솔직하게 밝히기로 했다. 단순히 뉴욕이 처음이라는 말만 반복하기에는 설명하기 어려운 부분이 너무 많았다.

"아… 사실, 사정상 아직 섀드세계에 대해 모르는 게 많아서요."

"음….."

청년은 여전히 납득이 잘 안 된다는 표정이었으나, 그래도 상대의 사정에 대해 꼬치꼬치 캐묻는 성격은 아닌 모양이었다. 결국 그런 사소한 부분은 신경 쓰지 않고 눈앞의 불쌍한 섀드를 도와주기로 마음먹었는지, 자신이 안내해 주겠다며 따라오라는 손짓을 했다. 제론이 학생 같은 외양을 꾸며내고자 '에론'의 마스크를 끼고 있었기에, 자신의 또래라 생각하고 친근감을 느낀 것일지도 몰랐다.

"한번 따라와 봐요."

마침내 청년이 제론을 인도한 곳은 놀랍게도 뉴욕의 유명한 관광지 중 하나인 메트로폴리탄 미술관 앞이었다. 청년은 뿌듯한 미소를 지으며 택시에서 내렸지만, 한적한 상점가쯤을 예상했던 제론은 당황스러운 기색을 감출 수 없었다.

"여긴 미술관 아니에요?"

제론의 혼란스러운 표정을 본 청년은 재미있다는 듯이 웃었다.

"미술관이기도 하지만, 다엘 슈에트의 첫 번째 문이 있는 곳이기도 해요."

청년은 제론의 팔을 덥석 잡고 사람들이 붐비는 메트로폴리탄 미술관 앞을 빠르게 지나갔다. 정문과 분수대를 지나서 코너를 돌아 미술관의 오른쪽 면으로 가자, 사람이 없는 한적한 벽면이 나타났다.

"이쪽이에요."

청년은 오른쪽 벽면을 따라 가장 구석진 곳까지 제론을 인도했다. 그리고 지켜보는 사람이 없는지 한 번 주위를 쓱 둘러보더니, 주머니에서 은백색 가루를 꺼내 벽면 아래에 뿌렸다. 역시나 그림자 숨김 상태로 출입문이 숨겨져 있는 모양이었다. 연한 크림색의 벽면 아래로, 가루가 닿은 지면부터 문의 그림자가 빠르게 자라났다.

청년의 뒤를 따라 문안으로 들어가자, 눈앞에 거대한 원형의 공간이 펼쳐졌다. 뉴욕 시내 한복판에, 그것도 메트로폴리탄 미술관의 오른쪽 벽면에 숨겨져 있는 공간이라고는 믿기 어려울 정도의 규모였다. 게다가 구조 자체도 아주 독특했다. 대부분의 일반적인 건물처럼 층이 여러 개로 나뉘어 있는 것이 아니라, 넓은 바닥 자체가 소용돌이치듯 나선형으로 위로 올라가는 구조였다. 다만 워낙 큰 공간이라 바닥의 경사는 매우 완만해서, 경사로라기보다는 하나의 끝없는 층이 펼쳐져 있는 것 같은 느낌을 자아냈다. 가운데는 유리로 된 원통 형태의 구조물이 관통해 있었는데, 그 안에는 승강장치가 들어있는 모양이었다. 그리고 출입문은 제론과 청년이 들어온 곳을 기준으로 왼쪽과 오른쪽에 각각 한 개씩 더 있었다.

"다엘 슈에트에는 문이 세 개예요. 우리가 들어온 쪽은 메트로폴리탄 미술관에서 연결되어 있고, 한 개는 센트럴파크 어딘가의 나무 그림자 밑에 있는데, 위치를 찾기가 조금 어려워요. 워낙 그 나무가 그 나무라. 그리고 마지막 한 개는 재클린 케네디 오나시스 저수지 옆에 있어요."

제론의 눈이 자연스럽게 나머지 두 개의 문을 돌아보고 있는 것을 포착했는지, 청년이 때마침 적절한 설명을 더해주었다.

"다엘 슈에트에는 없는 상점이 없어서, 아마 찾으려는 물건은 거의 다 찾을 수 있을 거예요. 교재를 사야 하는 거라면 서점은 가장 최상층에 있고요. 따로 층 구분은 없고 바닥 자체가 나선형으로 서서히 올라가는 구조라서, 상점들을 쭉 따라서 걷다 보면 꼭대기까지 갈 수 있을 거예요. 아니면 저기 있는 승강기를 이용해도 되고요. 그럼 좋은 시간 보내요. 나는 이만 갈게요!"

청년은 마저 설명을 쏟아내더니, 손을 한 번 흔들어 보이고는 돌아섰다. 제론은 초면인데도 이렇게까지 도움을 준 청년에게 고마워하며 화답의 의미로 손을 흔들어 보이고는, 돌아서서 본격적으로 탐방에 나섰다.

평일 오전인데도 다엘 슈에트에는 생각보다 오고 가는 섀드가 꽤 있었다. 제론은 무의식적으로 섀드들의 움직임을 눈으로 따라가다, 문득 무채색 계열이 아닌 옷을 거의 찾아보기 힘들다는 사실을 깨달았다. 그리고 보니 유란섀드학교에서 마주친 섀드들의 옷차림도, 제론 자신의 집에 있는 옷들도, 모두 언뜻 보기에는 인간세계의 옷과 다를 바 없었지만 색상이 전혀 들어가지 않았다는 게 생각났다. 섀드세계에서는 무채색을 가장 세련된 색으로 간주하는 모양이라고 여기며, 제론은 이 소소한 발견을 혼자만의 즐거움으로 간직한 채 다시 상점들 쪽으로 시선을 돌렸다.

다엘 슈에트의 상점들은 모두 가장 바깥쪽에 둥근 벽면을 따라 위치해 있었다. 승강장치가 있는 원통 구조물이 원의 중심이라고 하면, 상점들은 거대한 원의 가장자리, 그러니까 둘레 부분에 있는 셈이었다. 상점의 벽은 모두 유리로 되어있어서 멀리서도 전시된 물건들이 눈에 쉽게 들어왔고, 상점과 승강장치의 유리벽은 어디에서 들어오는지 모를 햇빛을 받아 반짝이며 공간에 신비감을 더해주었다.

그런데… 의아하게도 어느 곳에도 그림자는 없었다. 오고 가는 섀드들의 뒤에만 그림자가 작게 늘어서 있을 뿐, 백화점에 있는 어떠한 구조물 뒤에도 그림자가 보이지 않았다. 승강장치와 상점들 사이의 넓은 바닥에는 생기를 더해주는 화분이나 휴식용 소파 등이 군데군데 놓여있었는데, 그 어느 것에도 그림자가 연결되어 있지는 않았던 것이다.

"엄마, 왜 이 꽃은 그림자가 없어요?"

제론이 어리둥절해하던 사이, 다행히도 마침 지나가던 섀드 아이가 그의 의문을 해소해 주었다.

"그림자를 분리해서 '섀도우-프리저Shadow-Freezer'에 넣어둔 거야. 그러면 시간의 흐름이 멈춰서 더 이상 시들지 않거든. 이렇게 예쁘게 꽃이 핀 상태로 영원히 보관해 두면 좋겠지? 여기 있는 가구들도 마찬가지야. 손때가 타거나 낡지 않도록 방지한 거

란다."

설명을 엿듣던 제론은 흥미로워하며 작게 고개를 끄덕이다, 마찬가지로 고개를 끄덕이고 있던 섀드 아이와 눈이 마주치자 시선을 피하며 얼른 발걸음을 옮겼다. 어차피 승강기로 이동해 가장 위에 있다는 서점부터 가볼 참이기도 했다. 승강기로 가장 위층까지 이동해 서점부터 들른 후에, 나선형 바닥을 따라 천천히 상점들을 둘러보며 내려올 생각이었던 것이다. 다행히 승강 장치는 사소한 디자인 차이를 제외하고는 유란섀드학교에서 탑승했던 승강기와 완전히 같아서, 이번에는 제론도 편안하게 탑승을 즐길 수 있었다.

승강기에서 내리자마자 바로 눈에 들어온 서점은 층 하나를 가득 채울 만큼 큰 규모였다. 하지만 이미 수업 목록이 정해져 있었기에 교재를 찾아내는 일은 그리 오래 걸리지 않았고, 오히려 J. H. 율릭스의 나머지 소설을 찾는 데에 더 긴 시간이 걸렸다. J. H. 율릭스의 비인기 소설들은 생각보다 더 인기가 없는지, 서점을 몇 바퀴나 돌았는데도 세 권 중 한 권밖에 찾을 수가 없었다. 직원을 잡고 물어봐도 돌아오는 대답은 "죄송하지만 재고가 없다"는 말뿐이라 일단 포기할 수밖에 없었다.

그리고 물론 그보다 급한 문제는 각 수업에 필요한 마법재료들을 구매하는 일이었다. 지금 제론의 상태로는 무엇이 무엇인지 식별하는 것부터 난관이었다. 집에 무수한 마법재료들이 이미 갖춰져 있는데 제론이 굳이 시간을 내어 상점을 찾아 나선 이유도, 단순히 재료의 색감과 재질만 봐서는 무엇이 무엇인지 전혀 알 수가 없었기 때문이었다.

결국 제론은 모든 상점을 일일이 돌아다니며 진열된 상품 앞에 붙은 라벨을 하나하나 꼼꼼하게 읽어보고, 필요하다고 판단되면 구매하는 방식을 택했다. 특히 '미셀레이니어스 파우더스 Miscellaneous Powders'라는 가게의 과할 정도의 친절이 제론에게는 오히려 큰 도움이 되었다.

"이쪽이 저희 가게에서 가장 품질이 좋은 '리섀딩 파우더Re-shadding Powder'입니다. 은백색으로 선명하게 반짝이는 게 보이시나요? 어떠한 그림자 숨김 상태의 출입문이라도 빠르고 정확하게 모습을 드러내게 해주죠. 50g 이상 구매하시면 특별히 저희 가게의 상징 색인 연보라색 벨벳 주머니에 담아 드립니다."

"손님, 달맞이꽃 가루는 필요 없으세요? '화이트-섀드 파우더 White-Shad Powder'나 '언섀딩 포션Unshadding Potion'에도 꼭 들어가는 필수 재료인데…."

가게 점원들의 넘치는 친절에도 어색한 발걸음으로 퇴장해 버리지 않는 손님은 제론이 유일했기에, 점점 더 많은 직원이 제론에게 따라붙으며 각종 재료에 대한 설명을 앞다투어 늘어놓았다. 제론 역시 얼마 지나자 머리가 어지러워지기 시작할 정도였지만, 그래도 끊임없는 설명 덕분에 마법재료에 대한 지식과 무거운 쇼핑백을 듬뿍 안고 가게를 나올 수 있었다. 직원들이 억지로 떠안기는 재료들까지 모두 구매하는 바람에 생각 외로 돈을 많이 쓰긴 했지만, 나름대로 마법재료에 대한 공부가 되었다는 점에 의의를 두면 돈이 아깝지는 않았다. 게다가 이미 반쯤 예상했던 것처럼, 그의 통장 잔고는 이 백화점을 통째로 사고도 남을 만큼 넉넉했으므로 약간의 과소비 정도는 괜찮았다.

제론이 양손 가득 쇼핑백을 안고 집에 돌아왔을 때는 벌써 저녁이 되어가고 있었다. 집을 나선 것이 오전이었으니, 거의 새드백화점에서만 다섯 시간이 넘는 시간을 쓴 것이었다. 그 넓은 곳의 모든 상점들을 일일이 살폈으니 어쩌면 당연한 일일지도 몰랐다.

어느새 하늘에 감돌기 시작한 어스름한 붉은빛이 저녁 식사 시간임을 알리고 있었으나, 제론은 먼저 각종 마법재료가 담긴 유리병과 주머니에 꼼꼼하게 이름과 용도를 적어두는 데 열중했다. 지식이 휘발되기 전에 하나라도 더 적어두어야 했기 때문이었다. 그리고 마침내 모든 재료를 냉장고에 차곡차곡 정리한 후에는 구매한 책들을 정리하기 위해 서재로 향했다.

책장 한쪽의 선반을 통째로 비워 교재들을 꽂아둔 후에, 제론은 새로 구매한 J. H. 율릭스의 책을 《두 어둠의 지배자》 곁에 함께 꽂아두기 위해 소설이 모여있던 책장 쪽으로 몸을 돌렸다. 그러나 아무리 꼼꼼히 살펴보아도 《두 어둠의 지배자》를 발견할 수 없었다. 위치를 착각했나 싶어 주변 다른 책장들도 둘러봤지만, 그 어디에도 《두 어둠의 지배자》는 없었다. 책이 없어졌다는 사실을 광고라도 하듯, 다른 소설책 사이에 눈에 띄게 비어있는 한 자리가 눈에 들어올 뿐이었다.

이 당황스러운 풍경에 제론의 심장이 점점 빠르게 뛰며, 그의 머릿속에 규칙적인 경고음을 밀어 올리기 시작했다. 이게 무슨 상황이지? 누군가가 훔쳐 간 걸까? 하지만 이 집의 문은 가정 관리 지능인 젠이 통제하고 있어, 아무리 비밀번호를 눌러도 제론의 그림자가 인식되지 않는 한 절대 열리지 않는 구조였다. 누군가가 침입할 수가 있기나 한 것인가? 그리고 만약 누군가가 실제로 어떻게든 침입했다고 치더라도, 왜 하필 소설책일 뿐인 《두 어둠의 지배자》를 가져간 것일까?

제론의 머릿속이 질문으로 가득 찬 가운데, 암막 커튼이 걷어진 창문에서 쏟아져 들어오는 저녁노을이 그의 혼란스러운 얼굴빛을 붉게 물들였다.

# 두 어둠의 지배자

사라진 소설책의 미스터리를 풀지 못한 채, 어느새 보충반의 개강일인 9월 10일이 찾아왔다. 집 안 구석구석을 살펴봤지만 《두 어둠의 지배자》는 어디에도 없었고, 그렇다고 해서 그 외에 사라진 물건이 있는 것도 아니었다. 도둑이 들었다면 다른 값비싸 보이는 물건도 몽땅 사라져야 마땅한데, 그 소설책 한 권을 제외하면 이상할 정도로 모든 것이 제자리에 놓여있었다. 혼자 물건을 잃어버린, 바보 같은 일이 생긴 것이라며 넘어가고 싶은 마음과 정말로 도둑이 들었던 게 아닐까 하는 의심 사이에서 갈팡질팡하며, 제론은 그렇게 마법공부에 집중하지 못한 채 보충반의 첫날을 맞이하게 되었다.

하지만 유란섀드학교의 첫날도 평탄하게 흘러가지만은 않았다. 처음부터 놀랄 만한 일이 그를 기다리고 있었던 것이다.

"안녕하세요, 학생 여러분. 우선, 예상치 못하게 치열했던 경쟁률을 뚫고 입학하신 것을 축하드려요. 1년은 꽤 짧은 기간일 수 있지만, 보충반의 취지에 맞게 실용적인 지식을 최대한 많이 습득해 가시길 바랍니다. 바로 오늘 오후부터 나눠 드린 시간표대로 수업이 시작될 텐데요, 그전에 기본적인 학교 구조나 규칙 등을 알려드리려고 합니다."

이 말과 함께 채 교수의 뒤에 서있던 학생이 앞으로 성큼 걸어 나왔다.

"이쪽이 오늘 오전에 여러분을 이끌고 학교의 설명을 맡아줄 정규반 학생, 루카스 그웬입니다. 아직 어린 나이지만 마법재능이 매우 뛰어난 친구이기 때문에, 여러분에게 큰 도움이 될 거라 생각합니다."

그런데 채 교수의 설명과 함께 등장한 루카스 그웬이라는 남학생은 놀랍게도 제론이 잘 알고 있는 인물이었다. 바로 뉴욕에서 만나 그를 다엘 슈에트로 안내해 준 바로 그 섀드 청년이었던 것이다. 햇빛 아래에서 봤을 때보다 콧잔등에 서린 주근깨는 옅어 보였지만, 부스스한 짙은 금발은 제론의 기억과 완벽히 일치했다. 루카스 또한 에론의 마스크를 쓴 제론을 알아봤는지, 눈이 동그래지더니 그에게 반갑다는 듯 손을 살짝 흔들어 보였다. 하지만 제론은 자신이 섀드세계에 대해 무지하다는 사실을 알고 있는 루카스를 이런 곳에서 다시 만난 것이 썩 기쁘지는 않아, 어색한 눈인사로 화답해 보이고는 은근히 시선을 피했다. 그가 신분을 속이고 이 자리에 있다는 점을 감안하면 괜히 불필요한 이목을 끄는 건 현명하지 않다고 생각했기 때문이었다. 그래도 다행히 루카스는 딱히 제론이 자신을 피한다는 느낌은 받지 못했는지, 쾌활하게 학교 소개를 시작했다.

"고대 섀드학 전공의 루카스 그웬입니다. 그럼 안내를 시작해 볼까요?"

루카스는 그 이후에는 보충반 학생들을 이끄는 데에 집중하느라 제론에게 사적인 이야기를 건넬 틈은 없어 보였다. 꽤 수다스럽고 참견하기 좋아하는 성격인 것 같긴 했지만, 한편으로는 주어진 일을 착실하게 해내야 한다는 책임감도 강한 모양이었다. 그래서 제론은 보충반 학생들 틈에 적당히 섞인 채 마음 놓고 학교 구경에 집중하기로 했다. 또 다른 신경 쓰이는 존재인 채 교수가 오전 수업을 위해 금방 자리를 떴다는 사실도 그의 마음을 한층 가볍게 했다.

"유란섀드학교는 두 개의 동으로 나뉘어 있어요. 동쪽 동에는 총장실과 교수실, 콘퍼런스 룸 등 주로 교수님들이 사용하시는 공간이 많고, 서쪽 동에는 기숙사나 도서관 같은 학생 위주의 공간이 많아요. 강의실과 실험실은 두 동에 나뉘어 있는데, 동쪽 동의 강의실과 실험실은 주로 정규반 강의 중에도 고급 수준의 강의를 위해 사용하기 때문에, 보충반 강의는 모두 서쪽 동에서 이루어질 겁니다."

그리고 그들은 층들을 둘러보기 위해 승강장치로 이동했다.

"우선 동쪽 동부터 설명해 드리겠습니다. 동쪽 동에서 아셔야 하는 건 P층과 Pf층 정도인데, 사실 그마저도 갈 일이 거의 없으실 거예요. P층은 총장실이 있는 층이고, Pf층은 교수실이 모여 있는 층이거든요."

동쪽 승강기에 대한 설명은 간단히 마치고, 루카스는 학생들을 서쪽 승강기로 이끌었다.

"그리고 이제 더 중요한 서쪽 동으로 이동하겠습니다. 모두 이쪽으로 와주세요. 우선 각 층의 이름에 적용되는 규칙을 조금 설명해 드리자면, 'C1'처럼 'C'가 붙은 건 모두 강의실이 있는 층이라는 뜻이고, 'L1'처럼 'L'이 붙은 건 실험실 층, 'D1'처럼 'D'가 붙은 건 학생용 기숙사 층이에요. A층은 테스트 때 가보셨다고 들었고, *층은…."

그때, 학생 중 누군가가 손을 들고 질문을 던졌다. *층이 궁금했던 제론으로서는 질문 타이밍이 마음에 들지는 않았으나, 질문 내용이 자신도 무척이나 궁금했던 점이라 귀를 쫑긋 세웠다.

"궁금한 게 있는데, 이 승강장치는 어떻게 움직이는 거죠? 인간세계의 엘리베이터와는 전혀 다르던데…."

현재의 제론처럼 인간세계가 더 익숙한 학생인 모양이었다. 자신이 에론이란 신분에 설정한 성장배경처럼, 어릴 때 인간들 틈에서 자란 것일지 궁금해하며 제론은 슬쩍 뒤를 돌아보았다. 질문을 던진 남학생은 윤기 있는 검은 머리칼과 반짝이는 검은 눈동자가 어쩐지 깊은 인상을 주는 동양인 학생이었다.

"아, 섀드세계의 승강장치에 익숙하지 않으신 모양이네요. 승강기의 바닥은 '슐랜스Schlance'라는 물질로 이루어져 있는데요, 근거리 그림자 이동에 효과적인 물질입니다. 이동하고자 하는 층의 버튼을 누르면 슐랜스 바닥이 탑승객의 그림자를 흡수해서 원하는 층으로 내보내 주는 거죠."

루카스는 신나서 말을 이었다.

"아마 그러면 누군가는 '슐랜스가 그렇게 좋은 물질이면 왜 순간 이동에는 쓰이지 않는 거지?'라고 생각하겠죠? 슐랜스는 그림자를 어디로든 보내줄 수는 없고, 끈으로 서로 연결되어 있는 슐랜스로만 내보낼 수 있기 때문에 원거리 이동은 불가능합니다!"

루카스는 좋아하는 주제일수록 말이 많아지는 성격인 듯했다. 설명이 상세할수록 제론에게는 도움이 되었지만, 이미 아는 내용이었던 학생들은 지루한지 하품을 하기도 했다.

계속해서 각 층을 돌아다니며 루카스는 자신의 입맛에 맞는 설명을 들려주었는데, 그는 누가 봐도 실험실은 싫어하고 도서관은 좋아하는 모양이었다. 실험실에 대해서는 한마디로 설명을 줄이더니, 도서관에 대해서는 책들이 분류된 기준은 무엇인지, 특히 어느 자리가 공부가 잘되는지 그리고 대여 제한 도서는 어떤 것들이 있는지 눈을 빛내며 자세히 설명했던 것이다.

물론 유란섀드학교의 도서관이 두말할 필요 없이 멋진 곳이라는 데는 제론도 동의했다. 한 층을 가득 채우는 넓은 규모에, 높은 천장까지 빼곡히 올려진 무수한 책장마다 깔끔하게 정렬된 책들. 거기다 곳곳에 놓인 넓은 책상들은 널찍한 통창에서 들어오는 햇볕에 따뜻하게 감싸져 있었다.

도서관을 마지막으로 루카스의 편파적인 설명 시간이 끝났고, 제론은 드디어 서쪽 동에 위치한 ＊층의 정체를 알게 되었다. 그곳은 바로 식사 공간이었는데, 단순히 '식당'이라는 말로 정의하기 미안할 만큼 환상적인 공간 디자인을 자랑하는 공간이었다. 곳곳에 설치된 조명에서 따뜻하고 부드러운 빛이 반짝이며 쏟아졌고, 다엘 슈에트처럼 그림자를 분리해 동결한 '섀도우-프로즌Shadow-Frozen' 상태의 식물 화분들이 가득 장식되어 있었다. 그리고 가장 아름다운 순간에 멈춰있는 꽃과 잎사귀들 사이로 식사용 테이블과 음식이 진열된 테이블이 군데군데 놓여있었다. 마치 영원히 봄에 머물러 있는 어딘가의 휴양지에서 식사하는 기분이었다.

보충반 학생들은 자연스럽게 순서대로 서너 명씩 테이블을 함께 쓰게 되었는데, 제론은 오전에 승강장치에 대해 질문했던 동양인 남학생과, 입학 테스트 때 같은 조에 있었던 세린 카일이라는 여학생과 함께 식사하게 되었다.

"저는 제이 홍이라고 해요. 한국계 캐나다인이고, 집은 밴쿠버예요. 그런데 두 분 기숙사는 신청하셨어요? 저는 부모님과 같이 사는 데다, 그림자 이동술에 능숙하지 못해서 기숙사가 편할 거 같더라고요. 이제까지는 인간세계에서만 공부했다 보니 섀드마법을 잘 몰라서…. 오늘도 여기까지 오는 데 사촌 형의 도움을 받았지 뭐예요. 인간-섀드 혼혈이라 그런지 섀드로서의 힘도 좀 약한 편이라…. 입학 테스트를 통과했다는 걸 듣고 깜짝 놀랐어요."

동양인 남학생의 이름은 제이였는데, 그는 보기보다 한층 더 활달한 성격의 소유자였다. 제대로 식사하고 있기는 한 건지 의문스러울 정도로 말을 끊임없이 쏟았던 것이다. 반면 세린은 이와 정반대의 성격을 지닌 듯, 입을 열어도 한마디 이상 말하는 법이 없었다. 이에 제론은 둘 사이에서 어떤 태도를 취해야 할지 몰라 역시 말을 아끼고 식사에 집중했다. 그 와중에 세린은 이따금 제론에게 알 수 없는 시선을 던져 그를 한층 불편하게 했는데, 그 이유는 제이가 디저트를 가지러 잠시 자리를 비웠을 때가 되어서야 밝혀졌다.

"미안한데 단도직입적으로 좀 물을게요. 브룩스 교수랑 무슨 사이예요?"

"네?"

"입학 테스트, 같이 받았잖아요. 그때 분명 브룩스 교수의 추천서를 가져왔다고 했죠. 브룩스 교수와 어떻게 아는 사이예요?"

브룩스 교수라는 인물은 생각 외로 많은 사람들이 주목하는 대상인 모양이었다. 아무래도 채 교수가 입학 테스트 때 추천서를 보고 눈을 빛냈던 것 역시 기분 탓이 아니었던 모양이라고 짐작하며, 제론은 브룩스 교수의 추천서를 제출한 건 너무 순진무구한 생각이었다고 자책했다.

"…사실 잘 아는 사이는 아니에요. 입학 테스트 직전에 우연히 처음 마주쳤는데, 저에게서 무언가 잠재력을 봤는지 추천서를 써주시더라고요. 물론 제가 팬이라고 하면서 자꾸 대화를 시도했더니 귀찮아서 주신 걸 수도 있죠."

제론은 세린을 속일 수 있길 바라며 천연덕스러운 말투와 해

맑은 웃음을 꾸며냈다. 세린은 완전히 그 말을 받아들이는 눈치
는 아니었지만, 때마침 제이가 초코케이크와 마카롱, 홍차 등을
야무지게 챙겨서 돌아오자 더 이상 말을 걸지는 않았다.

　불편했던 점심시간이 끝나고, 오후에는 보충반 학생들도 수업
을 들으러 이동했다. 보충반 첫 수업은 〈그림자 공격과 방어〉였
는데, 다행히 제론은 은근슬쩍 세린과 멀리 떨어져 앉는 데 성공
했다. 수업만큼은 편안하게 집중하고 싶었기 때문이었다.

　"보충반 학생들, 환영해요. 보충반은 고등 섀드교육을 받지
않은 학생들도 실용적인 마법을 많이 배워가도록 하는 게 목적
이므로, 첫날부터 빠르게 진도를 나가겠습니다. 교과서 첫 페이
지를 펼쳐주세요."

　보충반의 〈그림자 공격과 방어〉 수업을 맡은 교수는 제론도
일전에 본 적이 있는 로렌츠 교수였다. 젊은 교수인데도 물 흐
르듯 강의를 진행하는 솜씨가 상당했다.

　"오늘은 마법 없이도 할 수 있는 기본적인 방어 방법부터 이
야기해 보고, 이어서 공격을 피하는 효과적인 방법인 그림자 숨
김 마법의 기초를 배워보겠습니다."

　"자, 그러면 마법 없이 방어하는 방법은 뭘까요? 여러분도 알
다시피, 숙련된 섀드들은 자기 자신을 그림자화하거나 다른 그

림자를 조종해서 간단히 누군가의 그림자에 위해를 가할 수 있어요. 다른 사람의 집에 침입해서 물건을 훔치는 짓도 간단한 일이죠. 물론 살인이나 상해, 절도는 모두 금지된 행위이지만, 세상에는 나쁜 섀드들도 있기 마련이니까요."

"그렇다면 질문, 마법에 능한 섀드가 그림자 부림술로 자신의 그림자를 움직여서 저의 그림자를 찌르려고 합니다. 이때 '마법을 잘 못하는' 제가 스스로를 보호할 수 있는 방법은 뭘까요?"

로렌츠 교수는 능숙하게 학생들의 참여를 유도했다. 분위기를 편하게 만드는 그의 말솜씨 덕분인지, 첫 수업인데도 여럿의 손이 위로 올라갔다.

"다니엘라 양?"

"다른 그림자 안에 제 그림자를 숨기면 되지 않을까요?"

"오, 좋은 답변이에요. 자신의 '그림자가 없어지면' 공격을 피할 수 있겠죠? '그림자'가 '본체'에 위해를 가할 수는 없으니까요. 다행히 우리는 마법 없이도 그림자를 감출 수가 있어요. 다니엘라 양의 답변처럼 나무 그림자나 건물의 그림자 밑으로 그림자를 완전히 숨기거나, 완전한 어둠 속으로 뛰어들면 됩니다. 섀드뿐 아니라 인간들도 이 방법을 이용하면 섀드의 그림자 공격으로부터 스스로를 지킬 수 있죠."

로렌츠 교수는 다니엘라에게 칭찬하듯 미소를 지어 보이고는 말을 이어나갔다.

"섀드들이 집에 빛을 완전히 차단하는 암막 커튼을 설치하곤 하는 점도 같은 이유예요. 암막 커튼을 이용해 집 안을 완전한 암흑으로 만들면, 잠든 사이 혹은 집을 비운 사이에 찾아올 수 있는 예상치 못한 그림자 공격으로부터 자신과 집을 지킬 수 있으니까요."

집중해서 수업을 듣고 있던 제론은 암막 커튼이라는 말을 듣자 불현듯 그의 집을 떠올렸다. 그가 기억을 잃은 후 처음 깨어났던 날, 집 안은 완벽한 어둠 속에 잠들어 있었다. 암막 커튼으로 빛을 완전히 차단한다…. 이제야 제론은 내내 의문스러웠던 암흑의 의미를 깨달았다. 모든 방이 암막 커튼으로 단단히 막혀 있던 이유, 그것은 '방어'를 위해서였다. 그리고….

'《두 어둠의 지배자》.'

책이 사라진 날의 풍경이 문득 머릿속으로 밀고 들어왔다. 《두 어둠의 지배자》가 사라진 시점은 분명, 제론이 서재의 커튼을 모두 걷어버린 후, 즉 빛과 그림자가 모두 자유롭게 들어올 수 있게 된 후였다. 자신의 부주의로 잃어버렸을 수도 있다며 넘기려 했지만, 명백한 절도였다는 점이 이제야 분명해졌다. 그가 없는 사이에 누군가의 그림자가 침입했던 것이다.

집에 돌아오자마자 제론은 모든 방에 암막 커튼을 꼼꼼히 치고, 또 잃어버린 것이 있는지 집 안을 다시 수색했다. 사라진 물건은 없었다. 다행히 두 번째 침입은 없었던 모양이었다. 도둑이 접근할 수 없다는 사실을 알면서도, 제론은 혹시나 하는 마음에 보호마법이 걸려있는 비밀 서랍 역시 열어서 확인해 보았다.

물론 서랍 안의 내용물은 모두 무사했다. 그런데 안에 놓인 수첩과 두 장의 종이가 눈에 들어오자, 아무래도 이 종이가 수상하다는 생각이 머릿속에 퍼져나갔다. 같은 언어로 적힌 두 장의 종이 중 하나는《두 어둠의 지배자》안에서 발견된 것이었다. 게다가 무심코 책갈피 대용으로 꽂아둔 채 잊어버린 것처럼 중간에 아무렇게나 꽂혀있던 게 아니라, 가장 맨 뒷장에 숨기듯 깊숙이 꽂혀있었다.

《두 어둠의 지배자》는 J. H. 율릭스의 소설 중 가장 잘 알려진 작품이다. 따라서 대부분 서점에서 쉽게 구할 수 있는 이 책을 위해 제론의 집에 숨어들었다는 것은 상식적으로 말이 되지 않았다. 그렇다면《두 어둠의 지배자》사이에 숨겨져 있던, 알 수 없는 내용의 이 종이가 더 중요한 열쇠인 것이 아닐까? 하지만 아직 제론은 종이 위에 적힌 문자가 무엇인지조차 몰랐으므로, 일단 보안 주술이 걸린 서랍 안에 그대로 보관해 두고 때를 기다릴 수밖에 없었다.

그래서 제론은 종이를 다시 서랍 안에 내려놓고, 이번에는 수첩을 집어 들었다. 미처 깨닫지 못했는데, 수첩에 적힌 내용 중 일부를 이제 이해할 수 있겠다는 생각이 든 것이었다. 다시 'A-1', 'A-2', 'C1-1'과 같이 알파벳과 숫자의 조합으로 된 알 수 없는 표식들이 나열된 페이지를 펼친 제론은, 과연 제 생각이 맞았다는 것을 확인할 수 있었다.

오늘 제론이 유란섀드학교를 돌아다니며 알게 된 사실 중 하나는 그곳의 공간들이 꽤 특이한 이름으로 분류되어 있다는 점이었다. A층에 있는 대형 강의실은 'A-1'이라는 이름이 붙어있었고, 같은 층의 다른 소형 강의실은 'A-2', C1층의 첫 번째 강의실은 'C1-1'이라 불렸다. 그리고 아마 'P'라는 이름은 P층에 있는 유일한 방인 총장실을 의미하는 듯했다.

그러므로 이 수첩에 적힌 표식들은 유란섀드학교의 각 공간을 뜻하는 것일 터였다. 하지만 대체 왜 과거의 제론은 유란섀드학교의 공간들을 하나씩 수첩에 적어두었으며, 공간이 나열된 순서에는 또 어떤 의미가 있는 것일까?

무언가를 학교에 숨겨두려 했던 걸까?

아니면 반대로, 숨겨진 무언가를 찾고 있었던 것일까?

유란섀드학교에서의 시간은 빠르게 흘러, 어느덧 3주가량의 기간이 지났다. 학교에 다니기 시작한 이후 제론의 마법지식은 비약적으로 증가했지만, 유란섀드학교와 브룩스 교수의 비밀을 찾겠다는 포부는 실현될 기미가 보이지 않았다. 제론의 수첩에 적힌 순서에 따라 유란섀드학교의 공간을 탐색해 보아도 전혀 느껴지는 것도, 떠오르는 점도 없었다. 게다가 기숙사나 교수실, 총장실과 같은 개인적인 공간들은 마음대로 들어갈 수도 없었기에 모든 곳을 탐색하기란 불가능했다.

물론 고대 섀드학 전공 학생들에게 브룩스 교수에 대해 마구잡이로 묻고 다니는 방법도 가능하겠지만, 채 교수나 세린이 브룩스 교수한테 보인 관심을 생각하면 불필요한 주목은 끌지 않는 편이 현명할 듯했다. 이러한 이유로, 제론이 3주 동안 이루어 낸 나름의 성과는 '유란섀드학교의 전설과 비밀'이란 동아리의 학기 첫 모임에 초대받은 것 정도가 전부였다.

제론이 유란섀드학교의 전설과 비밀이라는, 다소 긴 이름의 이 동아리를 알게 된 것은 학기 두 번째 주의 금요일, 신입생들을 위한 동아리 설명회가 열린 날이었다. 제론은 제이와 또 다른 보충반 남학생인 노아 메쉬에게 이끌려 얼떨결에 설명회에 가게 되었다. 그런데 그 둘이 '그림자 하키 동아리'라는, 알 수 없는 스포츠 동아리에 푹 빠지는 바람에 의도치 않게 혼자만의 시간이 생기고 말았다.

그래서 제론은 이참에 브룩스 교수와 친밀했던 정규반 학생이나 찾아볼까 하는 생각으로 강당을 배회하다, 텅 빈 부스를 혼자 지키고 있던 케이틀린 톰슨이라는 여학생과 대화를 나누게 되었다. 제론은 그녀가 고대 섀드학 전공이라는 사실을 우연히 듣고 다가간 것이었지만, 유란섀드학교의 전설과 비밀 동아리의 회장인 케이틀린은 제론의 관심이 곧 동아리에 대한 관심이라 생각하고 다짜고짜 그를 첫 모임에 초대했다. 수많은 학생의 무관심에 지친 나머지 이제는 누구든 상관없이 영입해야겠다고 결심한 것일지도 몰랐다.

제론은 자신의 눈앞에 놓인 수많은 할 일 목록에 동아리 활동까지 추가하고 싶은 마음은 추호도 없었다. 하지만 정규반 학생들과 교류할 수 있는 기회를 놓치면 후회할지 모르겠다는 생각에 결국 초대를 승낙했다. 대부분 동아리는 마법을 잘하지 못하는 보충반 학생들에게는 문이 열려있지 않았기 때문이었다(제이와 노아 역시 결국 그림자 하키 동아리의 신청서조차 받지 못하고 우울하게 돌아왔다). 게다가 유란섀드학교의 전설과 비밀이라는 주제는 어쩌면 지금의 제론에게 딱 필요한 것일 수도 있었다. 그래서 제론은 그 동아리의 첫 모임에 초대받은 것만으로도 '브룩스 교수가 찾고 있던 무언가'에 한 발 가까워졌다고 생각하며 일단 만족하기로 했다.

한편 자신의 여러 신분 중 브룩스 교수 외의 다른 신분들을 탐색하는 일은 아직 조그마한 성과조차 없었다. 실마리를 얻을 수 있는 수단이 섀이덤과 J. H. 율릭스의 소설 정도밖에 없었기 때문이었다. 섀이덤의 연락 기록들은 한 번씩 쭉 훑어보았지만, 찾고자 하는 바가 무엇인지도 모르는 상황에서는 연락 기록만 대충 따라간다고 해서 알아낼 수 있는 내용이 없었다. 그리고 J. H. 율릭스의 남은 소설 세 권 중 다엘 슈에트에서 구매할 수 있었던 책은 《일랑의 기적》뿐이었기에 역시 그리 많은 점을 알아낼 수는 없었다.

《일랑의 기적》은 《두 어둠의 그림자》와 마찬가지로 독특한 종류의 섀드마법을 소재로 한 소설로, 알 수 없는 공격에 당해 그림자만 남고 본체가 소멸한 동생과, 그 그림자로부터 다시 동생의 본체를 만들어 내려고 고군분투하는 형, '일랑Ilang'에 대한 내용을 담고 있었다. 아무래도 소설인지라 제론의 과거를 직접적으로 유추할 만한 내용은 찾기 어려웠지만, 그래도 '잊혀진 고대의 위험한 마법을 시도한다'는 맥락에서 《두 어둠의 그림자》와 유사하다는 점이 제론에게는 나름의 희망으로 다가왔다. 여기에 남은 두 권의 소설을 마저 더해 생각해 보면 자신의 과거를 이해하는 데 큰 단서가 될 만한 무언가를 찾을 수 있지 않을까 하는 기대가 생긴 것이다.

그래서 제론은 남은 두 권의 소설을 찾기 위해, 돌아온 주말을 맞아 '블랑 섀드 서점Blanc-Shad Bookstore'이라는 곳에 가보기로 했다. J. H. 율릭스의 비인기 소설마저 취급할 만한 서점을 찾고자 그동안 틈틈이 섀드 정보 네트워크상에서 정보를 수집했는데, 집 근처의 서점 중에는 블랑 섀드 서점이 가장 적합하다고 판단되었기 때문이다. 블랑 섀드 서점은 신간뿐 아니라 중고 서적까지 다양하게 취급해서 잘 알려지지 않은 책들도 찾을 수 있는 곳으로 유명하다고 했다.

하지만 막상 거리로 나와 보니, 블랑 섀드 서점으로 가는 입구는 생각만큼 간단히 찾을 수가 없었다. 뉴욕 증권거래소 근처 골목 어딘가에 입구가 숨겨져 있다는 설명을 들었는데도 정확한 위치를 파악하기가 어려웠다. 제론은 〈사물 그림자화〉 수업에서 들었던 내용을 다시금 머릿속에 찬찬히 떠올려 보았다.

"'그림자화'는 대상의 본체를 숨기고 그림자만 남기는 매우 유용한 섀드마법이에요. 본체 자체는 시야에서 사라지지만, 그림자만 남아도 대상의 본질이 변하지는 않죠. '본체화'를 통해 본체를 다시 드러낼 수도 있어요. 이 수업에서는 일상적인 사물들을 그림자화하는 단계까지만 실습하겠지만, 고급 단계에 이르면 자기 자신을 그림자화하거나, 큰 규모의 물체를 그림자화하는 것도 가능하기 때문에 아주 쓸모가 많죠. 섀드세계에서 자란 분들은 본체가 겉으로 보이지 않는 건물들에 익숙할 텐데요, 이런 건물들은 그림자화와 그림자 숨김 마법 처리가 함께 되어있는 것이랍니다. 하지만 그림자화는 큰 제약이 있는 마법이기도 해요. 그림자화를 하기 위해선 고도의 집중력이 필요한데, 한 명의 섀드가 그만큼 높은 밀도의 집중력을 쏟아부을 수 있는 범위는 한정되어 있거든요. 아주 뛰어난 섀드라도 그림자화할 수 있는 최대 규모는 방 하나 정도이죠. 그렇기 때문에 우리가 수업하고 있는 이 학교와 같은 거대한 규모의 건물을 통째로 그림자화하려면 뛰어난 섀드들로 구성된 팀이 필요합니다. 그런데 아쉽게도 여러 섀드의 마법을 완전히 매끄럽게 연결하기는 쉽지 않아서, 자세히 보면 미세한 틈새가 육안으로 보일 때도 있다는 단점이 있어요."

수업에서 배운 것처럼, 서점 정도의 규모라면 당연히 '여러 섀드의 그림자화 마법이 맞닿은 미세한 틈새'가 있을 수밖에 없다고 생각했는데, 계속해서 주위를 빙빙 돌아도 도저히 틈새를 찾을 수 없었다. 제론의 낙관과 달리 그림자화 마법의 제약을 배웠다고 해서 숨겨진 장소를 쉽게 찾아낼 수 있는 것은 아닌 모양이었다. 물론 섀드세계의 모든 감춰진 공간에 잘 보이는 틈새가 존재한다면 인간들도 눈치를 챌 테니, 어쩌면 당연한 일일지 몰랐다. 이런 생각을 하며 제론은 잠시 숨을 고르기 위해 한 드러그스토어 앞에 멈춰 섰다.

"어?"

그때 제론을 발견한 누군가가 옆으로 다가왔다. 고개를 돌려 보니 그 누군가는 루카스였는데, 오늘도 제론이 에론의 마스크를 쓰고 있었기 때문에 단번에 그를 알아본 듯했다. 그리고 루카스의 옆에는 루카스보다 서너 살 정도 나이가 많아 보이는 한 청년이 있었다. 그는 동행자가 멈춰 선 이유를 파악하기 위해 제론을 빤히 보았고, 덕분에 제론은 약간 부담스러운 기분을 느끼며 인사를 건넸다.

"안녕하세요⋯."

"어떻게 뉴욕에서 또 봐요? 분명 그때는 뉴욕이 처음이라고⋯."

루카스는 생각보다 제론과의 첫 만남을 강렬하게 기억했던 모양이었다.

"아, 그때 막 뉴욕에 이사 왔거든요. 뉴욕에서 지내기 시작한 지 얼마 안 되었어요."

제론은 어정쩡한 미소를 지으며 상황을 무마했다. 그러면서 루카스의 표정을 쓱 살폈으나, 다행히 그에게는 대부분 말을 크게 의심하지 않고 넘기는 엄청난 장점이 있는 듯했다.

"그래서 오늘은 무슨 일이에요? 걸어오면서 보니 아까부터 이 자리에 우두커니 서있던데, 또 길을 못 찾고 헤매고 있는 건 아니죠?"

루카스는 농담처럼 건넨 말이었지만, 정곡을 찔러버린 제론은 당황했다.

"아⋯ 그게 아니라, 블랑 섀드 서점에 가려고⋯."

"블랑 섀드 서점? 마침 우리도 블랑 섀드 서점에 가는 길이었어요. 이쪽이에요."

이번에도 루카스는 제론이 왜 섀드세계의 장소들을 하나도 알지 못하는지 굳이 캐묻지 않고 좋은 길잡이가 되어주었다. 그의 단순하고 시원시원한 성격에 감사하며, 제론은 자연스럽게 루카스 일행과 나란히 걸음을 옮겼다.

블랑 섀드 서점의 숨겨진 출입문은 뉴욕 증권거래소에서 한 블록 정도 떨어진 골목길에 위치해 있었다. 이곳으로 걸어가는 짧은 시간 동안 루카스는 자신의 옆에 있던 청년을 소개해 주었는데, 그는 루카스의 형인 조슈아 그웬이라고 했다. 조슈아 역시 유란섀드학교 출신으로, 창업 자금을 모으려 블랑 섀드 서점에서 파트타임으로 일하는 중이라고 했다.

"월, 수 그리고 주말은 블랑 섀드 서점에서 일하고 화, 목, 금은 다엘 슈에트에 있는 미셀레이니어스 파우더스라는 가게에서 일해요. 마침 학교에서 제가 섀드재료학을 전공했거든요."

이야기를 들어보니 조슈아는 꽤나 부지런히 살아가는 섀드였다. 그가 미셀레이니어스 파우더스에서도 일한다는 이야기에 제론은 어쩐지 내적 친밀감을 느꼈지만 내색하지는 않았다. 그리고 조슈아는 부지런할 뿐 아니라 아주 상냥한 성격의 소유자여서, 루카스가 필요한 책을 사고 떠난 후에도 계속해서 제론을 열심히 도와주었다.

"그래서, J. H. 율릭스의 소설을 찾는다고요?"

"네.《두 어둠의 지배자》와《일랑의 기적》을 너무 재미있게 읽어서 나머지 두 권도 사고 싶은데, 좀처럼 찾기가 어렵더라고요."

제론은 J. H. 율릭스의 열렬한 팬인 양 연기하기로 했다.

"J. H. 율릭스의 나머지 두 소설이라면… 다행히 저희 서점에는 있긴 한데, 중고책 한두 개밖에 남아있지 않을 거예요. 《일랑의 기적》만 해도 찾는 분들이 가끔 있는 편이지만, 다른 두 권은 전혀 인기가 없어서…."

고맙게도 조수아는 다른 할 일이 있을 텐데도 손수 중고 서적 코너와 창고를 뒤적여 제론이 찾는 책들을 가져다주었다. 하지만 아무리 서점 직원이라 해도 추천하고 싶은 책은 아닌 모양인지, 책을 건네주면서도 걱정스러운 표정이었다.

"그런데 정말 내용을 훑어보지도 않고 사도 괜찮겠어요? 저도 이 책들을 읽어보긴 했는데, 사실 J. H. 율릭스의 후기작 두 권과는 전혀 달라서… 실망할 수도 있어요."

"전혀 다르다는 건, 어떤…?"

"음… 이렇게 말하면 실례지만, 소재 자체도 그다지 참신하지 않고, 문장력도 후기작 두 개에 비해 떨어지거든요…. 어쩐지 시간에 쫓기듯 급하게 출판해 버린 느낌이랄까…."

사실 따지고 보면 제론은 J. H. 율릭스 장본인이었지만, 이러한 혹평에도 기분이 나쁘다는 느낌보다는 의아함이 밀려올 뿐이었다. 과거의 제론이 굳이 J. H. 율릭스라는 신분을 만들어 소설을 발표할 정도로 소설 창작에 애착이 있었던 것이라면, 혹평을 받을 만큼 낮은 수준의 책을 두 권이나 출판했다는 사실이 전혀 이해되지 않았다. 제론은 우선 책을 직접 읽어볼 수밖에 없다고 생각하며, 조슈아의 만류에도 책을 구입했다.

계산을 마친 후 조슈아는 손수 제론을 문 앞까지 데려다 주었다. 그리고 잠시 머뭇거리더니, 주머니에서 아주 작은 틴 케이스를 하나 꺼내 제론에게 건넸다.

"저, 왠지 책 구매를 도와준다고 해놓고 본의 아니게 간섭이나 한 것 같아서…. 대신이라고 하긴 그렇지만, 선물로 제 시제품을 조금 드려도 괜찮을까요? 아까 루카스의 말을 들어보니 길을 잘 못 찾는다고 한 거 같아서요…."

"아, 아니에요. 도와주셔서 감사했어요. 그런데 이건…?"

제론은 조슈아가 내민 틴 케이스를 받아 들고 뚜껑을 살며시 열어보았다. 그 내용물은 아주 고운 모래알 같은 가루로, 독특하게도 진한 녹색을 띠고 있었다. 녹색 유리를 곱게 갈아 만든 것처럼 보이기도 했다.

"제가 가게를 준비하고 있다고 루카스가 아까 말했었죠. 첫 상품으로 준비하고 있는 게 바로 이 '컴퍼스 파우더Compass Powder' 인데, 길을 잘 못 찾는 섀드들을 위한 상품이에요. 가루를 손가락으로 조금 잡아서 자신의 그림자 위에 뿌리고, 가고 싶은 장소의 이름을 말하면 그림자가 방향을 알려줄 거예요. 다음에 또 길을 잃게 되면 한번 사용해 보세요!"

섀드재료학을 전공하며 공부한 지식을 살려 새로운 제품을 개발하고 있는 모양이었다. 꽤 흥미로운 데다 섀드세계의 지리를 전혀 모르는 입장에서는 너무나 도움이 되는 제품이라, 제론은 감탄하며 감사를 표했다.

제론에게는 조슈아의 선물을 어떻게 사용하면 좋을지 바로 떠오르는 생각이 있었지만, 그전에 집으로 돌아가 J. H. 율릭스가 발표한 남은 두 권의 책부터 읽어보기로 했다.

하지만 책을 읽는 데 남은 주말을 다 써야 할 것 같다는 제론의 예상과 다르게, J. H. 율릭스의 초기작 두 권을 읽는 데는 반나절도 채 걸리지 않았다. 책 자체도 꽤 얇거니와, 인간세계에 존재하는 이야기에 섀드세계의 요소들을 조금씩 섞은 듯한, 아주 흔하고 진부한 내용이라 금방 페이지를 넘겨버릴 수밖에 없었다. 기억을 잃은 후의 제론의 머릿속에는 이상하게도 오히려 인간세계에 대한 지식이 훨씬 많았기 때문에, 유사한 내용을 인간세계에서 이미 읽은 듯한 느낌이 강하게 들었던 것이다. 그리고 초기작인 점을 감안해도 이상할 정도로 다른 두 권의 작품보다 문장력이 형편없었다. 아까 조슈아가 경고하듯 일러준 평가가 아주 관대한 편이라고 생각될 정도였다.

"시간에 쫓기듯 급하게 출판해 버린 느낌이랄까…."

다시금 조슈아의 말이 생각난 제론은 두 권의 초판 인쇄 날짜를 확인해 보았다. 둘 다 7년 전에 출판된 책으로, 인쇄 날짜가 정확히 한 달밖에 차이 나지 않았다. 머리로는 전혀 이해할 수 없었지만, 책의 내용과 문장력 그리고 출판 간격을 보면 정말 말 그대로 '시간에 쫓기듯 출판했다'는 결론밖에 나오지 않았다. 왜 굳이 과거의 자신은 7년 전에 소설을 두 권이나 급하게 찍어내야 했던 걸까. 제론은 그 이유를 찾아보기 위해 자신의 다양한 신분들이 활동한 기록을 다시 살펴보기 시작했다.

그리고 한참 동안 종이에 타임라인을 끄적이며 생각해 본 결과, 제론이 낸 결론은 다음과 같았다. 과거 제론이 소설 두 권을 급하게 출판한 이유는 소설 창작에 애착이 있어서라기보다, '소설가라는 명함을 들고 취재를 하기 위함'이라는 것이었다. 어느 시점부터 J. H. 율릭스의 새이덤에는 여러 고대 섀드학 전문가들과 주고받은 연락이 빈번하게 찍혀있는데, 처음 연락을 시작한 시기는 앞선 두 권의 소설을 연달아 발표한 직후였다.

그렇다면 의문이 드는 점은 '왜 과거의 제론은 급하게 소설을 출판하면서까지 고대 섀드학 전문가들을 만나야 했는가'였다. 섀드 정보 네트워크에 따르면, 한 박사가 자신이 창업한 섀드-텍 기업, 제로의 CEO를 그만둔 시점도 바로 7년 전이었다. 그리고 한 박사가 제로를 그만둔 직후, 아주 시기적절하게 J. H. 율릭스가 바로 소설 두 권을 연달아 발표하더니 고대 섀드학 전문가들과 접촉하기 시작했다.

결과적으로 제론이 유추해 낼 수 있는 이유는 하나뿐이었다. 아마 7년 전 어느 날, 과거의 제론은 고대 섀드마법에 대해 관심을 갖게 될 만한 어떤 계기를 마주한 모양이었다. 그동안의 섀드-텍 연구자로서의 커리어를 버리고 급하게 고대 섀드학 연구에 뛰어들 만한, 무언가 거대한 계기를.

제론은 그 답을 찾기 위해 J. H. 율릭스의 섀이덤에 연락 기록이 남아있던 고대 섀드학 전문가들에게 차례로 연락을 취해봤지만, 아무도 J. H. 율릭스와의 만남을 기억하지 못했다. 아니, 기억하지 못하는 정도가 아니라 모두가 J. H. 율릭스라는 이름을 들으면 앵무새가 된 것처럼 "아는 게 없다"는 말만 되풀이했다. 마치 누군가 의도적으로 그들의 기억에 손을 댄 것처럼. 그리고 J. H. 율릭스와의 대화를 기억하지 못하도록 손을 쓴 사람이 있다면, 그는 제론 자신일 확률이 높았다. 여기까지 생각이 미치자, 제론은 자신이 스스로를 둘러싼 과거의 실타래를 그리

쉽게 풀어내지 못하리라 직감했다. 대체 그의 지향점은 얼마나 비밀스러운 마법이었길래 그렇게까지 해야 했던 것일까?

이미 자정이 넘은 시간이었으나, 제론은 잠을 청하는 대신 사진의 방으로 향했다. 7년 전에 무슨 일이 있었는지 탐구하기 위해 꼭 가봐야 할 장소가 있었기 때문이다. 마침 조슈아에게 선물을 받은 것이 큰 행운이었다.

제론은 독일 프랑크푸르트가 이제 막 동이 틀 시각이라는 것을 확인하고, 벽 아래쪽 구석에 걸려있는 다소 빛이 바랜 사진을 집어 들었다. 그 사진에는 한쪽에 희미하게 강변이 찍혀있었는데, 뒤에는 '마인강변, 프랑크푸르트'라고 적혀있었다.

그리고 얼마 후, 프랑크푸르트 마인강변의 그늘진 곳에 나타난 이는 10대 중후반 정도로 보이는 동양인 소년이었다. 한 박사는 한국계 독일인이라고 알려져 있었으므로, 제론은 그의 아들이라고 주장하기 위해 동양인 소년의 마스크를 택했다. 다행히 드레스 룸 구석에 동양인으로 위장할 때 사용하는 듯한 트랜스포수트도 준비되어 있었으므로, 제론은 머리부터 발끝까지 완벽한 동양인 소년으로 변신할 수 있었다. 트랜스포수트를 입는 것은 처음이라 꽤 애를 먹었지만, 오히려 시간을 조금 흘려보낸 덕분에 사람들이 분주하게 아침을 시작할 시각에 맞춰 프

124

랑크푸르트에 도착할 수 있었다.

제론은 평범하게 오전 산책을 즐기는 인간 학생으로 보이기 위해, 작은 호밀빵을 사서 조금씩 베어 먹으며 마인강변을 따라 얼마간 걸었다. 그리고 인적이 드문 곳에 이르자 주머니에서 틴 케이스를 꺼내 컴퍼스 파우더를 그림자에 조금 뿌리고, 혼잣말처럼 "제로"라고 속삭였다. 그러자 제론 자신의 그림자가 마치 방향을 가리키듯, 동쪽 방향으로 천천히 길어졌다. 인간들의 눈에 수상해 보이지 않도록, 제론은 간헐적인 곁눈질로만 그림자를 힐끔힐끔 확인하며 최대한 자연스럽게 발걸음을 옮겼다. 그림자는 계속해서 길게 뻗은 강변을 따라 제론을 안내하다가, 인적이 드문 어느 다리 옆에서 안내를 중지했다.

그림자가 자연스러운 길이로 돌아온 것을 확인한 제론은 출입문을 찾기 위해 다리의 아래쪽으로 이동했다. 이제까지의 경험에 의하면 출입문은 보통 인간의 왕래가 잦지 않은 곳에 숨겨져 있었기 때문이었다. 그리고 그 예상은 적중했다. 다리 아래 짙푸른 수면 위에 리섀딩 파우더를 뿌리자, 가루가 반짝이며 가라앉은 곳에서 문의 그림자가 나타난 것이다. 제론은 가시거리 안에 인간이 있는지 주의 깊게 확인하고는 문안으로 재빨리 들어갔다.

9.
# 한 박사의 신념

　문을 통과하자마자 보이는 것은 물처럼 흐르는 듯한 반투명한 검은 장막이었다. 뒤에 어렴풋이 안내 데스크가 보이는 걸 보니, 아마 이 장막을 통과해야 회사의 공간으로 들어갈 수 있는 모양이었다. 일렁이는 막을 보고 있자니 제론의 머릿속에 일전에 〈초급 트랜스포마스크 제작〉 수업 중에 들었던 내용이 떠올랐다.

　"많은 섀드기업은 마법을 감지해 내는 보안 장막을 입구에 설치해 두곤 하는데, 이 장막은 몸에 지닌 위험한 마법물품을 감지할 뿐만 아니라, 트랜스포마스크나 트랜스포수트도 감지해 냅니다. 그렇기 때문에 이 수업을 통해 트랜스포마스크 제작법을 배워도, 아무

곳에나 트랜스포마스크를 쓰고 입장할 수는 없다는 사실을 미리 기억해 주세요."

혹시 바로 눈앞에 보이는 검은 장막이 수업에서 언급된 보안 장막이 아닐까? 제론은 트랜스포마스크에다 트랜스포수트까지 착용해 본모습을 완벽히 감추고 있는 현재 자신의 상황을 생각하며, 당당하게 장막을 뚫고 걸음을 옮기는 게 현명할지 잠시 고민해 보았다. 하지만 이대로 겁을 먹고 뒤돌아 나갈 수도 없고, 다른 뾰족한 수가 있는 것도 아니었으므로 간절하게 행운을 바라며 통과해 보기로 했다.

장막은 마치 검은 액체가 위에서부터 폭포수처럼 떨어지는 형상이었기에, 제론은 차가운 물 같은 감촉을 예상하며 눈을 질끈 감고 장막 안으로 걸어 들어갔다. 하지만 예상과 달리, 그저 공기 속을 지나는 듯이 아무것도 느껴지지 않았다. 한 발짝 평범하게 걸음을 옮긴 후 뒤를 돌아보니 장막은 어느새 뒤에서 흐르고 있었고, 경고음이 울린다거나 장막의 색이 변한다거나 하는 경계의 기척도 전혀 없었다.

혹시 장막을 통과하는 동안 마스크와 수트가 이미 제거되었나 싶어 두 손을 내려다보기도 했지만, 여전히 그는 동양인 소년의 형상을 한 채였다. 새하얀 안내 데스크 뒤에 앉아있는 젊은 남직원의 따분해하는 시선을 보니 정말로 아무 일도 일어나지 않은 모양이었다. 보안 목적이 아니라면 입구에 이런 장막이 설치되어 있을 리가 없는데…. 혹시 제로가 제론이 창립한 회사라 자신의 트랜스포마스크에는 보안마법이 통하지 않게 설계된 것일까?

"어떻게 오셨죠?"

어리둥절하게 서 있던 제론은 안내 데스크 직원의 질문에 다시 눈앞의 상황으로 집중력을 옮겨 왔다. 주말 아침에 예정되지 않은 방문자가 들이닥친 상황이 썩 유쾌하지는 않은지, 남직원의 말투는 아주 친절하다고 볼 수는 없었다.

제론은 다시 미리 생각해 온 계획으로 돌아가, 최대한 불쌍한 표정을 지으며 안내 데스크 앞으로 다가갔다. 그가 쓰고 있는 소년의 마스크가 워낙 순수해 보이는 인상이었기에 약간의 연기만으로도 효과를 극대화할 수 있었다.

"이렇게 불쑥 찾아와서 죄송해요. 사실 저의 아버지, 한 박사님이 한 달 전에 사라지셨거든요…. 아버지께서 가실 만한 곳은 다 찾아보았지만 아무런 흔적도 찾을 수가 없어서, 혹시 이곳에는 무언가 단서가 있을까 해서요…."

슬픔에 겨워 떨리는 목소리를 완벽히 연기해 낸 제론은 자신이 한 박사의 아들이라는 증거로 한 박사 명의의 새이덤을 내밀었다. 하지만 메시지가 너무나 충격적이었던 탓인지 남직원은 굳이 새이덤을 보지 않아도 그의 말을 이미 믿고 있는 듯했다.

"한 박사님이라면 이 회사를 창업하신? 아니, 한 박사님께 아들이 있다는 말은 들은 적이 없는데…. 그리고 한 박사님이 행방불명?"

한 박사에게 아들이 있다는 이야기와 한 박사가 행방불명이라는 이야기 중 어느 것이 더 충격적이었는지는 알 수 없었으나, 남직원이 제론의 말을 완벽히 믿고 있다는 점은 분명했다. 다행히 남직원은 몇 차례의 심호흡과 함께 금방 정신을 차렸다. 그리고 젠과 유사하게 생긴 검은색 정사면체의 윗부분을 한 번 회전시키더니 엔데 박사라는 섀드를 호출했다. 아마 이 검은 정사면체가 바로 제로에서 만들었다는 업무 관리 지능, '센Xen'인 모양이었다.

"엔데 박사님이 마침 오늘 계셔서 다행이네요. 엔데 박사님은 초창기부터 제로에서 일해오신 분이어서, 한 박사님에 대해 묻기에 적임자이시죠. 저는 여기에서 일한 지 얼마 되지 않아서 한 박사님은 한 번도 실물로 뵌 적이 없거든요."

얼마 지나지 않아 엔데 박사로 추정되는, 희끗희끗한 짧은 수염을 기른 통통한 중년 남자가 모습을 드러냈다. 막 실험실에 틀어박히려던 찰나였는지, 하얀 실험용 가운을 걸친 상태였다.

바쁜 와중에 호출된 것이 불만인 기색이었으나, 제론의 가짜 얼굴을 보자 놀란 표정으로 바뀌었다.

"무슨 일이죠? 이 소년은 대체…?"

"안녕하세요, 엔데 박사님. 저는 한 박사님의 아들, 유민이라고 합니다. 아버지가 한 달 전에 사라지셨는데, 도무지 어디로 가셨는지 알 수가 없어서…. 무언가 단서를 찾을 수 있을까 해서 왔습니다…."

제론은 엔데 박사에게 직접 자신을 설명했다.

"한 박사의… 아들? 부인이 있다는 말조차 들은 적이 없는데…?"

엔데 박사 역시 뜻밖의 소식에 놀란 듯했다. 하지만 제론의 훌륭한 연기와 그의 손에 들려있는 한 박사의 섀이템 덕분에 결국은 이 상황을 받아들였다.

"…한 박사는 늘 비밀스러운 타입이긴 했지. 사실 그의 개인사에 대해 아는 사람은 회사에 한 명도 없었으니까…. 그래, 아들이 있었다고 해도 당연히 말하지 않았겠지. 그런데 한 박사가 사라졌다니…. 유민 군, 혹시 섀드가더 신고 채널에는 연락해 봤나?"

'섀드가더Shad Guarder'는 섀드세계의 질서를 수호하기 위해 존재하는 범죄 수사기관의 요원들을 일컫는 말이었다. 제론 역시

〈섀드세계의 역사와 규칙〉 수업에서 배운 내용이라 잘 알고 있었다. 교과서에 따르면, 섀드가더들은 '섀드 범죄 수사국<sup>Bureau of</sup> Shad Crime Investigation, B.S.C.I.'이라는 섀드세계의 중앙 수사 조직에 소속되어 있는 비밀 요원들이며, 그들의 신분과 수사국의 위치는 철저히 비밀에 부쳐져 있다고 했다. "다만 각국의 공식 신고 채널을 통해 누구나 도움을 요청할 수 있다"는 내용도 교과서에 함께 적혀있었다.

"아니요⋯. 저는 아버지가 자의로 떠나셨다고 생각합니다. 그렇기 때문에 섀드가더의 도움을 요청하기보다는 아버지가 어디로 가셨는지, 왜 떠나셨는지 직접 알아내고 싶어요⋯."

"흠⋯, 그렇다면 이쪽으로 따라오게. 하지만 나도 한 박사를 7년 동안 본 적이 없으니, 큰 도움을 기대하지는 말게나."

엔데 박사는 남직원에게 가볍게 눈인사를 건네고 제론을 자신의 연구실로 인도했다.

"그래, 유민 군. 한 박사에 대해 어떤 이야기를 듣고 싶나?"

"엔데 박사님, 저는 아버지가 사라지신 이유가 '7년 전의 어떤 일'과 관련있다고 생각해요. 물론 아버지는 비밀이 많으신 분이었기 때문에 순전히 제 착각일 수도 있어요⋯. 하지만 아버지가 사라지시기 전날, 누군가와 통화하시는 걸 우연히 들었는데⋯ 분명 '7년 전 그때'라는 말이 나왔어요. 혹시 무언가 알고 계신

게 있으신가요?"

"흠, 7년 전이면 딱 한 박사가 제로를 떠났던 시기인데…. 기억에 남아있는 이상한 사건은 딱히…."

고민하며 말끝을 늘이던 엔데 박사는 이내 고개를 절레절레 흔들었다. 하지만 제론은 포기하지 않고, 그의 기억을 되살리기 위해 질문을 계속 던졌다.

"아버지께서 제로를 떠나겠다고 하신 이유는 무엇이었나요?"

"음…, 정확히 이유를 무엇이라고 말했는지는 기억이 나지 않네. 아마 따로 물은 적이 없었을지도 모르지. 아무래도 한 박사는 그즈음에 이미 제로에 대한 애정이 식어가고 있었다는 게 명백했으니까. 아마 회사를 떠나기 몇 년 전부터 그랬던 거 같은데…. 굳이 묻지 않아도 그가 회사에 대해 회의감을 느끼고 있다는 걸 알 수 있었지."

"회의감이요…?"

한 박사가 7년 전 제로를 떠나기 전부터 이미 회사에 대한 열정을 잃어가고 있었다는 새로운 정보에 제론은 다소 놀랐다.

"하지만 아버지께서는 제로에서 가정 관리 지능 젠 시리즈나 업무 관리 지능 센 시리즈 같은, 놀라운 섀드-텍 기기들을 만들어 내지 않았나요?"

제론의 반문에 엔데 박사는 이해한다는 듯 고개를 끄덕이더니, 은근한 말투로 말을 이었다.

"물론 그랬지. 하지만 음…, 자네는 한 박사가 생각하는 이상적인 조직의 형태가 무엇인지 들은 적이 있나?"

"…아버지께서는 제 앞에서는 회사에 대해 일절 언급하지 않으셨어요."

엔데 박사가 이런 질문을 하는 의도를 짐작할 수 없는 데다, 자신이 한 박사에 대해 아무것도 모른다는 사실을 들킬까 싶어 제론은 신중하게 변명을 꾸며냈다. 다행히 엔데 박사는 이미 과거의 기억에 깊게 잠겨있어서인지 제론의 불안한 시선을 전혀 눈치채지 못했다.

"그렇군. 한 박사가 사라졌다는 사실과 무슨 관련이 있을지는 모르겠지만… 이왕 말이 나온 김에 이야기하자면, 한 박사는 특이한 사람이었네. 물론 내 말을 나쁘게 듣지는 말게. 한 박사가 나쁘다거나 이상했다는 게 아니라, 그가 추구한 조직의 형태가 조금 독특했다는 말이야. 그는 진정으로 세기의 천재라고 불릴 만한 재능을 가지고 있었어. 하지만 자신이 천재라는 점을 스스로도 잘 알고 있다 보니, 자신과 같은 천재들만이 조직의 방향성을 결정할 권한이 있다고 믿었던 거 같더군."

엔데 박사는 당시를 회상하듯 연구실의 벽을 물끄러미 응시했다.

"한 박사는 자신과 어깨를 나란히 할 만큼 뛰어난 섀드 서너 명을 섭외해 자신과 함께 연구를 이끌도록 하고, 나머지 직원들은 그저 그 '리더'들의 말을 충실히 따를 섀드들로 채용했어. 소수의 뛰어난 연구자들이 조직을 이끌고, 그 아래의 직원들은 일사불란하게 손발이 되어 움직이는 체제였지. 나 역시도 아주 초기에 그 서너 명의 리더 중 하나로 이 회사에 합류했네. 그리고 초창기의 제로는 한 박사가 만든 조직구조 아래에서 그야말로 불이 붙은 듯한 속도로 대단한 섀드-텍 기기들을 만들어 냈지. 아까 자네도 언급한 젠이나 센 시리즈 같은 것들 말이야. 그러다 보니 초기에는 한 박사가 만든 구조가 아주 성공적인 듯이 보였어."

엔데 박사는 물을 한 모금 마시더니 말을 이어나갔다.

"…하지만 이 체제는 3년이 조금 지나자 위력을 잃었네. 능력에 따라 아주 극소수에게게만 연구 권한을 주고, 나머지 다수의 직원에게는 시키는 대로만 하라니, 당연히 대부분 직원은 견디기 어려웠을 거야. 그들 역시 자유의지를 가진 존재들이니 말일세. 그때부터 제로는 여기저기 불만을 시한폭탄처럼 안은, 위태롭게 돌아가는 회사가 되었고, 한 박사는 점점 이런 회사의 모양새에 회의를 느끼는 듯했지. 나는 당시 나름대로 한 박사의 측근 중 하나였기에 그의 변화를 금방 감지할 수 있었어. 그러니까 7년 전, 한 박사가 제로를 떠나겠다고 했을 때도 갑작스럽다거나 이상하다고 생각하지 않았던 게지."

엔데 박사의 이러한 설명은 제론이 듣고자 했던 내용은 아니었으나, 아주 흥미롭고 또 충격적이었다. 제론은 과거의 자신이 그런 생각을 가진 인물이었다는 점에 놀라워하면서도 다시 끈질기게 질문 공세를 이어갔다. 과거의 자신을 이해하는 데 아주 중요한 조각을 얻은 것임은 분명했으나, 7년 전이라는 시점에 대한 단서는 아직 아무것도 얻지 못했기 때문이었다. 과거의 제론이 섀드-텍 연구에 대한 회의를 느낀 시기는 훨씬 예전부터였다고는 해도, 회사를 떠나 고대 섀드학 분야에 뛰어들겠다고 결정하게 된 데는 무언가 사소하더라도 특정할 만한 계기가 존재할 터였다.

"그렇군요⋯. 하지만 아버지께서 이미 제로에 대한 애정이 식은 상태였다고는 해도, 7년 전 제로를 떠나겠다고 할 때쯤 무언가 결심을 굳힌 계기가 있지 않았을까요? 생각나는 점이 있다면 무엇이든 말씀해 주세요."

그 말에 엔데 박사는 턱을 괴고 눈을 감은 채 잠시 생각에 잠겨있다, 문득 떠오른 것이 있는지 드디어 입을 열었다.

"혹시 한 박사가 한국으로의 출장에 대해 언급한 적이 있나? 부여라는 도시였는데⋯."

"한국의 부여라… 분명 한국에 먼 친척들이 있긴 하지만, 부여에 대해서는 들은 적이 없어요."

물론 한국계 독일인이라고 알려진 한 박사는 제론이 만들어낸 가짜 신분이므로 한국에 친척이 있을 턱이 없었다. 오히려 그렇기 때문에 '한국으로의 출장'은 꽤 흥미로운 소식이었다.

"한 박사가 제로를 떠나겠다고 선언하기 전, 마지막으로 다녀왔던 출장지가 부여였네. 물론 부여에는 세계에서 가장 오래된 '섀드 문헌 보관소'가 있기 때문에, 기술개발에 도움이 될 만한 연구 문헌을 찾기 위해 그곳에 간 건 수상한 일은 전혀 아니지. 하지만 원래 이틀 정도로 예정됐던 출장을 갑자기 연장해 일주일이나 머물다 왔다는 게 약간 이상하다면 이상한 구석이랄까…. 자네도 알겠지만, 한 박사는 미리 정해둔 계획에서 조금이라도 벗어나는 행동은 하지 않는 성격이었거든."

물론 지금의 제론은 한 박사가 어떤 성격이었는지 잘 몰랐다. 하지만 엔데 박사의 설명을 듣자 '부여로의 출장'이 여러모로 수상하게 느껴졌다. 그곳에서 한 박사를 변화시킨 결정적인 사건이 있었던 것일까?


그 후 제론은 엔데 박사와 이런저런 소소한 대화를 이어나가다, 정중하게 감사를 표하며 자리에서 일어섰다. 한 박사의 가치관에 대해 알게 된 점 그리고 부여의 섀드 문헌 보관소라는 새로운 정보를 얻어낸 것만으로도 성과는 충분했다.

엔데 박사와 프런트 데스크의 남직원에게 인사를 하고 바깥으로 나오자 어느새 주위는 금방이라도 비가 올 것처럼 어두워져 있었다. 아직 한낮이었지만 먹구름이 하늘을 우중충하게 가리고 있어 햇빛 한 줌도 찾아볼 수 없었다. 물론 그 덕에 주변을 지나다니는 행인도 많지 않아, 제론이 밖으로 나오는 현장을 목격당하지 않을 수 있었던 것은 다행이었다.

제론은 인간 행인들의 눈을 피해 집으로 그림자 이동할 장소를 물색하며 마인강변을 따라 천천히 이동했다. 그러다 문득 묘한 시선이 느껴져 뒤를 돌아보니, 한 청년이 나무에 기대듯 선 채 그를 지켜보고 있었다. 곱슬한 짙은 갈색 머리에 검은색에 가까운 진한 밤색 눈을 가진, 20대 초반 정도로 보이는 청년이었는데, 어쩐지 강한 기시감이 느껴졌다.

"분명 어딘가에서 본 것 같은데…."

제론이 나지막이 중얼거리는 것을 눈치챘는지, 청년은 그에게 시선을 고정한 채 피식 웃었다. 선량한 인상의 이목구비와는 어울리지 않는, 어딘가 서늘한 기색이 있는 웃음이었다. 한 발 앞으로 걸어 나오자, 얼굴에 짙은 나무 그림자가 반만 드리워져 한층 더 음산한 느낌이 들었다.

"제론 에브런?"

어쩐지 그는 트랜스포마스크를 사용한 위장에도 불구하고 제론의 본모습을 꿰뚫고 있었다.

"언젠가 여기를 찾아올 줄 알았지."

청년은 알 수 없는 말을 하며 제론에게 점점 다가왔다. 손을 뻗으면 닿을 만한 거리까지 다가오더니, 관찰하는 듯한 눈빛으로 제론의 얼굴을 물끄러미 응시했다.

"누구시죠?"

경계심이 담긴 제론의 말투에 청년은 재미있다는 듯 한쪽 입꼬리만 올려 서늘한 미소를 지었다.

"정말로 기억이 사라진 모양이군."

제론은 익숙한 듯 기억나지 않는 그 얼굴을 꼼꼼히 뜯어보았다. 절대 20대 초반의 청년이라고는 볼 수 없는 압도적인 위압감과 묘하게 친숙한 얼굴. 그리고 평소에 지어온 표정과 전혀 다른 표정을 짓고 있는 듯한 어색한 얼굴 근육. 이상한 점투성이였다.

그리고 그 묘한 청년을 경계하느라, 제론은 어디에선가 나타난 그림자 하나가 자신의 그림자에 접근하는 걸 미처 보지 못했다. 그림자는 날카로운 새도우-나이프로 제론의 오른쪽 손등에서 작은 그림자 조각을 분리해 가더니, 먼발치에서 이 상황을 지켜보던 그 주인에게로 돌아갔다. 건물의 그림자가 만들어 낸 어둠 속에 몸을 숨긴 회색 양복 차림의 섀드는 그림자 조각을 조심히 주머니에 넣으며 돌아섰다. 하지만 그 움직임 역시 제론은 전혀 눈치채지 못했다. 눈앞의 청년이 이 모든 상황을 지휘하고 있다는 사실도 깨닫지 못했음은 물론이다.

"…내가 비밀을 풀 때까지만 잠시 즐기고 있으라고."

청년은 알 수 없는 말과 함께 차가운 미소를 남기고는 다시 몸을 휙 돌려 어둠 속으로 멀어졌다. 제론은 자신의 오른쪽 손등에 미세한 상처가 난 것도 깨닫지 못한 채, 그가 완전히 시야에서 사라질 때까지 멍하니 서서 그쪽을 바라볼 뿐이었다.

# 유란 셴의 전설

애석하게도 제론은 주말에 마주친 그 기묘한 청년에 대해 생
각할 겨를이 많지 않았다. 그 외에도 그를 기다리는 할 일이 산
더미처럼 쌓여있었기 때문이었다. 보충반 공부를 따라가면서
한편으로는 과거의 자신에 대한 조사도 계속해야 했고, 이제는
부여의 섀드 문헌 보관소라는 장소에 대해 탐구해야 한다는 임
무도 추가되었다. 그리고 화요일 저녁에는 유란섀드학교의 전
설과 비밀 동아리의 첫 모임도 예정되어 있었다.

프림 교수의 지나친 열정 덕분에 화요일 마지막 수업인 〈섀드
세계의 역사와 규칙〉이 한 시간이나 연장되어, 제론은 거의 쉬
지도 못한 채 다소 지친 걸음으로 동아리 모임이 열리는 강의실
을 찾아갔다. 그런데 이 널찍한 강의실을 채우고 있는 것은 세

학생뿐이었다. 이 동아리는 예상보다도 더 인기가 없는 모양이었다. 그럼에도 가운데에 앉아있던 케이틀린은 개의치 않는다는 듯 환하게 웃으며 제론에게 손을 흔들어 보였다.

"여기 와서 앉아요. 이쪽은 우리 부회장인 티모시 레토 그리고 이쪽은 우리의 브레인, 래리 탤런."

제론은 케이틀린이 소개한 두 남학생에게 차례로 눈인사를 건넸다. 세 명뿐인 동아리에 부회장까지 과연 필요할까 싶긴 했지만 그 생각은 굳이 입 밖으로 내지 않았다. 그리고 대신 정중한 자기소개로 말을 이어받았다.

"안녕하세요. 보충반으로 새로 들어온 에론 레브런이라고 합니다."

"보충반?"

래리라고 소개된 창백하고 날카로운 인상의 남학생은 '보충반'이라는 소개가 마음에 들지 않는지 한쪽 눈썹을 치켜올렸다.

"뭐, 어때. 가뜩이나 다들 쓸데없는 동아리라면서 관심도 없는데. 마침 보충반이 다시 생긴 김에 보충반 학생들도 가입하면 좋잖아."

케이틀린은 핀잔을 주듯 팔꿈치로 래리의 옆구리를 쿡 찔렀다. 하지만 래리는 케이틀린의 생각에 동조할 마음이 전혀 없는지, 한숨을 한 번 내쉬더니 그대로 짐을 챙겨 자리에서 일어서

버렸다.

"난 갈게."

그리고 정말로 뒤도 돌아보지 않고 그대로 무심히 강의실을 나가버렸다. 제론은 이 불편한 상황을 무시하고 가만히 앉아있을 수는 없었기에, 역시 재빨리 짐을 챙겨 들었다.

"저… 죄송해요. 아무래도 제가 대신 나가는 게 더 좋을 것 같네요."

하지만 케이틀린은 나가려는 제론을 잡아 다시 자리에 앉혔다. 그리고 격려하듯 그를 향해 미소를 보냈다.

"신경 쓸 거 없어요. 이 학교가 워낙 들어오기 힘든 명문 학교다 보니, 래리처럼 보충반 학생들을 싫어하는 애들이 좀 있어요. 쉽게 입학해 놓고 유란섀드학교 학생이라고 하는 게 맘에 안 든다나. 그렇지만 저렇게 보충반 학생이랑 같은 공간에 있는 일조차 못 견디겠다고 하는 건 또 다른 문제죠. 이 상황은 래리가 잘못한 거라고 봐요. 그러니까 에론 군은 기죽지 말고 당당하게 남아있어요."

티모시 역시 케이틀린의 말에 동의하듯 고개를 끄덕였다. 제론은 차별에 맞서면서까지 차지하고 싶을 만큼 동아리의 일원 자리가 탐나는 것은 아니었으나, 그들의 배려를 무시할 수는 없었기에 그대로 남아있기로 결정했다.

"그러면 오늘 더 올 사람도 없는 거 같으니까, 모임을 시작해 볼까요?"

케이틀린은 분위기를 풀어보려는 듯 밝은 목소리로 화제를 전환했다.

"그래서, 에론 군은 유란섀드학교에 대해 얼마나 알고 있죠?"

"네?"

"신입 부원 테스트…랄까?"

제론은 잠시 당황했으나, 케이틀린의 장난스러운 말투로 볼 때 그저 분위기를 띄우기 위해 가볍게 던진 질문 같았다. 그래서 제론은 함께 웃으며 유란섀드학교에 대해 알게 된 기초적인 상식들을 늘어놓았다.

"유명한 섀드역사가였던 유란 셴이 설립한 학교라고 알고 있죠. 특히 유란 셴은 인간-섀드 평화협정 체결에 중요한 역할을 한 인물이고요."

〈섀드세계의 역사와 규칙〉 수업에서 유란 셴과 인간-섀드 평화협정에 대해 세 번씩이나 강조해 말하던 프림 교수의 얼굴이 눈앞에 그려지는 듯했다. 제론이 프림 교수의 열띤 강의를 떠올리며 미소를 짓는 동안, 케이틀린은 어느새 눈을 빛내며 의자를 바짝 당겨 앉았다.

"에론 군은 오늘 처음 왔으니까, 우리가 알고 있는 지식을 전

수해 주도록 하죠. 아이참, 우리가 얼마나 고생해서 알게 된 이야기들인데, 이렇게 쉽게 알려줘도 되나….”

이렇게 말하면서도 케이틀린은 이미 신이 나서 이야기보따리를 풀 준비를 하고 있었다. 그렇게 시동을 건 후, 몇십 분간 케이틀린과 티모시는 주거니 받거니 하며 유란섀드학교를 둘러싼 다양한 전설과 소문에 대한 이야기들을 쏟아냈다.

유란섀드학교는 오랜 역사만큼이나 진위를 판별하기 어려운 각종 전설과 소문들이 난무하는 곳인 듯했는데, 그중 특히 제론의 귀를 사로잡은 것은 유란 셴의 혈통에 대한 이야기였다. 케이틀린이 소개한 이야기로, 뜻밖에 등장한 ‘아스카일’이라는 이름이 제론의 정신을 번쩍 들게 했다.

“이건 정말 흥미로운 이야기라서 아무한테나 알려주지는 않지만… 유란 셴이 고대 섀드전쟁을 끝낸 제왕 아스카일의 후손이라는 소문이 있어요. 그리고 더 놀라운 게 뭔지 알아요? 아스카일은 고대 섀드전쟁을 끝내면서 어떤 대단한 마법물질을 아무도 찾을 수 없는 곳에 숨겨두었는데, 오직 아스카일의 후손들에게만 그 비밀이 전해져 내려왔다고 해요. 그런데 기록에 따르면 유란 셴에게는 형제나 자녀가 없었거든요. 그렇다면 그녀가 아스카일의 마지막 후손일 테니, 아스카일이 고대에 숨겨놓은 ‘무언가’에 대해 알고 있었던 마지막 사람도 그녀가 아니겠어요?

그러니까 만약 그것에 대한 단서가 하나라도 남아있다면 이곳, 유란새드학교에 남아있으리라는 가설이 가장 유력해요."

아스카일. 그 이름은 J. H. 율릭스의 책 《두 어둠의 지배자》의 프롤로그에서도 등장했다. "고대 섀드전쟁을 끝내면서 '검은 지능체'를 멸하고 관련 저서들을 불태웠다"라고 적혀있었는데⋯. 유란 셴이 바로 그의 후손이고 그가 전쟁 후에 남긴 어떤 대단한 마법물질을 이 학교에 숨겨두었다? 이 모든 내용이 제론의 머릿속을 빙글빙글 돌았다. J. H. 율릭스는 아스카일과 검은 지능체에 대한 이야기를 책에 담았고, 브룩스 교수는 유란새드학교에서 무언가를 찾고 있는 듯했다. 과연 이 진위를 알 수 없는 소문을 자신의 과거 행동들과 연결해 생각해도 될까?

"그 무언가에 대한 단서가 유란새드학교에 숨겨져 있을 거라는 말은⋯ 널리 알려진 이야기인가요?"

제론은 이 소문의 무게를 떠보기 위해 조심스럽게 질문을 던졌다.

"대충 비슷하게 생각하고 있는 사람은 많을 거예요. 유란 셴이 아스카일의 후손이라는 건 《유란 셴 전기》를 쓴 머스그로브라는 작가도 주장한 내용이고, 아스카일이 고대에 숨겨둔 마법 물질이 있다는 전설도 알 사람은 다 알 거예요. 물론 그 물질이 뭔지는 아무도 모르지만."

티모시가 차분하게 대신 대답했다. 그리고 관련해서 케이틀린도 무언가 떠오른 점이 있는지, 눈을 반짝이며 말을 이어받았다. 사실 이건 제론에게 하는 대답이라기보다는 친구인 티모시에게 말하는 것에 가까웠다.

"사실 나는 예전에 진짜로 이 학교에 숨겨져 있는 게 있는지 궁금해서 한밤중에 혼자 온 학교를 수색하고 다닌 적이 있었거든? 근데 그때 내가 누굴 만났는지 알아?"

그러고는 대답을 기다리지도 않은 채 말을 이었다.

"브룩스 교수님! 하필 그때 딱 마주쳐서, 교수님이 나더러 뭘 하고 있냐고 묻더니 기숙사로 돌려보냈어. 그런데 너도 알다시피 브룩스 교수님은 수업 시간 말고는 거의 학교에 안 계셨잖아. 그래서 내가 '교수님은 한밤중에 학교에서 뭘 하고 계셨던 거예요?' 하고 되물었지. 근데 글쎄, 브룩스 교수님이 씩 웃으면서 '나도 유란 셴이 남긴 걸 찾고 있달까?' 이러시는 거야."

케이틀린은 놀랍지 않냐는 듯 두 눈이 동그래져서 티모시를 바라봤지만, 그는 별다른 호응을 해주지 않았다.

"그건 그냥, 네가 유란 셴이 남긴 단서를 찾고 있다고 말해버렸으니까 적당히 맞춰주신 거겠지. 그리고 교수라는 직책이 그렇게 한가한 줄 알아? 분명 밤중에 처리할 일이 생겼던 거겠지."

티모시는 별일도 아닌데 호들갑을 떤다는 듯 핀잔을 주었다.

"그리고 에론 군은 브룩스 교수님에 대한 이야기가 재미없을 거 같은데?"

티모시가 갓 입학한 보충반 학생은 이미 학교를 떠난 브룩스 교수를 알지 못할 것이라는 사실을 지적하자, 케이틀린은 멋쩍어하며 황급히 입을 다물었다. 보충반 학생인 제론 앞에서 관심도 없을 쓸데없는 이야기를 했다고 판단한 모양이었다. 하지만 실제로는 브룩스 교수 자신인 제론은 케이틀린이 남긴 말을 천천히 곱씹어 보고 있었다.

브룩스 교수, 아니 과거의 제론은 뉴욕에 집이 따로 있는데도 굳이 한밤중에 유란섀드학교 안을 배회하고 있었다…. 게다가 "유란 셴이 남긴 걸 찾고 있다"는 말… 그저 적당히 케이틀린에게 맞춰서 던진 농담이라고 해도 쉽게 넘기기에는 너무 의미심장한 발언이었다. 게다가 집에 있는 수첩에는 유란섀드학교의 장소들을 적어둔 듯한 메모도 남아있었다. 정말로 과거의 제론은 유란 셴이 숨겨놓았다고 전해지는 무언가를 찾고 있었던 걸까?

제론은 이 기회에 브룩스 교수에 대한 정보를 더 캐내기 위해 은근하게 대화를 이었다.

"그… 브룩스 교수님이라는 분은 어떤 분이었나요? 지금은 안 계신 거 같긴 한데, 종종 그분에 대한 이야기가 들리길래 궁금해져서요."

케이틀린은 제론이 브룩스 교수에 관심을 보이는 모습이 뜻밖이었는지 잠시 놀란 표정을 지었지만, 먼저 말을 꺼낸 사람은 자신이었기에 진지하게 답변을 돌려주었다.

"음…, 내가 느끼기엔 '섀드세계에 대한 자부심과 개혁 의지가 공존하는', 그런 분처럼 보였어요. 좀 모순적인 표현인 거 같지만. 고대 섀드학은 학문 특성상 해석자의 생각이 조금씩 반영될 수밖에 없는데, 그러다 보니 브룩스 교수님의 수업에서도 그분의 평소 생각이 조금씩 묻어 나온다고 느꼈어요. 내 생각에 그분은 고대부터 섀드들이 이루어 낸 발전의 역사에는 자부심을 가지고 있으면서도, 현재의 섀드세계는 발전 속도가 너무 느리다고 생각하는 거 같았죠."

케이틀린은 살짝 눈썹을 찌푸리며 말을 이었다.

"그리고 브룩스 교수님은 똑똑한 학생들을 대놓고 총애하는 면이 좀 있어서, 아까 봤던 래리처럼 '나 좀 잘났다' 하는 애들은 대부분 교수님을 좋아했어요. 래리 같은 애들이 보충반 학생들을 무시하는 이유도 브룩스 교수님의 영향이 아닐까 하는 생각도 드는데, 물론 그건 너무 비약일지도 모르죠…."

사실 제론은 내심 브룩스 교수의 이상 행동에 대해 더 듣길 바라고 있었기에, 흥미롭다는 듯 고개를 끄덕이면서도 속으로는 실망을 감출 수 없었다. 며칠 전이었다면 브룩스 교수의 가치관에 대한 이야기도 그에게 놀랍게 다가왔을 테지만, 케이틀린이 묘사한 브룩스 교수의 성향은 엔데 박사가 이야기한 한 박사의 성향과 거의 같아서 새로운 내용은 별로 없었다. 브룩스 교수와 한 박사는 과거의 제론이 각기 다른 시기에, 다른 이유로 창조한 신분이었음에도 주변 사람들이 느낀 성향은 유사했던 점을 보면, '섀드세계의 발전을 위해서는 똑똑한 사람들의 지휘대로 세상이 흘러가야 한다'는 생각은 장기간에 걸쳐 단단하게 제론의 사고를 지배하고 있었던 모양이었다.

동아리 모임이 끝난 후, 늦은 시간에도 불구하고 제론은 집 대신 도서관으로 향했다. 과거의 자신과 유란 셴 그리고 아스카일 사이의 관련성에 대해 더 조사하고, 가능하다면 자신이 유란섀드학교에서 무엇을 찾고 있었는지 알아내고 싶었다. 먼저 제론은 티모시가 언급한 《유란 셴 전기》라는 책을 찾아 훑어보았는데, 인간-섀드 평화협정이나 역사가로서의 행적에 중점을 둔 내용만 있을 뿐, 유란 셴에 대한 사적인 정보는 거의 없었다. 유란 셴이 아스카일의 후손이라는 주장도 작가의 말에 언뜻 등장하는 견해였을 뿐이었다.

실망감을 느끼며, 제론은 책을 제자리에 꽂아두고 대신 도서관 한편에 놓인 학업용 섀블릿을 하나 집어 들었다. 어쩌면 브룩스 교수의 저술 속에서 단서를 얻을 수도 있지 않을까 하는 생각이었다.

학업용 섀블릿은 새이템 대신 학교용 정보관리 칩을 연결해 섀드세계의 모든 유료 문서들을 열람할 수 있게 해주는 도구로 안타깝게도 외부 반출은 금지되어 있었다. 그렇기에 일반적인 섀드 정보 네트워크상에 공개되어 있지 않은 학술지나 신문 등의 유료 콘텐츠는 학교에서 읽고 가는 수밖에 없었다. 물론 제론의 경우 그 자신이 브룩스 교수이긴 했지만, 집에는 기고 글의 초안조차 남아있지 않았으므로 별수 없었다.

제론은 피곤함을 이겨내며 도서관 한쪽에 자리를 잡고, 학업용 섀블릿으로 《섀드학의 정수》를 한 권씩 읽어나갔다.

### 고대 섀드학과 현대 섀드학의 차이에 대하여

– E. Brooks

고대의 섀드학은 연금술과 같은 속성을 가지고 있었다. 고대의 섀드들은 그림자를 다양한 방법으로 쪼개고 혼합하며, 그림자의 힘으로 가능한 모든 영역을 시험하고자 했다. 고대에는 정해진 규칙이나 법률이 거의 없었으므로 그들을 막아설 수 있는 건 아무것도 없었다. 그렇기 때문에 고대의 섀드학은 본질적으로 실험적인 영역이었으며, 안전하고 무해한 방식을 넘어선 아주 극단적인 마법들도 암암리에 행해졌다고 알려진다.

하지만 근대를 넘어 현대로 접어들면서 섀드세계에는 다양한 규율이 자리 잡게 되었고, 자연스럽게 고대의 마법 중 강력하지만 안전하지 않은 마법들은 모두 역사 속으로 사라졌다. 그러면서 현대의 섀드마법은 정제되고 검증된 마법들이 주류를 이루게 되었고, 섀드학은 정규 교과과정으로 정립된 몇 가지의 범주 안에서만 변주가 허락되는, 안전한 마법으로 변모했다.

...

브룩스 교수의 기고 글에서는 유란 셴이나 아스카일 혹은 그들이 남겼다고 알려지는 무언가의 마법재료에 대한 힌트는 전혀 찾을 수 없었다. 하지만 고대 섀드연금술에 대한 동경만큼은 분명하게 느껴졌다. 얼핏 보면 가치중립적인 문장이 대부분이었으나, 곰곰이 곱씹어 보면 고대 섀드학의 실험적인 속성에 대한 긍정과 현대 섀드학의 소극적인 태도에 대한 유감이 글의 기조를 이루고 있었던 것이다.

이렇게 정제된 글에서도 그의 짙은 가치관이 스멀스멀 배어나오는 모습을 보며, 제론은 과거의 자신이 품었던 현대 섀드학에 대한 불만이 아까 케이틀린이 언급했던 것보다 더 막대했으리라 짐작했다. 혹시 과거의 제론이 간직하던 깊은 유감은 단순히 섀드학이라는 학문을 넘어, 현대 섀드사회 자체에까지 칼날을 향하고 있던 건 아닐까? 만약 그렇다면, 그는 사회변혁의 꿈을 품은 개혁가 비슷한 존재였을까, 아니면….

"고대 섀드학?"

그때 바로 뒤에서 들려온 음성에 제론은 깜짝 놀라 섀블릿을 떨어뜨리다시피 책상 위에 내려놓았다.

"분명 보충반에서는 고대 섀드학을 가르치지 않을 텐데… 개인적으로 관심이 있는 건가요?"

뒤를 돌아보니 음성의 주인은 루카스였다. 고대 섀드학과 관련된 저술을 탐구하는 이유를 들키고 싶지 않았기에, 제론은 루카스의 호기심 어린 시선을 슬쩍 피하며 두루뭉술하게 답변을 넘겼다.

"그냥… 워낙 이것저것 관심이 많아서요. 고대 섀드학도 꽤나 매력적인 학문인 거 같던데요?"

"맞아요! 고대 섀드학이야말로 공부하면 공부할수록 재미있는 학문이죠. 뭘 좀 아시네요. 요즘은 고대 섀드학 전공자가 점점 줄어들고 있어서 아쉬워요. 취업에 도움이 안 되는 학문이라나 뭐라나. 물론 그림자화나 그림자 숨김 마법 같은 자잘한 '기술'들이 취업에는 도움이 더 되겠지만, 고대 섀드학이야말로 학문의 정수라고 할 수 있죠!"

루카스는 고대 섀드학을 인정하는 동지가 있다는 사실이 신나는 모양이었다. 하지만 제론은 미안하게도 루카스의 말을 계속 해서 경청해 줄 수가 없었다. 루카스가 들고 있던 아주 두꺼운 책이 주의를 사로잡았기 때문이었다.

"어? 그 책…."

책의 표지에는 알 수 없는 암호 같은 언어가 쓰여있었는데, 그 언어는… 제론의 기억이 정확하다면, 분명 자신의 비밀 서랍 안 에 잠들어 있는 두 개의 종이에 적힌 언어와 동일했다.

"뭐라고 적힌 건가요?"

제론은 책의 표지에 눈짓을 보내며 물었다. 다행히 그 책도 루 카스가 좋아하는 주제 중 하나였는지, 그는 제론이 자신의 말을 중간에 잘랐다는 사실도 잊고 다시 즐겁게 설명을 늘어놓기 시 작했다.

"제목을 고대 섀드언어로 적어둔 것뿐이에요. 《고대 연구 해 석을 위한 고급 고대 섀드어》라는 책이죠. 표지 정도는 영어로 써놨으면 더 많은 학생이 읽었을 텐데, 왜 굳이 이렇게 출판했 는지는 알 수 없지만…."

"고대 섀드어라는 게 따로 있나요? 섀드들도 그냥 각국의 언 어를 똑같이 쓰는 줄 알았는데…."

제론은 질문하기 위해 다시 루카스의 말을 자를 수밖에 없었다.

"아아, 보충반에서 그런 부분까지는 알려주지 않는 모양이네요. 하긴 요즘은 고대 섀드학 연구자가 될 게 아니면 고대 섀드어가 전혀 쓸모가 없으니, 보충반 커리큘럼에 포함되지 않았다는 사실도 놀랍지는 않죠. 이제는 섀드들도 다 각국의 인간 언어를 똑같이 쓰지만, 예전에는 섀드어와 인간어가 구분되어 있었다고 해요. 섀드언어는 딱 하나로 통일되어 있어서 전 세계의 섀드들이 모두 같은 언어를 썼죠. 그렇지만 인간-섀드 평화협정이 체결된 후에는 많은 섀드가 인간들 틈에 섞여 살아가게 되어서, 자연스럽게 인간의 언어를 주로 쓰다 보니 섀드어는 차츰 사라졌다고 해요. 뭐, 그리고 요즘은 세계적으로 영어를 많이 쓰는 추세니까, 해외에 있는 섀드와 소통할 때도 굳이 섀드어를 배워서 사용할 필요를 못 느끼겠죠."

제론은 루카스의 '좋아하는 주제 앞에선 한없이 말이 많아지는' 성향에 고마움을 느끼며, 고개를 작게 끄덕였다.

"고대 섀드언어 공부에 관심이 있다면 《고대 섀드어 첫걸음》이라는 책을 추천해요. 굉장히 쉽게 쓰여있어서 초심자가 배우기에 좋을 거예요. 저쪽의 고대 섀드학 코너에 꽂혀있어요."

루카스는 친절하게도 고대 섀드어 책까지 추천해 주었다. 고대 섀드학에 관심을 보이는 보충반 학생의 존재가 그에게는 꽤나 신나는 일인 모양이었다.

"고마워요, 나중에 기회가 되면 공부해 볼게요."

제론은 고대 섀드언어에 대해 필요 이상의 열정을 보이는 것이 독이 될 수도 있겠다는 생각에 답변을 신중하게 골랐다. 다행히 루카스는 잠시 책을 빌리러 왔을 뿐인지 금방 자리를 떴고, 제론은 루카스가 도서관에서 나간 것을 확인한 후 몰래《고대 섀드어 첫걸음》과《고대 섀드어 사전》을 대여해서 집으로 향했다. 의문의 종이에 적힌 언어의 정체를 알게 된 이상, 가만히 앉아서 브룩스 교수의 저술만 탐구하고 있을 수는 없었다. 고대 섀드어를 공부해 종이에 쓰여있는 내용을 알아낸다면 과거의 제론을 둘러싼 또 하나의 큰 장막이 걷히리라는 확신이 들었던 것이다.

하지만 그 비밀스러운 종이에 적힌 내용을 읽어내기란 생각보다 까다로웠다.《고대 섀드어 첫걸음》을 통해 고대 섀드문자들을 하나씩 익히고 문장구조와 문법을 공부하는 데만 나흘이 넘게 걸렸고, 종이 위 단어들을《고대 섀드어 사전》과 대조하며 해석하는 데는 그 이상의 시간이 걸렸다. 사실 사전을 보며 필요한 단어들을 번역해 내는 작업은 그리 오래 걸릴 일은 아니었으나, 문제는 종이 위 단어들 그 자체였다. 고대 섀드어가 아닐지 모른다고 의심될 정도로, 두 종이 위에 나열된 문자의 조합은 어떻게 읽어도 사전에 등재된 단어와 대응되지 않았다.

결국 제론이 이 종이의 '읽는 방식'을 깨닫기까지는 일주일이 넘는 오랜 기간이 걸렸다. 그리고 마침내 찾아낸 해석의 열쇠는, 비밀 서랍 안에 들어있던 첫 번째 종이와 《두 어둠의 지배자》 안에서 발견된 두 번째 종이를 함께 조합해서 읽는 방법이었다. 문득 두 종이를 나란히 놓고 비교해 보니 두 장의 종이에 자리한 글자의 배열이나 문단의 모양이 이상할 정도로 유사하다는 생각이 들었고, 이 발견이 도미노가 되어 새로운 깨달음의 연속으로 이어졌다. 다양한 시도 끝에, 제론은 첫 번째 종이에서는 홀수 번째 문자만 그리고 두 번째 종이에서는 짝수 번째 문자만 가져와 조합해서 읽어야 비로소 정상적인 고대 섀드어 단어들이 드러난다는 사실을 알아냈다.

아마 과거의 제론은 철두철미한 성격답게, 누군가가 두 종이 중 한쪽을 보게 될 경우를 대비해 두 장을 연결해야만 풀 수 있는 암호를 만들고, 종이를 각기 다른 비밀 장소에 나누어 보관한 모양이었다. 이쯤 되니 종이에 쓰인 내용은 과거의 제론에게 상상 이상의 중요성을 갖고 있다고밖에 생각할 수 없었다.

하지만 실망스럽게도, 번역만 하면 모든 비밀이 풀릴 것이란 제론의 기대는 빗나갔다. 결국 완성된 해석본에는 다음과 같이 알 수 없는 재료들만 나열되어 있었기 때문이었다.

## si.
—

– 하얀 사막여우 털 50g

– 달맞이꽃 뿌리 가루 10g

– 칼랑코에 줄기즙 100ml

– 란타나 열매즙 60ml

– 으깬 피마자씨 5알

– 말린 수선화꽃잎 가루 20g

– 장미 가시 10조각

– 올빼미 머리 깃털 100g

– 루비 원석 100g

– 서로 다른 셰드의 머리 부분 그림자 조각 5개: 1s.u.

– 서로 다른 셰드의 심장 부근 그림자 조각 5개: 0.5s.u.

– 수확한 지 100일 된 찻잎 그림자 10s.u.

...

## il.
—

– 금낭화 뿌리 가루 10g

– 잘게 간 펄라이트 5g

– 말린 투구꽃잎 가루 10g

– 밤나팔꽃잎즙 2방울

- 말린 파피루스 줄기 가루 5g

- 박쥐 피 20ml

- 반달가슴곰 뼛가루 50g

- 서로 다른 넌-섀드 10명의 눈물: 50ml

- 서로 다른 머리카락 그림자 100개

- 어린아이의 손톱 그림자 조각 50개: 1s.u.

- 서로 다른 섀드의 다리 부분 그림자 조각 30개: 3s.u.

- 서로 다른 섀드의 팔 부분 그림자 조각 20개: 2s.u.

- 호수 위에 비친 거미줄 그림자 5s.u.

  …


  각각의 재료들은 'si.'와 'il.'이라는 두 개의 레시피를 구성하고 있는 듯했다. 하지만 각 레시피의 용도에 대한 친절한 설명은 기대할 수 없었다. 나열된 재료들도 이상하기 짝이 없어서 언제, 어디에, 어떻게 쓰이는 것인지 전혀 짐작조차 할 수 없었다. 섀드세계에서는 일반적인 재료인지 모르겠으나, '박쥐의 피'나 '반달가슴곰의 뼛가루' 같은 재료는 어쩐지 섬뜩한 느낌이 들기까지 했다. 게다가 두 레시피의 제목처럼 보이는 si.와 il.이라는 이상한 이름도 무슨 의미를 내포하고 있는지 이해가 가지 않았다.

  그리고 종이의 가장 아랫부분에는 알아보기 힘들 정도로 작게 쓴 글씨로 이런 내용이 덧붙여져 있었다.


※ 조건: 월식. 샤티아텐.


"조건?"

'조건'이라는 이해할 수 있는 단어를 발견한 것은 반가웠지만, 그 뒤에 적힌 내용은 역시나 수수께끼 같았다. 근본적으로, '무엇을 할 때' 월식이 필요하다는 걸까? 저 재료들을 모아 무언가의 레시피를 제조할 때? 아니면 어떤 마법을 구현할 때? 그리고 '샤티아텐'이라는 단어는 대체 무엇이란 말인가? 이는 사전에 등록조차 안 된 단어라서 고대 섀드어 문자의 독음을 그대로 조합해서 읽은 것이었다.

혹시나 해서 섀드 정보 네트워크에도 검색해 봤지만 허사였다. 샤티아텐이라는 의문의 단어에 대한 검색 결과도, 종이에 나와있는 레시피와 유사한 마법에 관한 정보도 전혀 찾을 수 없었다. 게다가 '섀드의 머리 부분 그림자'나 '섀드의 심장 부근 그림자'라니…. 분명 〈그림자 분리와 복원〉 수업에서 '머리 부분이나 심장 부근의 그림자 조각은 자기 자신만 잘라낼 수 있다'고 배웠는데, 서로 다른 다섯 개의 조각을 얻는 게 가능하기나 하단 말인가?

제론은 의문의 레시피에 대한 정보를 얻기 위해 밤새 서재에 있는 도서들을 살폈지만, 아무 성과도 얻지 못한 채 다음 날의 해를 마주했다. 이날의 첫 수업은 〈그림자 공격과 방어〉였는데, 그림자 숨김 마법에 사용하는 언섀딩 포션을 만드는 실습이 한창 진행되는 중에도 제론은 도저히 집중할 수가 없었다. 특히나 실습의 핵심은 여러 마법재료를 조금씩 섞어가며 포션의 적정한 비율을 탐구하는 것이었기에, 종이에 적혀있던 수상한 재료들에 대한 잡념이 떠오르지 않을 수 없었다.

제론은 저녁에 미셀레이니어스 파우더스에 가서 조슈아에게 희귀한 마법재료들에 대해 물어볼까 하는 생각을 하며 건성건성 재료들을 때려 넣었다. 다행히 이전에 언섀딩 포션에 대한 수업을 꼼꼼히 들어놓은 덕에 제조 과정이 얼추 머릿속에 들어있어서, 반쯤 넋이 나간 채로도 그럴듯한 포션을 만들 수 있었다. 하지만 로렌츠 교수는 제론의 집중력이 평소 같지 않다는 점을 간파했는지, 실습이 끝난 후 앞을 지나가는 그를 조용히 불렀다.

"에론 군. 오늘 제출한 언새딩 포션은 그럭저럭 쓸 만해서 합격점을 주기는 했지만, 달맞이꽃 가루는 강한 불로 그을려서 넣었어야 해요. 에론 군답지 않은 실수를 한 거 같네요."

이제껏 제론은 〈그림자 공격과 방어〉 수업에서 늘 우수한 성적을 보였기에, 로렌츠 교수는 오늘의 제론이 평소답지 않다고 판단한 모양이었다. 기억을 잃기 전 마법을 사용했던 경험이 있어서인지 제론은 보충반 수업에서 다른 학생들보다 월등한 재능을 보였고, 그 덕분인지 로렌츠 교수가 은근히 자신을 총애하고 있다는 사실도 눈치채고 있었다.

"무슨 일 있나요? 수업 중에도 영 집중을 못 하는 거 같아서."

로렌츠 교수는 혹여나 아끼는 학생이 자신의 수업에 흥미를 잃은 건 아닐까 걱정하는 기색이었다. 제론은 그 마음에 고마움을 느끼면서도, 지금이야말로 자연스럽게 정보를 얻어낼 기회라는 생각이 떠오르는 걸 막을 수 없었다. 슬며시 주위를 돌아보자, 다른 학생들은 이미 강의실을 떠난 후였다.

"수업 중에 집중하지 못하는 태도를 보여서 죄송합니다, 교수님. 제가 새벽까지 계속 공부를 한 탓에 피곤해서 그랬던 거 같습니다."

제론은 정중한 태도를 보인 뒤, 은근하게 말을 이었다.

"저, 교수님. 공부하다가 궁금한 점이 있었는데요, 혹시 섀드마법 중에 특정한 조건에서만 발현되는 특수한 종류의 마법도 있나요? 가령 '월식' 아래에서만 가능한 마법이라든지…."

하지만 제론의 기대와 다르게 로렌츠 교수는 월식이라는 말을 듣자 난처하다는 듯 표정이 굳었다.

"…에론 군. 월식 아래에서의 마법에 대해 누군가에게 배운 겁니까?"

"아, 혹시 월식이 무언가 특별한 의미가 있는 걸까요? 저는 그저… 특수한 조건이 필요한 마법도 있다고 책에 나오기에 궁금해서…. 월식은 단순한 예시였습니다."

로렌츠 교수의 목소리에서 곤란한 기색을 읽은 제론은 재빨리 순진한 눈빛을 보내며 해명을 내놓았고, 그제야 로렌츠 교수는 조금 마음이 놓인 듯 보였다.

"아, 그렇군요. 물론 섀드마법 중에는 특정한 조건 아래에서만 발현되는 마법들이 있습니다. 특히나 고대의 마법 중에는 그런 종류가 꽤 많았다고 하죠. 하지만 월식이라는 조건을 말할 때는 조금 조심하는 게 좋겠군요. 고대 섀드마법 중에는 강력하지만 해로운 마법들이 꽤 있었는데, 주로 그런 악한 마법을 연구하던 섀드들이 선호했던 게 월식 아래의 마법이었다고 해요. 물론 그런 위험한 마법 중에 현재 전해져 내려오는 마법은 거의 없지만, 그래도 월식이라는 조건은 아직 인식이 좋지 않습니다."

로렌츠 교수는 자신도 모르게 다시 딱딱해진 표정을 애써 누그러뜨리며 말을 이었다.

"요즘에도 쓰이는 마법 중에 그믐달이나 보름달 아래에서 발현되는 안전한 특수마법도 있으니, 특수마법이 궁금하다면 그런 조건들 위주로 공부해 보세요. 도서관에 가서 특수마법을 다룬 서적을 찾는다고 하면 안내해 줄 거예요."

"감사합니다, 교수님. 월식이라는 조건에 그런 뜻이 있는 줄도 모르고… 실례했습니다."

제론은 진심으로 고마움을 느끼며 로렌츠 교수에게 정중한 인사를 건넸다. '강력하지만 해로운' 마법이라니. 더 구체적인 정보까지 묻지는 못했지만 생각 외의 수익이었다. 과거의 제론이 소중하게 보관하고 있던 알 수 없는 레시피는 그 쓰임은 불명확해도 아마 좋은 용도는 아닌 모양이었다. 제론은 자신의 과거에 대해 알아갈수록 검은 안개가 몰려와 그를 수렁으로 끌고 가는 것 같아 기분이 무거워졌다.

그때 문가에서 들려온 어떤 목소리가 그를 깨웠다.

"단순한 예시는 아니었죠?"

세린이었다. 그녀는 특유의 꿰뚫어 보는 듯한 투명한 녹갈색 눈동자로 그를 빤히 응시하고 있었다. 눈치채지 못했는데, 언제부터인가 문가에서 대화를 엿듣고 있었던 모양이었다. 로렌츠 교수는 어느새 수업 자료를 챙겨 떠난 후였다.

"월식 아래에서 벌이는 특수마법. 뭔가 알고 있는 거죠?"

당황한 제론이 잠시 멍하니 서있자 세린은 다시금 그를 추궁했다.

"그럴 리가요. 저는 섀드마법에 대해 배우기 시작한 지도 얼마 안 됐는데, 그런 고차원적인 영역을 어떻게 알겠어요."

제론은 황급히 순진해 보이는 미소를 끌어 올렸으나, 세린은 웃음기 하나 없이 냉정한 눈빛으로 그를 빤히 볼 뿐이었다. 세린은 주변을 한 번 살피더니, 로렌츠 교수가 열어두고 나간 실험실 문을 꼼꼼하게 닫고 제론 쪽으로 다시 돌아섰다.

"브룩스 교수와 아무 관계도 아닌 게 확실해요?"

"네, 분명 지난번에 설명했는데…."

"그럼, 지난 7월쯤 떠들썩했던 그림자 연쇄 갈취 사건에 대해 어떻게 생각해요?"

갑자기 세린은 영문 모를 이야기를 꺼냈다. 그림자 연쇄 갈취 사건? 8월 이전의 기억이라곤 하나도 없는 제론은 당연히 7월에 어떤 일이 일어났는지 전혀 몰랐고, 그러다 보니 어떠한 말도 할 수 없었다. 다행히 세린은 딱히 그의 대답을 기다린 것은 아니었는지, 다시 입을 열어 말을 이었다.

"두 달에 걸쳐 사라졌던 그림자 300개가 갑자기 7월 27일에 모두 돌아왔어요. 그리고 브룩스 교수가 유란섀드학교에 마지막으로 모습을 드러낸 건? 7월 26일. 그 후 브룩스 교수를 보거나, 그와 연락한 사람은 아무도 없죠."

세린은 제론의 반응을 살피면서 한 마디를 덧붙였다.

"…그쪽, 에론 레브런 외에는요."

제론의 가슴이 쿵 내려앉았다. 세린은 지금 '그림자 연쇄 갈취 사건'이라는 것과 브룩스 교수가 관련이 있다고 말하는 건가? 제론은 이에 대해 아는 바가 전혀 없었으나, '연쇄'와 '갈취' 그리고 '사건'이라는 단어들의 조합으로 볼 때 매우 위험한 마법이 관련되어 있으리라는 점을 직감적으로 느낄 수 있었다.

세린은 제론이 브룩스 교수의 추천서를 제출했다는 사실 때문에 그를 의심스럽게 바라보고 있는 모양이었다. 하지만 상황은 더 심각했다. 만약 브룩스 교수가 진짜로 그림자 연쇄 갈취 사건과 연관이 있다면, 제론은 '위험한 사건을 벌인 섀드의 주변 인물' 정도가 아니다. '위험한 사건을 벌인 섀드 장본인'인 것이다. 브룩스 교수는 과거의 제론이 만들어 낸 위장용 신분 중 하나였으니까.

그날 점심, 제론은 식당 대신 도서관으로 향했다. 세린이 언급한, 7월쯤 떠들썩했다던 그림자 연쇄 갈취 사건에 대해 알아보기 위해서였다. 세린에게는 정말로 관련이 없다고 극구 부인했지만, 스스로까지 속일 수는 없었다. 자신이 과거에 위험한 마법과 연루되어 있었다면 반드시 알아야 했다.

학업용 새블릿에는 이전에 발행된 모든 신문이 질서 정연하게 저장되어 있었기 때문에 필요한 정보를 쉽게 찾을 수 있었다. 그리고 신문에 남아있는 기록에 따르면, 세간에 알려진 그림자 실종은 총 300건이었다. 6월 2일에 첫 사례가 신고된 후 실종 건수는 점점 늘어나, 7월 26일까지 두 달이라는 짧은 시간 동안 총 300건의 실종이 발표된 것이다.

7월 12일에 발행된 한 조간신문은 해당 사건을 다음과 같이 묘사하고 있었다.

### The Morning Moon

#### 200번째 그림자 실종

어젯밤(7월 11일), 새로운 그림자 실종 신고가 접수되었다. 미국의 섀드가더 신고 채널을 통해 접수되었으며, 비운의 피해자는 보스턴에 거주하는 섀드인 에일린 데탕(37세, 가명) 씨로 밝혀졌다. 그녀는 지난 6월 2일부터 계속된 그림자 연쇄 갈취 사건의 200번째 피해자로, 전문가들은 이 범죄가 끝나기는커녕 점점 가속도가 붙고 있다며 우려를 표했다.

그림자를 갈취당한 피해자는 그림자가 사라진 후 5일이 지나면 사망에 이르는 것으로 밝혀진 만큼, 섀드 범죄 수사국이 이번에는 과연 5일 내에 사건을 해결해 피해자를 구하는 데 성공할지 이목이 집중되고 있다. 수사국에서는 섀드들의 불신과 불안이 점점 높아지고 있다는 점을 인지하고 있으며, 앞으로도 수사에 아낌없는 지원을 쏟겠다고 약속했다.

더 나아가, 섀드 범죄 수사국은 이제까지 밝혀진 200건의 그림자 갈취가 사건의 전부가 아닐지도 모른다는 추측을 내놓았다. 인간세계 그리고 섀드세계에서조차 제대로 접수되지 않는 사망 사건이 매일 수십 건씩 발생하므로, 신고되지 않은 그림자 실종도 충분히 있을 수 있다는 것이다. 수사국은 특히 실종 사건이 주로 발생했던 미국 동북부 지역을 중심으로 경비를 강화하겠다고 말하며, 조금이라도 이상한 일을 겪은 섀드들은 반드시 공식 신고 채널을 통해 신고해 달라고 당부했다.

2면에서는 '그림자 갈취 마법'의 원리를 탐구하기 위해 그림자 분리 및 복원 마법 분야의 석학인 테린 마샬 박사와 진행한 인터뷰가 이어진다.

...

제론 역시 여느 독자들처럼 그림자 갈취 마법의 원리를 궁금해하며 재빨리 2면으로 넘겨보았으나, 아쉽게도 테린 마샬 박사는 "그림자 갈취라는 마법은 알려진 바가 전혀 없다"든지, "그림자 분리 마법 분야에서도 인간이나 섀드의 그림자를 통째로 도려내는 방법은 연구된 바가 없다"는 등의 영양가 없는 말만 늘어놓을 뿐이었다. 섀드마법을 오래 연구한 박사들도 처음 들을 만큼, 전혀 연구된 적이 없는 새로운 마법인 모양이었다.

그래도 제론은 여러 신문을 통해 꽤 흥미로운 정보를 얻을 수 있었다. 알려진 300건의 그림자 실종 사건 중 218건이 미국에서 발생했다는 점 그리고 7월 27일에 실종되었던 모든 그림자가 해방되었다는 점이 주의를 사로잡았다.

물론 제론은 과거의 자신을 범인이라고 생각하고 싶지 않았지만, 세린의 말대로 '브룩스 교수 범인설'은 상당히 설득력 있는 가설이었다. 제론은 제로를 떠난 이후부터 혹은 어쩌면 그 이전부터 고대 섀드마법에 지대한 관심이 있었으므로 이런 특수한 마법에 대해 알고 있었다 해도 이상하지 않았다. 게다가 기사에 따르면 범인은 미국, 그것도 미국 동북부에서 주로 활동하는 인물이었고, 무엇보다도 무시할 수 없는 정보는 갈취한 모든 그림자가 7월 27일에 돌아왔다는 사실이었다. 그리고 제론은 정확히 그 시기에 알 수 없는 이유로 기억을 잃고 한 달간 잠에 빠져들었다. 그 두 가지 사실이 서로 아무런 관련이 없다고 부인할 수 있을까?

스스로가 범인일 가능성을 두고 숙고하던 제론의 머릿속에 문득 또 다른 정보가 떠올랐다. 집 안의 비밀 서랍에서 발견한 검은 수첩의 첫 페이지. 그곳에는 '7.31'이라는 메모와 함께 314개의 작은 동그라미 표시가 남겨져 있었는데, 그림자 갈취 사건이 줄지어 일어나던 시기가 7월이었다는 사실을 알고 나자 아무래도 7.31이라는 메모는 날짜를 뜻하는 게 맞겠다는 생각이 들었다. 그렇다면 혹시 작은 동그라미들은 계획된 혹은 이미 실행에 옮긴 그림자 갈취 사건들을 나타내는 표식이 아닐까?

제론은 서둘러 섀블릿을 집어 들고, 올해 7월 31일에 특별한 일이 있었는지 검색해 보기 시작했다.

"그림자 화가 카밀라의 110번째 기일, 작가 G. 콘테의 67번째 생일, 슐랜스 발명 402주년…."

중얼거리며 검색 결과를 넘기던 제론이 7.31이라는 날짜의 의미를 찾는 것을 포기할 때쯤, 뜻밖의 정보가 눈앞에 나타났다.

"아메리카, 아시아, 호주, 태평양에서 월식이 관측 가능…!"

올해 7월 31일은 공교롭게도 월식이 일어나는 날이었다. 그리고 제론이 해석해 낸 알 수 없는 레시피에는 월식이라는 조건이 적혀있었다. 우연이라고 넘기기에는 들어맞는 조각들이 지나치게 많았다. '과거의 제론은 훔친 그림자 여럿을 활용한 특수한 마법을 준비 중이었고, 그 마법은 월식 아래에서 이행해야 한다는 조건이 있었다…' 이렇게 생각하면 너무나 말이 딱 들어맞았다.

하지만… 아무리 기억나지 않는 과거라지만, 자신이 수백 명을 죽음에 이르게 한 그 흉악한 사건의 범인이라고 간주하기란 너무나 불쾌한 일이었다. 제론은 숨 막히는 발상에서 도망치기 위해 서둘러 〈그림자 이동술 기초〉 수업에 들어갔지만, 어디서든 집중을 받는 칼슨 교수의 카랑카랑한 목소리조차 그의 주의를 흩어놓지 못했다.

'이제까지 발견된 단서들에도 불구하고, 내가 범인이 아닐 수도 있지 않을까?'

'내가 너무 답을 정해두고 단서를 끼워 맞춘 걸 수 있어. 과거의 내가 남긴 흔적들을 다른 방향으로 조립하면 아예 다른 결론이 나올 수도 있지 않을까?'

수업 내내 제론은 스스로에게 혐의를 부과하지 않으려 머릿속에서 이리저리 도망을 다녔고, 심란한 마음에서 벗어나지 못하는 사이 수업은 어느새 끝을 향해 달려갔다.

"…이만 이론에 대한 설명은 마칩니다. 포토-섀다이즈 처리를 실제로 하는 방법은 다음 실습시간에 실험실에서 실습해 보도록 할게요. 재료와 방법에 대한 이해가 있어야 원만하게 실습할 수 있으니, 오늘 수업 내용을 꼭 한 번씩 복습하고 오세요. 각자 포토-섀다이즈 처리를 원하는 사진을 준비해 오는 것도 잊지말고요. 평범하게 집 앞 거리를 찍어도 좋고, 특별한 장소의 사진을 사용해 보고 싶은 학생은 도서관에 있는《그림자 이동술을 위한 예시 사진집》에 있는 장소를 복사해 와도 좋습니다. 이 학교 내로 직접 이동하는 건 불가능하니까 대충 학교 안의 바닥을 찍어오는 학생은 없길 바라요."

칼슨 교수는 그녀의 똑 부러지는 분위기를 완성하는 검은 뿔테 안경을 한 번 치켜올리더니, 교수용 섀블릿을 옆구리에 끼고 빠르게 강의실을 빠져나갔다. 탁 소리를 내며 강의실의 앞문이 닫히고 나서야 제론은 정신을 차리고 재빨리 교과서의 빈 곳에 실습 준비물을 휘갈겨 썼다.

'그래, 내가 범인이 아닐 수도 있잖아. 일단 단서를 더 모아보자.'

이런 생각과 함께 제론은 애써 기운을 끌어 모으며 강의실을 나섰다.

제론은 스스로에게 혐의를 부과하기 전에 더 해볼 수 있는 일
이 무엇이 있을까 고민하다, 범행이 일어났던 시기의 브룩스 교
수의 행적을 먼저 추적해 보기로 결심했다. 하지만 집에는 브룩
스 교수와 관련된 정보가 거의 남아있지 않았고, 그가 정기적으
로 기고하던 《새드학의 정수》 학술지에서도 그의 행동반경을 유
추할 만한 내용은 찾을 수 없었다. 그래서 제론은 어디에서 더
정보를 얻을 수 있을지 생각하다, 집으로 직행해 브룩스 교수의
새이덤을 집어 들었다. 그리고 새블릿에 연결해 메시지를 입력
하기 시작했다.

> 그레이엄 교수님, 연락도 없이 사라져서 미안합니다. 연구를 위해
> 호주로 떠났다가 생각지 못한 일로 오래 머무르게 되었네요. 계약을
> 파기한 것은 이해합니다. 학교에 남겨둔 물품은 어떻게 가져가면 될
> 지 연락 부탁합니다.
>
> *추신: 통화는 어려우니, 메시지로 부탁합니다.
>
> — E. Brooks

총장인 그레이엄 교수에게 직접 연락을 취하는 것이 제론이

생각해 낸 새로운 해결책이었다. 브룩스 교수에 대한 자료가 집에는 너무나 부족했기에, 유란섀드학교에 남아있을 짐을 되찾아야겠다고 판단한 것이다. 그래서 제론은 그동안 브룩스 교수가 남겼던 메시지의 말투와 최대한 비슷하도록, 신중하게 수정에 수정을 거듭한 후 메시지를 발송했다.

답장은 몇 시간 안에 도착했고, 다행히 그에 대한 경계심이 담겨있지는 않았다. 아직 화가 풀리지는 않은 듯했지만, 브룩스 교수가 갑작스럽게 사라진 이유를 의심하거나 범죄자라고 추정하는 느낌은 아니었으므로 그런대로 감사하기로 했다.

> 브룩스 교수님. 몇 주 전까지만 해도 몹시 화가 난 상태였지만, 이제는 다른 훌륭한 교수님을 대신 모시게 되었으니 너그러운 마음으로 용서하도록 하죠. 개인 짐은 P4층 창고에 두었고, 이곳에서의 연구 자료들은 전에 쓰던 교수실에 남아있습니다. 그 교수실은 현재 채 교수님이 쓰고 있으니, 연구 자료를 복사해 가길 원하면 미리 연락 부탁해요. 짐을 가지러 오는 김에 총장실에도 들러서, 대체 어떤 연구를 하느라 유란섀드학교의 교수직을 포기한 건지 꼭 말해주면 좋겠네요. 교수실 카드키도 반납 부탁합니다.
>
> – P. Graham

사실 제론은 짐을 따로 발송해 주길 바라고 메시지를 보낸 것이었지만 그레이엄 교수는 그럴 마음은 없는 듯했다. 이렇게 된 이상 직접 짐을 가지러 가는 수밖에 없을 텐데, 브룩스 교수의 얼굴로 유란섀드학교에 모습을 드러내는 짓은 아무리 생각해도 좋은 생각은 아니었다. 브룩스 교수를 의심하는 사람들이 있는 데다, 이전의 기억을 잃었다는 사실을 들키지 않고 그레이엄 교수와 대화를 나누기란 불가능에 가까웠다.

'그나저나, 카드키라고…?'

제론은 교수실 카드키를 찾기 위해 몸을 일으켰다. 아마 학교 이름이 적혀있거나 학교의 문장이 찍혀있을 테니 찾기 어려운 물건은 아닐 텐데, 집 안을 그렇게나 여러 번 수색했는데 발견하지 못했다니. 아무래도 집 안 어딘가에 보란 듯이 놓여있는 건 아닌 모양이었다. 책 사이에 끼어있거나, 가구 밑 틈새에 들어가 버렸거나….

제론은 만약 자신이라면 카드키를 어디에 둘지, 머릿속으로 시뮬레이션을 돌려보았다. 카드키를 학교에 방문할 때마다 사용했다고 하면, 무신경하게 책 사이에 끼워 넣지는 않았을 것 같다. 들고 다니는 가방에 그대로 넣어두었거나, 아니면 옷 주머니 속에….

드레스 룸으로 가 눈에 보이는 모든 겉옷과 가방의 주머니를 샅샅이 뒤지던 제론은, 이내 자신의 예상이 맞았다는 걸 알아냈다. 암회색 정장 재킷의 안주머니에서 검은색 금속 재질의 카드키를 찾은 것이다. 카드키에는 호수 위 보름달의 그림자를 형상화한, 유란섀드학교의 문장이 선명하게 찍혀있었다.

제론은 카드키를 학교에 들고 다니는 가방 안에 깊숙이 찔러 넣었다. 브룩스 교수의 신분으로 학교에 찾아가기는 불가능할 테니, 에론의 모습으로 학교를 돌아다니다 기회를 봐서 교수실과 교수용 창고가 있다는 Pf층에 접근해 보려는 심산이었다.

다행히 기회는 가까운 시일 내에 찾아왔다. 바로 다음 주 월요일, 아침부터 학교 곳곳에 공지문이 붙었던 것이다.

### 북미 섀드-텍 기업가들과의 오찬 행사

#### 10월 31일 11:00 ~ 13:00, *층

행사 시간 동안 학생들의 *층 출입을 통제함. 교수들의 행사 참석을 위해 이날의 모든 오전 수업은 11시까지로 단축하며, 학생들의 점심 식사를 위해 오후 수업은 14시 이후에 시작함. 행사 보조 역할을 자원하고자 하는 학생은 가르시아 교수 앞으로 신청 바람.

"오찬 행사? 오전 수업 단축이라니 신난다!"

"어느 기업에서 오는 걸까? 나는 '갈린Garleen'에서 일하는 게 꿈인데, CEO님 한 번 뵐 수 있으면 좋겠다! 행사 보조로 지원하면 눈에 띌 수 있으려나?"

학생들은 각기 다른 이유로 조금씩 흥분한 듯했다. 서쪽 승강 장치에 타기 위해 줄을 서있던 제론도 공지문을 발견하고는 몰래 미소를 지었다. 섀드-텍 기업가나 수업 단축에는 관심이 없었지만, 대부분의 교수가 불려가는 행사인 만큼 Pf층에 숨어들기 좋은 기회라고 생각했던 것이다.

그리고 이는 실제로도 좋은 기회였다. 10월 31일 오전, 12시까지로 예정되어 있었던 〈그림자 분리와 복원〉 수업은 11시에 급하게 마무리되었고, 마침 옆 강의실에서 나온 채 교수가 *층으로 이동하는 모습도 확인할 수 있었다. 보충반 학생들은 생각지 못한 자유 시간을 저마다의 방법으로 만끽하기 위해 흩어졌다. 옆 자리에 앉았던 제이가 기숙사 라운지에서 같이 과제를 하지 않겠냐고 권유했지만, 제론은 도서관에서 찾아볼 책이 있다고 둘러대며 슬쩍 자리를 빠져나왔다.

제론은 의심을 사지 않기 위해 일단 도서관으로 향했다가, 10분 정도 시간을 보내고 1층 강당으로 내려갔다. 강당만이 서쪽 동과 동쪽 동으로 향하는 승강장치를 이어주는 유일한 공간이기 때문이었다. 서쪽 동 승강기를 통해 강당에 내려온 제론은 주위에 사람이 없는 것을 확인한 후 재빨리 동쪽 동 승강기로 들어갔다.

그리고 순식간에 Pf층에 도착한 제론은 조심스레 주위를 살피며 복도에 깔린 검은색 카펫에 발을 내디뎠다. 다행히 Pf층은 전체가 물에 잠긴 듯 고요했다. 제론은 조심스러운 발걸음으로 복도를 지나며 양 옆에 놓인 문들을 탐색했다. 칼슨 교수, 프림 교수, 로렌츠 교수 등 익숙한 이름이 새겨진 교수실들이 늘어서 있었는데, 모두 '부재중' 표시 아래에 검은 불빛이 밝혀져 있었다.

'창고'라고 적힌 검은 문은 복도의 중간 정도 지점에 있었다. 제론은 최대한 조용히 가방에서 카드키를 꺼내 문에 대보았고, 이어서 손잡이를 돌리자 다행히 문이 작게 달칵, 소리를 내며 열렸다. 창고는 생각보다 엄중하게 지켜지고 있지 않은 모양이었다.

창고 안에 들어서자 제론은 보안이 허술했던 이유를 단번에 알 수 있었다. 어느 선반에서도 귀중품이라곤 찾아볼 수 없었고, 애초에 이곳을 이용하는 교수도 많지 않은 듯했다. 대부분의 선반이 텅 비어있었기에 제론은 브룩스 교수의 물품을 빠르게 찾아낼 수 있었다. 브룩스 교수의 물건들은 가장 안쪽에 있는 선반의 가운데 층에 모여있었는데, 아쉽게도 그의 지난 행적에 대한 단서가 될 만한 물건은 없어 보였다. 고대 섀드학 서적

몇 권과 머그잔 하나 그리고 필기구와 탁상용 시계가 전부였다.

제론은 만일을 위해 고대 섀드학 서적의 제목을 모두 받아 적 긴 했지만, 단서가 될 만큼 특징적인 서적은 아닌 듯했다. 그리 고 머그잔과 필기구, 시계는 모두 검은색이라는 점만이 가장 큰 특징일 정도로 별다를 것 없는 평범한 물건이었다. 그래서 제론 은 각 물건을 원래의 자리에 다시 얹어둔 채 창고를 나왔다.

제론의 다음 타깃은 이전에 브룩스 교수가 사용했던, 채 교수 의 교수실이었다. 채 교수의 이름이 새겨진 교수실은 복도의 가 장 끝에 있었는데, 역시 '부재중' 표시가 밝혀져 있었다. 제론은 그레이엄 총장이 보안에 둔감한 사람이길 바라며 브룩스 교수 의 카드키를 문에 접촉해 보았지만, 안타깝게도 총장은 그리 허 술한 사람은 아니었다. 브룩스 교수가 이전에 사용하던 카드키 로는 문이 꼼짝도 하지 않았던 것이다.

혹시나 하는 마음에 두세 번 더 시도해 보았지만 문을 열 수가 없어, 제론은 낙심하며 조용히 돌아섰다. 하지만 제론이 막 채 교수의 교수실 앞을 떠나려는 순간, 놀랍게도 교수실 문이 열렸 다. 그리고 교수실 문을 열고 나온 인물은 더욱 놀라웠다. 문밖 으로 반쯤 몸을 내민 채 제론을 마주한 인물은, 방의 주인인 채 교수도, 동료 교수도, 그레이엄 총장도 아닌, 세린이었다.

몇 초간의 싸늘한 정적이 흘렀다. 평소에는 감정을 좀처럼 읽을 수 없는 세린의 얼굴에도 이번만큼은 당혹감이 그대로 비쳤다. 제론 역시 매우 놀랐지만, 얼른 정신을 차리고 이 상황에서 주도권을 잡기 위해 빠르게 머리를 굴렸다. 하지만 둘 중 누군가가 상황 판단을 마치고 입을 열기도 전에, 복도의 반대편 끝에서 승강장치의 문이 열리는 소리가 들렸다. 이에 세린과 제론은 누가 먼저랄 것도 없이 빠르게 채 교수의 교수실 안으로 몸을 피하는 수밖에 없었다.

　교수실 안으로 들어오자 바깥의 소리는 거의 들리지 않았으나, 잠시 동안 귀를 쫑긋 세우고 있었는데도 문 가까이 다가오는 발소리는 들리지 않았다. 만약 이쪽으로 오는 것이었다면 이미 문이 열리고도 남을 시간이었으므로, 방금 전의 기척은 다른 교수실로 사라진 모양이었다. 이에 침착함을 되찾은 제론은 재빨리 말문을 열어 주도권을 선점했다.

"여기서 뭘 하고 있었던 거죠?"

하지만 세린도 평소의 냉철한 모습으로 돌아온 후였다. 세린은 제론의 질문에는 답하지 않은 채, 뒤돌아 책장 앞으로 향하더니 가장 위 칸에 놓여있던 섀도우 스톤을 들어 제론 앞에 내밀었다.

"이 섀도우 스톤, 기억해요?"

섀도우 스톤에는 미세하게 금이 가있었는데, 제론이 입학 테스트 때 만들어 놓은 흠집과 동일한 형태였다.

"입학 테스트 때 같은 조였죠. 그때 채 교수는 3등급 스톤이라며 대수롭지 않게 말했었는데, 사실 1등급이더라고요."

평소와 같은 알 수 없는 표정으로 돌아간 세린은 섀도우 스톤을 뒤집어 그 밑에 작게 새겨져 있는 표식을 제론에게 보여주었다. 과연 3이 아닌 1이라는 숫자가 쓰여있었다. 제론은 그녀가 하려는 말의 종착점을 가늠할 수 없어서 가만히 보고 있을 수밖에 없었다.

"아무리 마법을 배운 적 없어도, 타고난 재능이 천재적이라면 3등급 스톤은 충분히 가득 채울 수 있어요. 하지만 1등급 스톤을 교육도 거의 받지 못한 섀드가 채우고도 남는다? 그건 불가능하죠. 아마 이곳의 교수님 중에서도 절반 이상이 1등급 스톤을 다 채우지 못할 거예요."

세린은 완벽한 솜씨로 대화의 주도권을 완전히 빼앗아 왔다.

"보충반으로 들어온 거, 뭔가 이유가 있는 거죠? 그 이유를 알려주면 내 이유도 알려줄게요."

제론은 한숨을 내쉬었다. 세린은 역시 호락호락하지 않았다. 당연히 자신의 이유를 알려줄 수는 없는 제론이었지만, 또다시 빤히 보이는 거짓말로 방어막을 세우고 발을 빼고 싶지도 않았다. 그래서 망설이는 척 시간을 잠시 끌며, 자신의 패는 감춘 채이 상황을 기회로 반전시킬 만한 단어를 신중히 골랐다.

"…일전에 말한 그림자 연쇄 갈취 사건 있죠? 나는 그 사건을 쫓기 위해 이곳에 들어왔어요. 희생자 유족분께서 범인을 꼭 밝혀달라며 사건을 의뢰했거든요. 섀드가더들만 믿고 있기에는 이미 한 달도 넘는 시간이 흘렀다 보니, 가만히 있을 수가 없어 사설탐정 격인 내게 찾아온 거였죠. 나는 그 의뢰를 받아들였고, 수사 중에 브룩스 교수가 의심스럽다고 생각하게 되어 여기까지 오게 된 거예요."

제론은 거짓말이라는 느낌을 주지 않도록 당당하고 침착한 태도를 완벽하게 유지해 냈다. 하지만 세린은 여전히 차가운 눈빛을 보낼 뿐이었다.

"브룩스 교수의 추천서는 어떻게 설명할 거죠?"

"가짜예요. 브룩스 교수의 이전 서명과 대조해 보면 누구라도 필체가 다르다는 걸 알아챘을 텐데… 운이 좋았죠. 브룩스 교수의 추천서를 내밀면 분명 그와 관련된 인물들의 주의를 끌 수 있을 거라 확신했어요. 그리고 그 미끼에 반응을 보인 새드가 두 명 있었죠. 한 명은 그쪽, 세린 양이고 다른 한 명은…."

다행히 제론은 압박을 느끼는 상황에서도 머리가 잘 돌아가는 편이었다. 설득력을 높이기 위해 제론이 준비한 카드는 두 가지였다. 첫 번째는 '서명이 브룩스 교수의 필체와 다르다'는 실제 정보를 과감하게 말해버리는 것이고, 두 번째는 세린이 강한 흥미를 보일 법한 정보를 흘리는 것이었다.

"…채 교수예요. 채 교수는 처음 브룩스 교수의 추천서를 발견했을 때부터 강하게 동요했어요. 그 후에도 학교에서 나를 마주칠 때마다 수상한 시선을 보내왔죠."

물론 채 교수에 대한 이야기는 반 정도는 맞고 반 정도는 지어낸 것이었다. 이상한 낌새를 느꼈던 건 맞지만, 채 교수가 정말로 제론을 의식하고 있는지는 확신할 수 없었다. 채 교수는 꽤나 포커페이스에 능한 인물인 듯했고, 사실상 입학 테스트 이후에는 마주친 적도 손에 꼽을 정도였으니까. 하지만 세린의 신뢰와 흥미를 끌어내기 위해서는 채 교수에 대해 제론만이 알고 있는 무언가가 있는 것처럼 이야기할 수밖에 없었다. 그리고 세린의 표정을 보니 실제로 그 카드가 어느 정도 먹혀들어 간 듯했다.

"그리고 이건 오늘에야 알게 됐지만, 채 교수는 입학 테스트 때 섀도우 스톤이 1등급이라는 사실을 알고 있었던 모양이군요. 그런데도 거짓말로 나를 비호하고 합격시켜 준 걸 보면, 브룩스 교수의 추천서와 관련한 어떤 이유가 있는 게 아니겠어요?"

제론은 쐐기를 박기 위해 설명을 이어나갔다. 하지만 사실 이는 세린을 설득하기 위해 대충 던진 말은 아니었다. 실제로 오늘 알게 된 섀도우 스톤의 비밀은 제론의 마음속에서 채 교수에 대한 의심을 키우는 데 큰 역할을 했다. 그리고 다행히 세린 역시 그 말이 일리가 있다고 느낀 모양이었다. 그녀는 냉랭한 표정을 조금 풀더니, 몸을 돌려 섀도우 스톤을 다시 제자리에 얹었다.

"…이 방에서는 단서를 찾기 어려울 거예요. 오늘 밤 9시에 호수의 반대편으로 오면 내 이유를 알려줄게요."

이 말과 함께 세린은 교수실의 문을 열고 나가버렸다. 실제로 세린이 자신의 비밀을 말해줄 생각인지 완전히 믿을 수는 없었지만, 그래도 상당한 성과였다. 적어도 세린의 신뢰를 얻고 그녀를 조력자로 돌릴 수 있는 기회를 얻기는 한 셈이니까.

교수실 벽에 걸린 시계를 흘깃 보자 시침은 어느새 12라는 숫자를 넘어가고 있었다. 제론은 브룩스 교수의 행적에 대한 단서 그리고 덤으로 혹시 모를 채 교수의 수상한 구석을 찾기 위해 급하게 움직였다. 하지만 세린의 말대로 이 방에는 단서처럼 보이는 것이 전혀 없었다. 브룩스 교수의 연구 문서들이 책장에 가지런히 정리되어 있긴 했지만, 다양한 고대 섀드마법을 연구해 왔다는 점 외에는 알 수 있는 사실이 없었다. 시간이 없어 꼼꼼히 읽어보지는 못했지만, 간단히 훑어보기만 해도 그동안 학술지에 기고했던 연구들과 크게 다를 바가 없어 보였다. 물론 브룩스 교수, 즉 과거의 제론 자신이 위험한 마법에 손을 댔다면 그 연구 기록을 이러한 공개적인 장소에 남겨둘 리가 없긴 했다.

그리고 채 교수는 과거의 제론보다도 더 빈틈이 없는 섀드인 듯했다. 학교에서의 수업 자료, 연구 문서, 참고도서 등의 공적인 물품 외에는 아무것도 남아있는 게 없었다. 그래서 제론은 더 이상의 수색을 포기하고 오찬 행사가 마무리되기 전에 재빨리 교수실을 나섰다.

다행히 제론은 아무도 마주치지 않고 동쪽 동을 빠져나와 서쪽 동으로 이동하는 데 성공했고, 이번에도 신중히 처리하기 위해 도서관을 거쳐 *층으로 이동했다. 아직 오후 1시까지는 시간이 남아있었지만 식당 밖에는 미리 줄을 서있는 학생들이 꽤 있었다. 그래서 제론도 아무 일 없었던 양 복도에 늘어선 행렬에 얌전히 합류했다.

오찬 행사는 아직 마무리되지 않았지만, 일정상 미리 떠나는 기업가들이 있어서 대기하는 시간도 꽤 흥미로웠다. 아마 몇몇 학생들은 아예 처음부터 이런 기회를 노리고 서있었던 모양이었다. 관심 있는 기업가가 지나갈 때마다 어떻게든 이목을 끌어 취업에 도움을 받고자 하는 학생들이 있었던 것이다.

"안녕하세요, 저는 그림자 공학 전공의 예리나 슐츠라고 합니다. 갈린에서는 슐랜스의 원리를 활용한 장거리 이동 물질을 연구하는 데 많은 투자를 하고 계신 걸로 알고 있는데요, 저는 가르시아 교수님 밑에서 연구하면서…."

"그림자 숨김 마법과 그림자화 마법에서 모두 A$^+$를 받았습니다. '섀다이드Shadide'에서 겨울방학 동안 인턴으로 근무할 수 있게 해주시면…."

1시가 가까워질수록 복도는 행사를 마치고 떠나는 기업가들과 잠시라도 스스로를 어필하려는 학생들로 북적거렸다. 제론은 잠자코 벽에 기대어 그 혼란스러운 풍경을 관망하고 있었는데, 문득 오고 가는 수많은 대화들을 뚫고 '브룩스 교수'라는 단어가 그의 귀에 꽂혔다.

"…브룩스 교수님은 더 이상 이 학교로 돌아오진 않는 건가요?"

목소리의 주인공을 찾아 고개를 돌려보니, 한 여성 기업가가 그레이엄 총장과 대화를 나누며 문을 나서고 있었다. 50대 정도로 보이는 우아한 느낌의 중년 여성이었는데, 옷에 핀으로 고정한 명찰에는 '북미 섀드-텍 연구 협회 회장 H. 체스티니'라고 적혀있었다. 제론은 처음 들어보는 이름이었지만, 그레이엄 총장의 정중한 대우로 미루어 볼 때 꽤 영향력이 있는 인물인 듯했다.

"아마 브룩스 교수님이 다시 이곳에 돌아오는 건 어려울 거 같습니다. 큰 연구 프로젝트를 새로 시작한 모양이던데, 연락이 통 안 되어서 저도 자세한 이야기를 아직 듣지 못했습니다."

"연락도 어려운 상황인가요? 아쉽네요. 다음 달에 '고대 섀드학과 현대 섀드-텍의 융합'을 주제로 세미나를 준비하고 있어서 연사로 초청할까 했는데. 지난 '국제 섀드학 엑스포' 준비 때 확실히 많은 도움을 받았거든요."

"그렇다면 채 교수님은 어떠실까요? 지금 저희 학교에서 〈고대 섀드연금술〉 수업을 맡고 계신데, 여러 글로벌기업의 자문을 맡으셨던 이력도 있고…."

제론은 귀를 쫑긋 세우고 그들의 대화에 집중했지만, 아쉽게도 체스티니 회장과 그레이엄 교수는 이미 그에게서 멀어진 후여서 더 이상 말소리를 식별하기가 어려웠다. 그래도 제론은 국제 섀드학 엑스포라는 행사에 브룩스 교수가 참여했다는 사실만큼은 정확히 들었기에, 식사 장소의 문이 열리자마자 대충 오이 샌드위치 하나를 입 안에 욱여넣고 도서관으로 향했다. 이럴 때면 집에 두고 온 개인용 섀블릿 생각이 간절했지만, 에론이 아닌 다른 이름이 적힌 섀이덤을 들킬 위험을 감수하는 것보다는 궁금한 점이 있을 때마다 도서관으로 달려가는 게 나았다.

도서관의 학업용 섀블릿을 하나 차지하는 데 성공한 제론은 책장과 책장 사이에 몸을 숨긴 채 국제 섀드학 엑스포를 검색해 보았다.

국제 섀드학 엑스포International Exposition of Shadology는 매년 개최되는 산학 연계 엑스포로, 다양한 분야의 섀드 연구자들과 기업들이 새로운 마법 및 기술 연구를 공개적으로 선보이고 산업계와 학계의 시너지를 모색하는 것이 목적이다. 올해의 국제 섀드학 엑스포는 호주 브리즈번에서 개최되었으며, 50여 개의 연구팀과 100여 개의 기업이 참여한 가운데 7/5~7/9까지 5일간 진행되었다. 행사는 세미나, 콘퍼런스, 부스별 행사로 구성되며….

"7월 5일부터 7월 9일, 호주…?"

이 새로운 정보는 제론을 당황시키기에 충분했다. 이제까지 신문을 통해 얻은 지식에 따르면, 7월 6일과 8일 그리고 9일에 발생한 그림자 갈취 사건은 모두 호주에서 일어났다. 미국 외의 장소에서 이만큼 집중적으로 사건이 발생한 적은 없었기에 제론도 특별히 기억하고 있었다.

제론이 품었던 실낱같은 희망을 비웃기라도 하듯, 안타깝게도 퍼즐이 딱 맞아떨어졌다. 브룩스 교수, 그러니까 과거의 제론 자신이 그림자 연쇄 갈취 사건의 범인이라고 하면, 엑스포 기간에 사건이 주로 호주에서 일어났다는 사실도 자연스럽게 이해됐다. 브룩스 교수의 행적을 조사해 자신이 범인이 아니라는 걸 증명하겠다는 제론의 계획은 이로써 물거품이 되었다. 아무리 찾아도 그를 둘러싼 단서들은 '제론 범인설'에서 한 치도 벗어나지 않았던 것이다.

하지만 여전히 제론은 자신이 그렇게 흉악한 범죄를 저지를 만한 사람이라고는 믿을 수 없었다. 만약 자신이 범죄자라면 아무리 기억을 잃었다 해도 범죄에 거리낌이 없는 본성은 그대로 여야 할 텐데, 지금의 자신은 오히려 강한 거부감이 들 뿐이었다. 신문에 따르면 그림자 갈취라는 마법은 이번에 처음 등장한 마법이고, '그림자를 빼앗기면 5일 후에 사망한다'는 점도 처음 알려진 사실이었다. 혹시 제론 자신은 단순히 타인의 그림자를 활용한 마법을 연구하고 있었을 뿐이고, 그림자를 빼앗으면 상대가 사망한다는 사실을 몰랐던 것일 수도 있지 않을까? 제론은 그렇게 억지를 부려서라도 과거의 자신에게 면죄부를 주고 싶은 심정이었다.

어느새 자신이 극심한 스트레스를 받고 있다는 것을 자각한 제론은 고개를 절레절레 저어 애써 생각을 털어버렸다. 자신의 과거 행적을 파헤치는 일에 집중하다 보면 좋든 싫든 진실을 알게 될 터이니, 스스로에게 실망하는 건 그때 가서 해도 늦지 않았다. 제론은 우선 눈앞에 놓인 일, 그러니까 오후 수업에 집중하는 것과 밤에 세린을 만나 이야기를 듣는 것이 중요하다고 스스로를 타일렀다.

오후에는 〈초급 트랜스포마스크 제작〉과 〈그림자 교환술 기초〉 수업이 있었는데, 다행히 둘 다 실습 위주로 진행되어 집중하기 좋았다. 그도 그럴 것이, 작은 그림자 조각들을 검은 비단 실로 정교하게 엮는 실습이나, 눈앞의 카나리아와 햄스터의 그림자를 교환하는 실습을 하게 되면 누구라도 한눈을 팔 겨를이 없을 것이다.

제론은 수업 후 남는 시간에는 과제를 하고 학술지를 읽으며 시간을 보내고, 정확히 밤 9시에 호수 반대편으로 나아갔다. 어둑한 호숫가를 따라 걸어가면서도 세린이 진짜로 나올지 반신반의했지만, 다행히 세린은 미리 도착해 제론을 기다리고 있었다.

"저기…."

하지만 세린은 제론이 어떤 말을 꺼내기도 전에 검지를 입에 가져다 대며 조용히 하라는 신호를 보냈다. 그리고 말없이 제론을 이끌고 숲의 짙은 어둠 속으로 들어가더니, 품 안에서 어떤 장소의 사진을 꺼내 제론과 동반 그림자 이동을 했다.

모든 일이 너무 순식간에 벌어져 어안이 벙벙해진 제론은, 이 동하고 몇 초가 지난 후에야 주위를 살펴볼 여유를 되찾았다. 그들이 이동한 곳은 나무로 지어진 작은 오두막이었는데, 창문이 하나도 없어서 도대체 어디에 있는 장소인지 알 수가 없었다. 오두막 가운데에는 작은 원형 테이블과 의자 두 개가 놓여 있었고, 세린은 고갯짓으로 제론에게 앉으라고 신호했다.

"여기가 어디죠? 이유를 알려주겠다더니, 다짜고짜 이런 곳으로…."

제론이 시키는 대로 앉는 대신 불만스러운 목소리로 항의하자, 세린은 한숨을 쉬며 먼저 맞은편 의자에 앉았다.

"일단 앉아요. 내가 말해주려는 내용은 그 누구도 들어서는 안 되는 내용이라, 부득이하게 이쪽으로 데려올 수밖에 없었어요. 미리 설명하지 않은 건 미안해요."

세린의 설명에 제론은 표정을 누그러뜨리고 의자에 앉았다.

그리고 제론이 앉자마자 세린은 바로 본론으로 들어갔다.

"일단, 그쪽의 말이 진실인지 확인하는 절차를 거쳐도 될까요? 뭐든 신중해서 나쁠 건 없으니까요."

말하려는 내용이 무엇이든, 세린은 쉽게 입을 열 생각은 없는 모양이었다. 자신의 거짓말이 조금이라도 티가 났을지 제론이 잠시 생각해 보는 동안, 세린은 주머니에서 투명한 액체가 담긴 작은 유리병을 꺼냈다.

"이게 뭔지 알고 있나요?"

세린의 질문에 제론은 모르겠다는 뜻으로 고개를 한 번 가로저었다.

"'셰리체Shericé', 진실을 감별하는 물약이라고 알려져 있죠. 이제부터 내 질문에 다시 하나씩 답을 하면, 이 물약을 그림자에 한 방울씩 떨어뜨려서 말의 진의를 파악해 볼 거예요. 진실을 말하면 그림자에 아무 반응도 나타나지 않겠지만, 거짓말일 경우에는 그림자가 마구 일그러지겠죠."

어쩐지 취조를 당하는 기분이었다. 제론은 일방적인 심문에 응하고 싶지 않았지만, 거부하면 곧 자신이 거짓말을 했다고 인정하는 셈이 되기에 하는 수 없이 고개를 끄덕였다.

"보충반에 들어온 이유가 뭐라고 했죠?"

"…브룩스 교수의 비밀을 알아내기 위해 보충반에 지원했습니다. 그리고 아까 채 교수의 교수실에 간 이유도 브룩스 교수와 그림자 연쇄 갈취 사건에 대해 조사하기 위해서였습니다."

이 대답과 함께 세린은 제론의 그림자에 셰리체를 한 방울 떨어뜨렸다. 하지만 그림자에는 아무런 변화도 일어나지 않았다. 사실 따지고 보면 제론이 한 말은 모두 진실이었기 때문이었다. 실제로 제론이 보충반에 지원한 목적 중에는 자기 자신, 즉 브룩스 교수의 비밀을 알고 싶다는 목적도 있었고, 역시 채 교수의 교수실에 찾아간 이유도 (자기 자신인) 브룩스 교수와 (자신이 배후라고 추정되는) 그림자 연쇄 갈취 사건에 대해 조사하려는 목적이었다.

제론의 말을 '어떤 의미로 해석하느냐'는 세린의 몫이었지만, 다행히 세린은 그의 의도가 순수하다고 믿는 듯한 표정이었다.

"그럼, 브룩스 교수의 추천서는 가짜로 만든 게 맞나요?"

"비교해 보면 알겠지만, 내가 가져온 브룩스 교수의 추천서에 있는 서명은 과거 그의 필체와 다릅니다. 내가 직접 서명을 꾸며낸 것이죠."

세린은 다시 물약을 떨어뜨렸고, 이 대답 역시 진실로 판명됐다. 이 말도 문자 하나하나 뜯어보면 거짓은 없었기 때문이었다. 제론의 필체는 기억을 잃기 전의 과거와 달라졌기에 추천서의 서명은 브룩스 교수의 이전 서명과 달랐고, 제론 자신이 직접 서명했다는 부분도 당연히 진실이었다.

이 정도면 되었다고 판단했는지, 세린은 다시 유리병을 주머니 깊숙한 곳에 넣어두었다. 하지만 그렇다고 해서 세린의 '절차'가 끝난 것은 아니었다.

"미안하지만 하나 더 부탁할 게 있어요."

세린은 말을 이어나가며 품 안에서 작게 압축된 네모난 모양의 그림자를 꺼낸 후 손쉽게 '압축 해제'와 본체화 마법을 선보였다. 그러자 그림자는 A4용지 정도의 크기로 늘어나더니, 숨겨져 있던 본체를 드러냈다. 얇은 골판지 정도의 두께에, 대리석같이 매끈한 표면을 가진 하얀 판이었다. 세린이 표면 위에 시선을 고정하고 무언가를 조용히 중얼거리니, 검은 글씨들이 판에 깊게 새겨지듯 나타났다. 글이 다 새겨지자 세린은 제론이 내용을 읽을 수 있도록 판을 앞으로 내밀었다. 글의 내용은 간단하고도 명료했다.

### 비밀 유지 서약서

에론 레브런은 세린 카일의 정체와 유란섀드학교 입학 목적을 발설하지 않는다. 세린에게 들은 이야기 중, 세린을 위험에 빠뜨릴 수 있는 내용을 다른 누군가에게 알려서는 안 된다.

제론이 글을 다 읽고 고개를 들자, 세린은 바로 섀도우-나이프를 내밀었다.

"비밀 유지 서약서예요. 여기에 심장 부근의 그림자 조각을 1s.u. 정도 잘라서 넣도록 해요."

"심장 부근의 그림자 조각이요?"

제론은 이것이 단순한 계약이 아니라는 걸 직감적으로 느꼈다.

"'그림자 서약'이에요. 계약자들은 각각 자기 심장 부근의 그림자 조각을 넣어야 하고, 이 서약서의 내용을 어기면 죽어요."

그 말에 제론은 본능적으로 심장을 움켜쥐었다. 세린의 말투는 가벼웠으나, 그 내용은 전혀 가볍지 않았다. 서약을 어기면 죽는다니. 제론은 세린이 자신의 이야기를 하기에 앞서 왜 이렇게까지 하는지 알 수 없었다. 목숨을 걸고 지켜야 하는 비밀이 도대체 어떤 것이기에….

"물론 내 이야기를 듣지 않기로 결정한다면 난 오히려 좋아요."

이어지는 세린의 말에 제론은 한숨을 내쉬며 섀도우-나이프를 집어 들었다. 당연히 세린의 이야기를 듣지 않고 포기할 수는 없었다. 특히나 목숨을 걸어야 할 정도의 큰 비밀이라면 반드시 알아야 했다.

마음을 굳히긴 했지만, 기억나는 한 심장 부근의 그림자를 잘라낸 적이 한 번도 없었던 제론은 잠시 망설였다. 자기 자신의 그림자 조각을 분리하는 행위는 본체에 상처를 입히지 않는다고 배우긴 했어도 어쩔 수 없이 조금 겁이 났다. 제론은 피가 날 정도로 입술을 질끈 물고, 덜덜 떨리는 손으로 심장 부근에서 1s.u. 정도의 그림자 조각을 도려냈다. 그리고 자신의 실제 심장이 있는 곳을 슬쩍 내려다봤다. 다행히 아무 상처도 나지 않았고, 그림자에 난 구멍도 천천히 다시 채워지고 있었다.

제론은 그제야 참았던 숨을 몰아쉬며 세린에게 섀도우-나이프를 다시 건네고, 그림자 조각을 신중하게 서약서에 박아 넣었다. 이어서 세린도 매끄러운 손놀림으로 자신의 그림자 조각을 잘라내 서약서에 삽입했다. 그러자 서약서는 반짝, 빛을 내더니 검은색으로 변했다.

"자, 그러면 대화를 시작해 볼까요?"

세린은 반짝이는 녹갈색 눈으로 제론의 두 눈을 똑바로 응시했다.

"나는 섀드가더예요."

13.
범죄와 단서

　제론은 적당한 반응을 찾지 못한 채 세린의 흔들림 없는 표정을 응시할 뿐이었다. 섀드가더라니. 혹시 잘못 들은 것이 아닐까 잠시 고민하던 중, 다행스럽게도 세린이 다시 입을 열었다.

　"나는 섀드 범죄 수사국 산하에 설치된 '그림자 연쇄 갈취 사건 특별 수사본부' 소속의 섀드가더예요. 그리고 우리는 현재 브룩스 교수를 가장 유력한 용의자로 보고 있어요. 그간의 행적이 각 사건의 발생 일자와 잘 맞아떨어지는 데다, 알려지지 않은 고난도의 마법을 행할 실력도 있는 섀드이기 때문이죠."

　세린은 제론의 표정을 주시하며 말을 이었다.

　"내가 유란섀드학교에 잠입한 이유도 바로 그림자 연쇄 갈취 사건의 수사를 위해서예요. 유력한 용의자인 브룩스 교수의 흔적을 찾고, 그의 주변인들을 탐색하기 위해서."

"…저도 셰리체를 한 방울 사용해도 될까요?"

제론의 도전하는 듯한 대담한 역질문에 세린은 흥미롭다는 듯 작게 웃음을 터뜨렸다.

"내가 섀드가더라고 거짓말을 할까 봐요? 그래요, 무엇이든 의심하고 보는 건 좋은 태도죠."

세린은 제론의 순진하지 않은 태도가 오히려 마음에 들었는 지, 순순히 약병을 내주었다. 그리고 제론의 '진실 검사'에 응해 주었고, 당연히 결과는 진실이었다. 물론 제론도 세린이 섀드가 더라는 정보를 가지고 거짓말을 했을 것이라 생각하지는 않았 다. 그저 이 관계의 주도권을 세린에게 완전히 빼앗기지 않으려 면 호락호락하지 않은 모습을 보여야 한다고 생각했던 것이다.

"그런데, 그런 1급 기밀을 왜 나에게 말해주는 거죠?"

제론은 대화를 이어가기 위해 다시 질문을 던졌다.

"두 가지 이유예요. 이미 그쪽에게 수상한 행동을 보여서 의 심을 산 데다, 그쪽도 브룩스 교수를 쫓고 있다고 했기 때문이 죠. 이왕 일이 이렇게 된 거, 서로 의심하면서 시간 낭비하지 말 고 정보를 공유하면 좋잖아요. 이미 수사가 길어질 대로 길어진 상황이라, 본부에서도 수사에 도움이 된다면 무엇이든 시도해 보라는 지침이 내려왔어요."

다행히 세린은 제론의 앞선 대답을 모두 그가 의도한 대로 해석해 준 모양이었다. 그리고 앞서 제론이 사건에 대해 많은 정보를 알고 있는 척 허세를 부린 것이 통했는지, 그를 제법 쓸모 있는 존재라고 판단한 듯했다. 제론은 상황을 자신에게 유리하게 풀어갈 수 있겠다고 생각하며 고개를 끄덕였다. 사건의 전말을 파헤치고자 한다는 공통의 목적이 있으므로, 섀드가더인 세린을 조력자로 둔다면 진실에 더 빠르게 근접할 수 있을 것이다. 제론은 자신에게 불리한 정보는 감추고 수사에 도움을 주는 척 가끔씩 작은 퍼즐 조각을 던져주기만 하면 될 터였다.

"그래서, 채 교수가 의심스럽다고 했죠? 무언가 알고 있는 정보가 있나요?"

이미 비밀 유지 각서까지 쓴 이상, 세린은 제론이 어떤 카드를 들고 있는지 적극적으로 알아내기로 한 모양이었다. 하지만 채 교수에 대해 강하게 말했던 것은 전략에 불과했기에, 제론은 이제 조금 발을 빼기로 했다.

"…그 사건과 관련이 있는지는 아직 몰라요. 확실하게 말할 수 있는 건 채 교수가 브룩스 교수에 대해 지대한 관심을 품고 있다는 사실 정도예요. 하필 이 시기에 유란섀드학교에 들어온 점도 그렇고, 남는 교수실이 없지도 않은데 굳이 브룩스 교수가 쓰던 교수실을 사용하는 모습도 그렇고…. 입학 테스트 때 브룩스 교수의 추천서에 주목했던 사실도 분명해요. 하지만 물론 단순히 학문적인 이유로 브룩스 교수에게 관심을 갖는 거라는 설명도 충분히 가능하죠."

제론의 말은 온통 추정으로만 가득했기에, 세린은 실망했는지 냉랭한 눈빛을 보냈다.

"…나도 나름대로 브룩스 교수와 채 교수에 대해 더 조사해 보고, 성과가 있으면 공유하도록 할게요."

제론은 슬쩍 말을 마무리하며 자리를 떠나기 위해 의자에서 일어섰다. 알고 있는 정보를 섀드가더와 무턱대고 공유하기 전에 혼자 전략을 세울 시간이 필요했다.

"아, 섀드가더들에게 들어오는 추가 정보가 있다면 그것도 공유해 줄 수 있나요? 서로 의심하면서 시간 낭비하지 말고, 아는 정보가 있다면 공유하는 게 좋잖아요."

오두막을 떠나기 전, 제론은 세린을 돌아보며 자연스러운 척 말을 덧붙였다. 섀드가더인 세린이 정보를 모두 그대로 나눠줄 리는 없겠지만, 그녀가 했던 말을 똑같이 돌려주면 바로 거절하기는 어려울 것이라는 판단이었다.

"…생각해 볼게요."

세린은 제론이 자신의 말을 그대로 맞받아칠 줄은 몰랐는지, 살짝 눈썹을 찌푸리며 대답을 흐렸다. 역시 공유하자는 말을 먼저 꺼낸 게 본인이라 제론의 요청을 단칼에 거절하지는 못하는 모양이었다. 하지만 순순히 무언가를 알려줄 것처럼 보이지도 않아서, 제론은 조금 더 책략을 고민해 봐야겠다고 생각하며 자리를 떠났다.

다음 날, 제론은 수업이 시작되기 전의 이른 시간부터 학교 도서관으로 직행했다. 그동안 수도 없이 많이 찾은 곳이었지만, 이번은 목적이 조금 달랐다. 브룩스 교수나 고대 섀드학에 대해 조사하기 위함이 아니라, '사진'을 찾기 위함이었다.

섀드가더인 세린을 자신에게 유리한 방향으로 움직이기 위해선 그보다 한발 앞서야 했다. 그리고 더 먼저, 더 많은 정보를 얻기 위해선 얼른 부여의 섀드 문헌 보관소에 다녀와야겠다는 생각이 들었다. 조금 더 공부한 후에 방문하기 위해서 미뤄두고 있었지만, 이제는 상황이 변했다. 세린보다 먼저 새로운 단서를 얻으려면 한시라도 빨리 행동에 나서야 했다.

제론이 미리 알아본 바에 따르면, 부여의 섀드 문헌 보관소는 부여 궁남지의 '포룡정'이라는 정자 근처에 위치해 있다고 했다. 하지만 안타깝게도 세계 각국의 사진을 보유한 제론의 사진의 방에서도 부여 궁남지는 찾을 수 없었다. 한 박사가 부여의 섀드 문헌 보관소를 방문했던 때는 7년 전인 데다 출장으로 다녀왔다는 사실을 생각하면, 해당 장소의 사진이 보관되어 있지 않은 점도 그리 이상한 일은 아니긴 했다. 방에 있는 모든 사진을 샅샅이 살피느라 새벽까지 잠에 들지 못한 제론으로서는 상당히 맥이 빠지는 일이었긴 하지만.

아무튼 이것이 바로 제론이 도서관으로 사진을 찾으러 온 이유였다. 〈그림자 이동술 기초〉 수업을 담당하는 칼슨 교수가 언급했던 《그림자 이동술을 위한 예시 사진집》이라는 책에서 부여 궁남지 근처 어딘가를 담은 사진을 찾아보려 한 것이다. 마침 목요일인 그날 오전의 〈그림자 이동술 기초〉 수업에서 포토-섀다이즈 처리를 하는 실습을 진행할 예정이었기에, 그가 사진집을 찾으러 아침부터 도서관에 방문하는 모습은 아주 자연스러워 보일 터였다.

《그림자 이동술을 위한 예시 사진집》은 무려 스무 권에 달하는 아주 방대한 시리즈의 책이었는데, 학생들 몇몇이 이미 대여해 갔는지 군데군데 빠진 부분이 있었다. 제론은 남아있는 책들을 하나하나 훑어봤지만 '한국' 챕터는 도무지 찾을 수가 없었다. 그래서 어쩔 수 없이 막 반납된 책들을 확인하기 위해 사서용 테이블로 다가갔다. 사서용 테이블에는 보통 전문 사서와 파트타임 학생 보조, 이렇게 두 명씩 앉아있고는 했다. 하지만 사서는 어디론가 잠시 자리를 비운 상태였다. 그리고 학생 보조

쪽은….

"제이?"

사서용 테이블에 앉아있는 제이를 발견한 제론은 놀랄 수밖에 없었다. 보충반 학생은 도서관에서 파트타임으로 근무하는 경우가 없었기 때문이었다. 몇 년씩 학교에 다니는 정규반 학생들과 달리 보충반 학생들은 이곳에서 공부할 수 있는 시간이 1년밖에 없었기에, 굳이 그 귀중한 시간을 공부 외의 일로 낭비하지 않는 분위기였다. 게다가 아침 첫 수업 때마다 비몽사몽 한 얼굴로 아슬아슬하게 수업 시간을 맞춰서 들어오는 제이가 이렇게 이른 아침에 일어나서 일하고 있는 것도 의외인 부분이었다.

"하하…. 기숙사에서 친해진 형이 오늘 아침에만 잠시 대신 일해달라고 해서요. 급한 일이 생겼는데 대신 일할 사람을 미처 못 구했다고….”

제이 역시 이런 모습으로 보충반 사람을 만난 것이 겸연쩍은지 어색한 웃음을 지어 보였다.

"그래서, 찾는 게 뭐예요?"

화제를 돌리기 위해서인지 제이는 얼른 제론에게 무엇을 찾는지 물었다. 제론은 아는 사이인 제이에게 자신이 한국 사진을 찾고 있다는 걸 들키는 게 썩 내키지는 않았으나, 별수 없이 털어놓았다.

"아⋯, 《그림자 이동술을 위한 예시 사진집》 중 한국 챕터가 있는 권을 찾고 있는데, 혹시 반납된 책 중에 있을까 해서요."

"한국? 잠시만요⋯."

제이는 다행히 별다른 말 없이 얼른 사서용 새블릿으로 정보를 검색하기 시작했다.

"《그림자 이동술을 위한 예시 사진집》 15권이네요. 이 책은 지금 대여 중은 아닌 걸로 나오는데⋯. 아, 누가 다른 위치에 잘못 꽂아두었네요. 안내해 줄게요. 이쪽이에요."

그를 따라 발걸음을 옮기면서, 제론은 한국 챕터를 찾는 이유에 대한 질문을 받기 전에 먼저 대화를 선점하고자 최대한 빠르게 머리를 굴렸다. 하지만 안타깝게도 제이가 더 빨랐다.

"그래서, 이따 있을 실습을 위해 준비하는 건가요? 일부러 한국 사진을 찾는 이유가 있어요?"

정확히 제론이 피하고 싶었던 상황이었다. 하지만 물론 별다른 생각 없이 질문을 던졌을 제이에게는 잘못이 없었으므로, 제론은 적당히 미소를 지으며 최선을 다해 둘러댔다.

"아, 네⋯. 그저 수업 때 기분 전환 겸 색다른 장소를 준비해 가고 싶었거든요. 평소에 동양 문화에도 꽤 관심이 있었는데, 마침 한국은 한 번도 안 가봐서."

"한국 좋죠. 꼭 한번 가보세요. 우리 부모님이 또 한국 출신이

잖아요. 에론도 한국에 관심이 있다니까 괜히 반갑네요!"

다행히 제이는 제론이 한국에 관심을 보였다는 사실 자체에 순수한 반가움을 표할 뿐이었다. 그의 명랑한 성격에 고마워하며, 제론은 이 틈을 타 화제를 제이에 대한 것으로 은근하게 전환했다.

"제이도 한국에 많이 가봤어요? 캐나다에서 나고 자랐다고 한 거 같은데."

"어릴 때 할아버지가 한국에 계셔서 몇 번 갔거든요. 물론 아주 어릴 때의 기억이라 희미하긴 하지만 그래도 꽤 좋은 감정으로 남아있어요. 아마 할아버지 댁보다는 서울 여행이 좋았던 거 같긴 하지만요."

다행히 제론의 바람대로 대화는 제이에 대한 이야기로 흘러가기 시작했다. 제론은 주제의 궤도가 바뀌지 않도록 자연스럽게 질문을 던지며 이야기를 이었다.

"어릴 때 이후에는 가본 적 없는 거예요?"

"아, 할아버지가 13년 전인가? 그때쯤 캐나다로 이사 와서 정착하시면서 한국에 갈 일이 없어졌거든요. 한국에서 살던 동네에서 알 수 없는 사인死因으로 한 섀드가 죽었는데, 할아버지가 범인으로 몰릴 뻔해서 캐나다로 도망 오셨다나…. 그 당시에 어렸다 보니 나중에 들은 이야기라 잘은 몰라요. 할아버지가 워낙 옛날부터 괴짜 연구자로 소문이 나있었다는 얘기는 들었는데, 그래서 그랬는지….”

뜻밖에도 이야기가 심각한 내용으로 흘러가자, 제론은 조금 더 가벼운 화제로 전환하기 위해 근황에 대한 이야기로 질문을 틀었다.

“그렇군요…. 할아버지는 그래도 잘 계시는 거죠?”

“아… 사실…, 2년 전에 돌아가셨어요.”

가벼운 화제로 바꾸려던 제론의 노력이 무색하게도, 대화는 더 어두운 분위기로 흘러가고 말았다. 제론은 어쩐지 미안해져 황급히 제이의 얼굴색을 살폈다.

“…미안해요. 그런 줄 모르고 괜히 물었네요. 괜찮아요?”

“네, 뭐…. 2년이나 흘렀으니까요. 아직 범인을 찾지 못해 마음이 조금 무겁긴 하지만 괜찮아요. 할아버지가 캐나다로 오신 다음부터는 오히려 거의 교류가 없었어서….”

“범인이요?”

제이는 아무렇지 않은 듯 말을 이었지만, 오히려 역으로 제론의 얼굴빛이 흐려졌다. 점점 이야기가 예상치 못한 방향으로 흘러가고 있었다.

“네…. 현장에 가보지는 못했지만, 섀드가더들 말로는 살인이라고 하더라고요. 그림자 마법을 이용한 살인도 아니고, 등 뒤에서 칼에 찔린 거라 범인이 섀드인지 인간인지도 모른대요. 할아버지가 워낙 이상한 섀드연금술 연구를 많이 해와서 아마 범인은 섀드일 거라고 추정하긴 하지만…. 또 혼자 사는 노인이니까 금품을 노린 인간의 살인일 수도 있다고….”

이상한 연구를 해오던 괴짜 섀드연금술 연구자 그리고 그가 연루된 13년 전의 알 수 없는 죽음. 게다가 그 자신도 2년 전에 살해당했고 범인은 아직도 잡히지 않았다…. 단순한 가족사라고 하기에는 평범하지 않은 부분이 너무나 많았다. 뜻밖의 놀라운 정보에 제론은 두 다리를 움직이는 것도 잠시 잊고 그 자리에서 멈춰버렸다. 그런 제론을 돌아본 제이는 자신이 괜한 이야기를 했다고 생각했는지, 재빨리 분위기를 풀기 위해 노력했다.

“그렇게 심각한 표정 지을 거 없어요. 이미 2년이나 지난 일인걸요. 그나저나 찾던 책은 이쪽이에요.”

제이는 책을 찾아 제론에게 쥐여주고는, 하던 일을 마무리하기 위해 황급히 자리로 돌아갔다. 아마 괜히 살인이니 범인이니 하는 이야기를 꺼내 순진한 친구에게 충격을 안겨주었다고 생각한 모양이었다. 제론이 학교에 늘 쓰고 다니는 에론의 마스크는 순진하고 유약한 청년의 모습이었으므로.

하지만 그 순간, 제론은 그 정보가 자신이 연루된 그림자 연쇄 갈취 사건과는 관계가 없을지 머리를 굴리고 있을 뿐이었다. 다만 13년 전 그리고 2년 전이라는 타임라인과 제론의 과거 행적 간의 연결점은 아직 없는 듯해, 우선은 그리 마음을 쓰지 않기로 했다. 어느 세계에서나 크고 작은 범죄는 늘 숨 쉬듯 일어나는 일이기도 하고, 무엇보다 제이의 할아버지가 진짜로 제론과 관련이 있는 인물이라면 과거를 탐색하는 과정 중 어느 단계에선가 다시 수면 위로 떠오를 것이기 때문이었다.

그래서 제론은 일단 원래 목표인 부여의 섀드 문헌 보관소에 집중하기로 하며, 《그림자 이동술을 위한 예시 사진집》 15권을 펼쳤다. 한국 챕터에는 아주 사소한 섀드명소들까지도 다양하게 소개되어 있었으므로, 당연히 세계에서 가장 오래된 섀드 문헌 보관소가 위치한 부여 궁남지의 사진도 선명하게 인쇄되어 있었다. 제론은 학업용 섀블릿으로 그 사진을 복사해 가방 깊숙이 넣어두고, 잠시 후 진행될 실습 때 사용할 위장용 사진으로 적당한 명소의 사진을 하나 더 복사했다.

며칠 후, 그 주의 토요일 아침. 보충반 수업이 없는 날이었으나, 제론은 학교의 빈 실험실을 찾아 숨어 들어왔다. 아직 포토-섀다이즈 처리에 익숙하지 않은 제론으로서는 학교 실험실에 있는 기구들을 그대로 사용하는 것이 성공 확률이 훨씬 높았기 때문이었다.

제론은 미리 준비해 둔 부여 궁남지의 사진을 책상 위에 내려 놓은 뒤, 수업 때의 기억을 더듬어 차근차근 마법약품을 제조해 나갔다. 다행히 제론은 한 번 공부한 마법은 잘 잊지 않는 편이 라, 혼자서도 헤매는 일 없이 빠르게 마법을 진행할 수 있었다. 그렇게 마법약품을 만들고, 사진을 약품 처리하고, 마법주문을 사진 안에 저장하는 마무리 단계에 이르렀을 때….

"부여에 있는 섀드 문헌 보관소에는 왜 가려는 거죠?"

뒤를 돌아보니 세린이었다. 기척을 지우고 몰래 다가서는 것 도 섀드가더의 당연한 자질일지 궁금해하며 제론은 슬며시 한 숨을 내쉬었다. 보는 사람이 없다는 걸 몇 번이고 확인하면서 몰래 이동한 데다 실험실 문도 잠가뒀지만, 굳이 '어떻게'라는 질문은 하지 않기로 했다. 대신 제론은 어정쩡한 미소를 지으며 순순히 입을 열었다. 세린을 마주한 순간, '혼자 정보를 얻는다' 는 계획을 빠르게 버리고 '최대한 세린을 잘 활용해 본다'는 계 획으로 돌아서기로 결심했기 때문이었다.

"조금 더 구체적인 증거가 나오면 말하려고 했는데…. 부여의 섀드 문헌 보관소에 가보면 사건과 관련된 정보를 찾을 수 있지 않을까 해서요."

세린은 알 수 없는 표정으로 그를 빤히 볼 뿐이었다. 조금 더 길 게 설명해 보라는 의미라고 받아들인 제론은 다시 입을 열었다.

"한 박사라는 섀드를 알고 있나요? 섀드-텍 기업 제로의 창업자로 유명한데…."

세린은 그가 이런 말을 하는 이유를 가늠하려는 듯 그의 표정을 살피며 대답했다.

"…알고 있어요."

"결론부터 말하자면, 나는 그림자 연쇄 갈취 사건의 배후로 한 박사 역시 의심하고 있어요. 한 박사는 7년 전에 제로를 떠난 후 행적이 전혀 알려지지 않았죠. 물론 한 박사가 남긴 섀드-텍 연구들만 보면 그림자 갈취 마법과는 전혀 관련이 없어 보여요. 하지만 한 박사는 7년 전 부여의 섀드 문헌 보관소에 방문한 후 고대 섀드학에 관심을 갖게 되어 회사의 CEO 자리에서 내려왔다고 해요. 정보원을 밝힐 수는 없지만 확실한 정보라고 내가 보증할 수 있어요."

표정을 읽기 어려운 세린의 얼굴에도 일말의 관심이 피어올랐다.

"…그래서요?"

"부여의 섀드 문헌 보관소에 가서, 한 박사가 관심을 가진 고대의 마법이 어떤 건지, 그 실마리를 찾으면 수사에 도움이 되지 않을까요? 어때요, 이왕 이렇게 만난 거. 지금 같이 가볼래요?"

그러면서 제론은 막 포토-섀다이즈 처리를 끝낸 부여 궁남지의 사진을 들어 보였다. 이미 그의 퍼즐 조각을 하나 들켰기 때문에, 이제는 오히려 적극적으로 섀드가더인 세린의 능력을 활용해 그 이상의 가치 있는 정보를 얻어내야 했다. 세린은 이 불확실한 정보를 믿고 움직이는 게 과연 현명할지 고민하는 듯했다. 그러다 결국 손해 볼 것은 없다는 결론에 이르렀는지, 이내 생각을 마치고 고개를 끄덕였다.

"한번 가보죠."

제론의 말이 사실인지 거듭 확인하지도 않는 모습을 볼 때, 세린은 그가 굳이 이 정도로 성의 있는 거짓말을 지어낼 것이라고는 생각하지 않는 모양이었다. 혹은 제론이 작정하고 그녀를 함정으로 이끌어도 상관없을 만큼 자신이 있거나.

14.

# 부여의 새드 문헌 보관소

    제론과 세린이 부여의 궁남지에 도착했을 때, 사방은 고요한 어둠에 휩싸여 있었다. 한국은 벌써 새벽 3시가 지난 시각이었다. 그리고 밤에는 궁남지의 출입이 금지되어 있는 모양이라, 그들은 시선을 의식하지 않고 자유롭게 움직일 수 있었다.

    제론은 부여의 새드 문헌 보관소가 포룡정이라는 정자 근처에 있다는 것까지는 조사했지만, 정확한 위치는 알지 못했다. 그래서 세린 앞에서 조슈아의 발명품을 꺼내 사용해도 될지 고민하고 있는데, 세린이 앞장서더니 망설임 없는 손놀림으로 정자의 오른편 호숫가에 리새딩 파우더를 뿌렸다. 그러자 그곳에서 출입문의 그림자가 길게 자라기 시작했다. 제론은 세린이 아무런 보조 기구도 없이 단번에 정확한 위치를 찾아낸 것에 놀라움을 금치 못했다.

"어떻게 알았어요? 이전에 와본 적 있어요?"

"처음이어도 이 정도는 알죠. 마법의 파동이 느껴지잖아요."

제론의 질문에 도도하게 답한 세린은 출입문 안으로 앞장서서 들어갔다. 제론은 그녀가 말한 '마법의 파동'이 무엇인지 알 수 없었지만, 공기를 신중하게 느껴볼 새도 없이 그새 그림자 문이 사라지고 있었으므로 서둘러 그녀의 뒤를 따랐다.

부여의 섀드 문헌 보관소는 '세계에서 가장 오래된 섀드 문헌 보관소'라는 명성에 걸맞게 고풍스러운 멋이 있는 건물이었다. 따뜻한 색감의 5층짜리 목조건물로, 1층부터 4층까지는 책으로 가득한 목재 서가가 빼곡히 들어서 있었다. 섀도우-프로즌 상태의 목재를 사용한 것인지, 아주 오래전에 지은 건물일 텐데 낡은 기색은 전혀 없었다.

제론은 어디서부터 탐색해야 할지 몰라 주위를 둘러보았다. 섀드 문헌 보관소의 책들은 모두 철저한 그림자 보안 주술로 그림자가 서가에 묶여있었다. 혹시나 하고 책을 한두 권 꺼내보려 했지만, 책의 그림자가 서가에 완전히 달라붙은 듯 떨어지지 않았다. 대여는 물론이고 그 자리에서 책을 살짝 훑어보는 것조차 직원의 허락이 필요한 듯했다. 직원을 부르기 위한 목적인지 곳곳에 작은 종도 달려있었다. 하지만 세린은 책에는 관심이 없다는 듯, 제론에게 따라오라는 눈짓을 보내더니 5층으로 성큼성큼 올라갔다.

5층은 직원들이 업무를 처리하는 곳이었다. 밤낮 교대로 업무를 처리하는지, 책상은 반 정도만 채워져 있었다. 남아있는 직원들은 다른 나라의 섀드 문헌 보관소에서 온 도서 교환 요청이나 주요 기업 및 섀드 내각에서 온 도서 검색 요청에 응하는 등, 시시각각 밀려드는 업무를 처리하느라 그들에게 관심을 보이지 않았다. 섀드 문헌 보관소는 다양한 분야에서 필요로 하는 가치 있고 중요한 문서들을 보유한 시설인 만큼, 24시간 내내 불이 꺼질 틈 없이 바쁘게 돌아가는 곳인 듯했다.

세린은 바쁘게 움직이는 직원들을 한 번 쓱 살펴보더니, 모두들을 수 있을 만큼 큰 목소리로 질문을 던졌다. 평소의 차갑고 무미건조한 말투와 다른, 단단하면서도 부드러운 목소리였다.

"이곳에서 가장 오래 근무하신 분이 누구신가요?"

아마 7년 전 당시에 근무했던 섀드를 찾고자 하는 모양이었다. 업무에 열중하던 직원들은 놀란 듯 세린과 제론을 바라보았다. 보관소를 구경하러 온 평범한 방문객인 줄 알았는데, 직접 5층에 와 직원을 찾는다고 하니 당황한 모양이었다. 잠시 후, 구석 자리에 앉아있던 한 남직원이 머뭇거리다 자리에서 일어났다.

"아마 이 중에서는 제가 가장 오래 일한 거 같습니다. 이곳에서만 7년가량 일했으니까요. 무슨 일 때문에 그러시죠?"

"아, 그러시군요. 별일은 아니고, 어떤 사건에 대해서 좀 조사
하고 있어서요…. 혹시 따로 이야기를 잠시 나눌 수 있을까요?"

처음 들어보는 세린의 친절한 말투에 놀란 제론이 옆을 돌아
보자, 어느새 세린은 햇살 같은 미소를 띠고 있었다. 남직원은
그 상냥함에 무장해제 한 듯, 경계를 풀고 그들을 안쪽에 있는
응접실로 안내했다. 그들에게 차를 권하기도 했다.

"차라도 한 잔 드릴까요?"

"감사합니다. 미리 언질도 없이 이렇게 찾아와서 죄송해요.
바쁘신 중에 실례가 많습니다."

세린은 평소와는 180도 다른, 상냥하고 사근사근한 모습이었
다. 제론은 그녀의 처음 보는 모습에 손발이 오그라들 지경이었
으나, 그 역시 직원에게 좋은 인상을 심어주기 위해 옆에서 열
심히 미소를 지으며 고개를 끄덕였다.

"향이 참 좋네요. 세작細雀인가요?"

"어떻게 아셨어요? 차를 즐기시는 모양이네요."

"네, 차를 워낙 좋아합니다."

분명 제론은 세린이 식당에서 차를 마시는 모습을 한 번도 본
적이 없었다. 오히려 커피 코너에서만 거의 열 번쯤 마주친 것
같았다. 아마 섀드가더들은 상대와 친밀한 대화를 나누기에 필

요한 대부분 배경지식을 미리 습득하고 다니는 모양이었다.

차에 대한 대화로 편안한 분위기가 조성되자, 세린은 재킷 안 주머니에서 신분증을 꺼내 테이블 위에 내려놓았다.

"사실 저희는 '동아시아 섀드사건 기록원' 소속의 조사관입니다. 미리 말씀드리고 찾아오지 못해 죄송합니다. 조금 급한 일이 있어서요."

언제 준비했는지, 세린이 내민 신분증에는 동아시아 섀드사건 기록원이라는 기관명과 가짜 이름이 선명하게 박혀있었다. 아마 다양한 신분증을 미리 소지하고 다니는 것 역시 섀드가더들에게는 기본인 모양이었다. 실제로 그런 조직이 존재하는지조차 의문이라고 생각하면서도, 제론은 세린을 방해하지 않기 위해 잠자코 고개만 끄덕였다.

"혹시 7년 전, 제로의 창업자 한 박사가 이곳에 찾아왔을 때의 일에 대해 기억하시나요? 그 당시에 있었던 사건… 아니, '사고'에 대해 여쭤보려고 왔습니다."

세린은 직원의 반응을 보며 단어를 조금씩 자연스럽게 수정했다. 무언가 미끼를 던져 원하는 이야기를 끌어내고자 하는 듯했는데, 제론은 그 의중을 가늠할 수 없어 우선 가만히 입을 다물고 있기로 했다.

"7년 전… 사고 말씀이시죠?"

직원은 곰곰이 기억을 되짚어 보더니 말을 이어갔다.

"사실 그때 저는 들어온 지 며칠 되지 않은 신입이어서 자세한 내용은 모릅니다…. 그때 한 박사님과 술자리를 갖던 중 어떤 직원분께서 과음으로 인한 심장마비로 사망하셨다, 정도만 들었던 거 같아요. 아마 그분의 성함이… 에릭이었던가. 그때 그 일을 가까이 지켜본 직원분들은 다들 그 직후 이곳을 떠나셔서, 제대로 된 정황을 이야기해 줄 분이 남아 계시질 않네요…."

어쩐지 석연치 않은 대답이었다. 마찬가지로 세린도 이 정도로 조사를 끝낼 생각은 없는지, 얼른 관련자에 대한 정보를 물었다.

"혹시 그때 사망하신 직원분과 가장 가까웠던 분이 누가 계실까요? 연락처를 좀 받을 수 있을까요?"

"음… 저도 잘은 모르지만, 자윤 님이 그분과 꽤 가까웠던 거 같아요. 자윤 님은 당시 신입 교육을 담당해 주고 계셨는데, 그때의 일로 충격을 많이 받으셨는지 급하게 사직서를 내고 떠나셨거든요…."

직원은 과거의 기억을 떠올려 보다, 문득 이 상황이 의문스러웠는지 근본적인 질문을 던졌다.

"그런데 동아시아 섀드사건 기록원에서 나오셨다고 했는데, 그때의 사망 사고에 대해 왜 물으시는 거죠? 심장마비로 인한 사망 정도는 따로 기록할 만한 특별한 사건도 아닐 텐데….”

꽤 합리적인 의심이었다. 이에 제론이 얼른 둘러댈 말을 찾고 있는 동안, 세린은 훨씬 빠른 반응 속도로 사근사근하게 대답을 돌려주었다.

“아, 자세한 이유는 업무규칙상 말씀드리기 조금 어렵습니다. 다만 그때의 사고와 저희가 쫓고 있는 중요한 사건이 연결되어 있어서요.”

세린의 말투는 상냥하면서도 강한 설득력을 갖는 묘한 힘이 있었다. 직원은 물론이고, 하마터면 제론도 본능적으로 고개를 끄덕일 뻔했다.

“자윤이라는 분의 연락처를 받을 수 있으면 큰 도움이 될 거 같습니다.”

이렇게 말하는 세린의 목소리 역시 부드러우면서도 호소력이 있어, 직원은 연락처를 찾기 위해 얼른 방을 나섰다.


결국 세린과 제론은 '허자윤'이라는 섀드의 연락처가 적힌 메모를 손에 쥐고 밖으로 나올 수 있었다. 한층 싸늘해진 밤공기를 들이마시며, 제론은 내내 궁금했던 점을 물었다.

“도대체 7년 전, 한 박사가 방문했던 시기에 어떤 사건이 일어났으리라는 발상은 어디서 나온 거예요? 아니, 애초에 한 박사에 대한 실마리를 얻으려면 서적이 아니라 직원을 조사해야 한다는 건 어떻게 안 거죠?"

간단한 일이라는 듯, 세린은 가벼운 말투로 대답했다.

"그쪽 말대로 한 박사가 이곳에서 일순간 고대 섀드학에 빠져들 만한 강력한 계기를 만난 거라면, 아마 이곳에 있는 서적이 아니라 직원을 통했을 가능성이 높아요. 대부분의 기업은 각국의 섀드 문헌 보관소에 어떤 도서가 보관되어 있는지 목록을 저장하고 있을 테니, 한 박사도 이곳에 올 때 이미 어떤 책을 열람할지는 정하고 왔겠죠. 그러니 갑자기 새로운 책을 발견하고 이를 통해 고대 섀드학에 매력을 느꼈을 확률은 희박하다고 생각했어요."

세린은 제론 쪽을 흘긋 돌아보더니, 다시 호수의 검은 수면 위로 시선을 옮겼다.

"그렇다면 '직원을 통해 우연히 고대 섀드학과 관련된 아주 매력적인 내용을 듣게 됐다'는 게 가장 설득력 있는 가설이겠죠. 그리고 아마 섀드-텍 연구자인 한 박사를 고대 섀드학에 완전히 매료시킨 내용이라면 잘 알려지지 않은, 비밀스러운 마법에 대한 이야기였을 가능성이 높아요. 하지만 직원이 아무 이유 없이 방문객에게 그런 이야기를 할 리는 없으니…. 그 당시에 공교롭게도 어떤 사건이 터져서 한 박사에게까지 그런 금지된 종류의 이야기가 흘러 들어간 건 아닐까 하고 추리해 본 거였어요."

그 짧은 시간 내에 이렇게 빠르고 정확한 추리를 해낼 수 있었다는 사실에 제론은 또다시 감탄했다. 하지만 세린은 뿌듯해하는 기색 없이 심각한 표정으로 말을 이어갔다.

"하지만 7년 전 있었던 일은 생각만큼 간단한 일은 아니었던 거 같네요. 처음에 생각했던 바는 한 박사가 사소한 말썽에 휘말렸으리라는 정도였는데, 사망 사건이라니. 아마 에릭이라는 직원이 과음으로 인한 심장마비로 사망했다는 건 사실이 아닐 거예요. 물론 비밀스러운 죽음이라면 거의 모두에게 진상을 숨겼을 테니, 아까 만난 직원은 진짜로 그렇게 믿고 있겠지만요. 분명 그 죽음은 한 박사 그리고 한 박사가 7년 전에 알게 된 어떤 비밀과 관련 있을 거예요."

세린의 말을 들으며 제론은 살짝 고개를 끄덕였다. 그 역시 7년 전, 한 박사가 방문했을 때 발생한 사건이 단순히 '직원 한 명이 과음으로 사망했다'는 정도의 내용에서 그칠 리 없다고 직감하고 있었다. 그 사건을 가까이에서 지켜본 직원이 현재 섀드 문헌 보관소에 한 명도 남아있지 않다는 사실을 보면, 표면적인 설명 아래 무언가 큰 비밀이 감춰져 있는 것은 확실했다.

하지만 대체 어떤 일이 있었기에 고대 섀드학과 관련된 비밀스러운 이야기가 한 박사의 귀에 들어간 것인지 그리고 어떤 경위로 에릭이라는 직원이 죽음에 이르게 된 것인지에 대해서는 전혀 또렷한 그림이 그려지지 않았다. 세린 역시 표정이 굳어있는 걸 보니, 아직은 단서가 부족하다고 느끼고 있는 모양이었다.

"역시 자윤이라는 분을 찾아가 봐야겠네요."

세린이 받아온 건 자윤의 연락처뿐이었지만, 이름과 연락처가 있으면 주소를 찾아내는 것은 섀드가더에게 일도 아닌 모양이었다. 세린은 섀블릿으로 어딘가에 메시지를 보낸 후, 주소를 파악하는 동안 자신의 비밀 거처로 이동해 대기하자고 제안했다. 이전에 제론을 데리고 왔던 바로 그 나무 오두막이었다.

제론과 세린이 오두막에서 얌전히 기다린 지 한 시간 정도 지났을 무렵, 세린의 섀블릿에 '지잉' 하고 반응이 오더니 오른쪽 면에서 A4 용지 정도 크기의 검은색 봉투가 전송되어 나왔다. 그 내용물은 자윤의 현재 주소지와, 그들이 이동해야 할 목표 지점을 담은 사진이었다. 아까 세린이 연락을 취해둔 상대가 보내온 모양이었다. 혼자 행동할 때보다 훨씬 빨리 일이 진척되어, 제론은 또다시 섀드가더와 손을 잡길 잘했다고 생각했다.

세린이 꺼내 든 메모에 적힌 주소는 한국의 '대전'이라는 도시의 외곽에 있는 어느 아파트였다. 한국은 아직 야심한 시각이었지만, 제론과 세린은 곧장 사진 속 장소로 이동했다. 섀드들은 살고 있는 나라에서 수천 킬로미터 떨어진 직장에서 일하는 경우도 흔해서, 꼭 거주 지역의 시간대에 맞추어 생활한다는 보장이 없기 때문이었다. 그래서 그들은 고요한 주택가의 밤거리를 걸어 전달받은 주소를 찾아갔다.

"누구시죠?"

다행히 아직 사방이 컴컴한 어둠에 싸여있는 시각임에도 집주인은 그들을 맞이했다. 옷차림을 보아하니 자다가 막 일어난 것도 아닌 듯했다.

"허자윤 님 맞으신가요?"

"네, 맞는데요···."

찾던 인물을 눈앞에 두자, 감춰진 비밀에 한층 다가갈 수 있겠다는 생각에 제론의 맥박이 조금씩 빨라졌다.

"야심한 시각에 죄송합니다. 저희는 동아시아 섀드사건 기록원 소속의 조사관입니다."

세린은 다시 아까와 같은 거짓말을 술술 늘어놓았다. 가짜 신분증을 제시해 신뢰성을 높이는 과정도 잊지 않았다.

"···어떤 일로 찾아오신 거죠?"

"문간에 서서 말씀드리기 어려운 내용이라, 실례지만 안에서 말씀드려도 괜찮을까요? 야심한 시각에 죄송합니다."

세린이 짐짓 심각한 분위기를 만들어 내자, 자윤은 선뜻 세린과 제론을 거실로 안내했다. 아마 세린의 말을 크게 의심하지는 않은 모양이었다. 옆에 있는 제론이 느끼기에도 세린의 말투나 표정, 태도에는 알 수 없는 신뢰감을 주는 힘이 있었기에, 누구라도 그녀의 말에 반박하기는 쉽지 않을 듯했다.

"부여의 섀드 문헌 보관소에서 이전에 일어났던 사망 사건에 대해 여쭤보고자 합니다. 7년 전, 그곳에서 에릭이라는 직원이 사망한 일을 기억하시죠? 대부분 직원은 단순히 과음으로 인한 갑작스러운 심장마비였다고 알고 있지만, 사실은 그보다 훨씬 비밀스러운 죽음이었다는 제보가 있었습니다."

에릭이라는 이름이 언급되자 자윤의 눈빛은 조금씩 흔들리기 시작했으나, 세린은 못 본 척 사무적인 말투로 설명을 이었다.

"그처럼 특수한 경위의 사망 사건은 저희 기록원에 신고가 되어야 하는데 부여의 섀드 문헌 보관소에서는 그런 사건이 있었다고 신고한 적이 없어서요. 그래서 저희도 최근에야 그 존재를 인식하고 조사를 시작했습니다. 7년 전의 사건에 대해 자세히 들려주실 수 있으실까요?"

세린은 주머니에서 검은 가죽 표지의 세련된 수첩을 꺼내 메모할 준비를 했다. 그 모습이 무척이나 실제 조사관처럼 보여, 제론은 또다시 세린의 준비성에 감탄했다. 그런 수첩은 대체 언제 준비한 건지. 게다가 '부여의 섀드 문헌 보관소에서 마땅히 신고해야 하는 부분을 신고하지 않아 우리가 뒤늦게 조사에 착수했다'는 설명도 완벽했다. 섀드 문헌 보관소에서는 그 사망 사건을 은근슬쩍 덮고 넘어가려 한 것 같았으므로, 당연히 그 어떤 기관에도 신고한 적이 없을 터였다.

"아…, 섀드 문헌 보관소에서는 그 이야기가 새어나가는 걸 원하지 않았는데…. 혹시 누가 제보한 거죠?"

자윤은 혼란과 슬픔, 걱정이 섞인 무거운 말투로 조심스럽게 질문했다.

"죄송하지만 제보자의 신원은 공개하지 않는 게 원칙이라서요."

"음, 그렇군요…. 저에게 찾아오신 이유도, 제가 그 사건에 연루되어 있었다는 제보가 있었기 때문이겠죠? 하지만 제가 그 이야기를 해도 될지…."

꽤 오랜 시간이 지난 일이지만, 자윤은 아직도 입을 열기를 망설이는 눈치였다. 부여의 섀드 문헌 보관소에서 생각보다 더 입단속을 철저히 한 까닭인지, 아니면 개인적인 충격이 컸기 때문일지.

"걱정하지 마세요. 저희 기록원은 정보의 기록만이 목적이기 때문에, 말씀하시는 내용은 그 어디에도 흘리지 않을 겁니다. 그리고 정보원이 누구인지는 기록하지 않기 때문에 안심하셔도 좋습니다."

세린의 말에 용기를 얻었는지 자윤은 침묵 끝에 마침내 입을 열었다. 아직 이야기를 시작하기 전인데도 벌써 입술 끝이 떨리고 있었다.

"…7년 전, 봄쯤이었던 걸로 기억해요. 사망한 섀드, 그러니까 에릭은 저와 보관소에서 일한 기간이 엇비슷해서 가깝게 지냈었죠. 그 외에도 친한 직원들이 몇 명 더 있어서 저희끼리 이런저런 대화를 많이 하곤 했는데, 에릭이 보관소에 들어오기 전에 무슨 일을 했었는지만큼은 아무도 몰랐어요. 그런데 한 박사님이 그 부분, 에릭의 과거를 건드린 거예요."

자윤은 세린과 제론의 눈치를 살짝 살피더니 말을 이었다.

"사실 저도 에릭과 한 박사님 사이에서 오간 대화를 전부 알고 있지는 않아요. 섀드 문헌 보관소에 중요한 기업의 손님이 오시면 보통 전담할 직원 한 명을 연결해 주는데, 에릭이 그때 한 박사님 담당이었거든요. 에릭과 한 박사님은 같이 보관소를 둘러보며 이런저런 대화를 나눴는데, 저는 그 내용을 듣지는 못했지만 아마 무언가 한 박사님의 주의를 끄는 내용이 있었나 봐요."

세린이 조용히 수첩에 무언가를 적는 동안, 제론은 자윤의 표정을 살폈다. 자윤은 7년 전의 일을 되감아 보고 있는지 창밖의 검은 허공을 물끄러미 응시하고 있었다.

"한 박사님은 원래 이틀 정도로 방문을 신청하셨는데, 갑자기 기간을 하루씩 늘리더니 저녁마다 에릭과 다른 보관소 직원을 한두 명씩 식사 자리에 초대하기 시작하셨어요. 아마 에릭에게 편한 분위기를 조성하기 위해 그와 친한 직원을 함께 부른 거 같았어요. 저 역시 에릭과 가까운 사이였기 때문에 불려간 날도 있었고 아닌 날도 있었죠. 식사 자리에서 제가 처음 느낀 인상은 '무언가를 캐내기 위한 자리'라는 거였어요. 술을 잘 못 마시는 편인 에릭에게 한 박사님은 계속해서 은근하게 술을 권하셨거든요. 하지만 또 적당히 분위기가 무르익으면 미련 없이 술자리를 끝내서서, 제가 잘못 생각했나 싶었죠. 그냥 직원들과 친해지고 싶을 뿐인데 제가 오해한 거라고요."

사건에 대해 자세하게 기억해 낼수록, 애써 차분하게 말을 이어가던 자윤의 목소리가 점점 떨리기 시작했다. 눈빛에는 슬픔과 두려움이 스쳤다. 하지만 세린과 제론은 개입하지 않은 채, 그녀가 어지러운 마음을 다잡으며 이야기를 마치도록 잠자코 기다렸다.

"…그러다 결국 그 사건이 일어난 거예요. 저와 에릭, 한 박사님 그리고 다른 직원 하나, 이렇게 넷이서 식사와 술을 즐기고 있었는데, 제가 잠시 자리를 비웠다 돌아와 보니 어느샌가 '잘 알려지지 않은 고대의 마법'에 대한 대화로 이야기가 흘러가고 있더라고요. 분위기를 보아하니 한 박사님이 먼저 고대의 전설에 대한 이야기로 물꼬를 튼 거 같았어요. 그렇게 한창 대화가 무르익었고, 이미 잔뜩 취한 상태였던 에릭이 갑자기 처음 듣는 연구에 대한 이야기를 꺼냈어요. 이전에 어떤 연구자 밑에서 조수로 일했는데, 그 연구자가 연구했던 내용이라고요. 그런데 그 말을 하자마자 에릭은 그 자리에서 끔찍한 발작을 일으키더니 숨이 멎었어요. 아마 연구 내용을 발설하면 안 된다는 그림자 서약에 묶여있었던 것 같아요….”

힘겹게 이야기를 끝마친 자윤의 얼굴은 눈에 띄게 창백해져 있었다. 핏기가 사라진 손도 통제할 수 없이 파르르 떨렸다.

“그때 왜 섀드가더 채널을 통해 신고하지 않았죠?”

세린의 날카로운 질문에 자윤은 고개를 숙였다.

“…그때 너무 놀라서 보관소 소장님께 먼저 연락했는데, 소장님께서 어느 기관에도 신고하지 말라고 하셨어요…. 보관소 직원이 이전에 위험한 연구에 연루돼 있었고, 이와 관련된 서약으로 인해 사망했다는 내용이 언론에 새어나가지 않길 바라신 거 같아요. 소장님은 꽤 보수적인 편이셔서 작은 일에도 섀드 문헌 보관소와 자신의 명예가 실추될 수 있다고 생각하셨거든요. 게다가 한 박사님도 내심 그 사건이 외부에 보도되지 않았으면 하는 눈치여서….”

"그 '위험한' 연구라는 건 대체 무엇이었죠? 그 내용이 혹시 기억나시나요?"

제론은 세린이 다음 질문을 던지기 전에 얼른 끼어들어 궁금한 점을 물었다. 자윤은 제론에게로 천천히 시선을 옮기더니, 한 번 숨을 고르고 입을 열었다.

"…어떤 고대 전설과 관련된 연구였어요. 지능을 가진 그림자에 대한 전설을 들어본 적이 있냐고 하더니… 그런 연구를 하는 섀드가 실제로 있다면서, 자기는 보관소에서 일하기 전에 그 위험한 연구의 조수를 했었다고 하더군요. 아, 왜 그 연구가 위험하다고 했냐면…."

제론은 숨죽이며 다음 말을 기다렸다. 세린은 무심한 표정으로 몇 가지 단어를 수첩에 휘갈기고 있었으나, 역시 꽤 집중해서 듣고 있는 듯했다.

"살아있는 사람이나 섀드의 그림자가 많이 필요하다고 했던 거 같아요. 일반적인 섀드마법에 쓰이는 그림자 조각의 양과는 차원이 다르다고…. 그리고 아마 왜 자기가 그 연구자 밑에서 나왔는지 이유도 말하려고 한 거 같은데, 말을 마치기도 전에… 숨이…."

당시의 충격이 생생하게 밀려왔는지, 자윤의 낯빛이 한층 더 하얘졌다. 하지만 제론은 그녀에게 호흡을 고를 시간을 줄 수 없었다. 그녀의 말에서 무언가 이상한 점을 발견한 것이다.

"'그림자 조각'이 많이 필요하다고 한 건가요, 아니면 '그림자'가 많이 필요하다고 한 건가요? 정확한 단어가 기억이 나시나요?"

"7년이나 지난 일이라 기억이 잘…. 하지만 그냥 '그림자'라고만 했던 거 같아요. 단어 자체가 중요한가요?"

아마 자윤은 그림자든 그림자 조각이든 같은 말이라고 이해한 모양이었다. 그도 그럴 것이, 일반적으로 섀드세계에서 가르치는 마법에는 대부분 소량의 그림자 조각만이 사용되기에, 당연히 그녀는 에릭의 말이 그림자 조각을 의미한다고 생각했을 것이다. 하지만 제론은 그 연구자가 연구한 마법에는 그림자 자체가 필요했으리라고 직감적으로 알 수 있었다. 그것도 살아있는 섀드나 인간의 그림자가 통째로 들어가는 마법이었을 것이다. 제론은 세린도 그 미묘한 뉘앙스의 차이를 눈치챘는지 확인하기 위해 슬쩍 그녀의 표정을 살폈으나, 세린은 여전히 사무적인 표정을 짓고 있을 뿐이었다.

그래서 제론은 다시 자윤에게로 시선을 돌리며 그녀가 이상하게 생각하기 전에 얼른 말을 이었다.

"아닙니다. 그냥 여쭤본 거뿐이에요. 그런데 혹시 그 돌아가신 직원분께서 이전에 밑에서 일했다던 연구자의 이름을 언급하신 적이 있나요?"

"음… 언뜻 들었던 것 같은데, 이름까지는 기억이 나지 않네요…. 한국 이름이었는데, 아마 성은 한… 황… 아니, '홍' 씨라고 했던 거 같아요."

그러다 문득 자윤은 수사 방향에 대한 의문을 품었는지, 제론을 빤히 보며 질문을 던졌다.

"그런데 이런 것도 사건 기록에 필요한 내용인가요?"

"물론 사건 자체는 핵심만 기록하겠지만, 주변적인 디테일도 들어두면 도움이 돼서요."

세린이 정중한 미소를 지으며 끼어들었다. 세린이 가진 묘한 위압감 때문인지, 자윤은 수긍한 듯 고개를 끄덕였다. 그러다 문득, 새로 떠오른 사실이 있는지 다시 입을 열었다.

"아, 그러고 보니 지능을 가진 그림자에 대한 이야기와 함께 '본체화'…였나? 그런 이야기도 했던 거 같은데…. 오래전 일인데다, 저도 그때 술에 취해있어서 정확하게 기억이 잘 안 나네요. 대체 본체화 마법처럼 흔한 마법이 고대 섀드학이니 전설이니 하는 이야기와 무슨 상관인지는 잘 모르겠긴 한데…."

그 말에 제론은 무심코 눈가를 찌푸렸다. 한 박사가 섀드 문헌 보관소에서 알아낸 이야기에는 지능을 가진 그림자에 대한 내용 이상의 무언가가 있는 모양이었다. 하지만 본체화라니. 본체화는 단순히 그림자화한 대상을 본래의 상태로 되돌리는 마법이었다. 보충반 학생들도 배울 정도의 흔한 마법인데, 대체 어떤 특별한 점이 있다는 걸까?

# 15.
# 홍 박사의 정체

한국에서 돌아온 다음 날 아침. 제론은 뉴욕의 집 침실에 혼자 앉아, 종이와 펜을 앞에 두고 그동안 알게 된 사실들을 차분히 늘어놓고 있었다.

우선, 브룩스 교수이자 한 박사인 과거의 제론 자신이 그림자 갈취를 통해 어떤 목적을 달성하려 했다는 추측은 이제는 거의 사실이라는 확신이 섰다. 그리고 그 목적은 지능을 가진 그림자, 즉 검은 지능체와 관련 있는 듯했다. 한 박사가 사람이나 섀드의 그림자가 여럿 필요한, 지능을 가진 그림자에 대한 연구에 큰 관심을 보였다는 점이 밝혀졌기 때문이었다.

그런데 한 박사가 부여의 섀드 문헌 보관소에서 알게 된 사실은 지능을 가진 그림자에 관한 마법뿐이 아니었다. 자윤의 기억이 옳다면 본체화와 관련이 있다고 추정되는 또 하나의 마법이 함께 얽혀있는 듯했다. 그리고 아마 그 마법과의 연결성이야말로 이 사건의 중요한 열쇠일 것이다. 이제까지 제론이 공부한 바에 의하면 지능을 가진 그림자에 관한 이야기는 그래도 고대 전설에 관심 있는 섀드 사이에서는 어느 정도 알려진 내용이었다. 따라서 한 박사가 단순히 지능을 가진 그림자에 대한 호기심만으로 고대 섀드학에 정신없이 몰두했을 것 같지는 않았다.

'내가 목표로 했던 그 마법은 정확히 뭐였을까?'

더 이상 생각이 술술 풀려나가지 않아, 제론은 답답해하며 펜으로 종이를 툭툭 쳤다.

너무 오래전 일인 데다 술에 취한 상태에서 오간 대화였기 때문인지, 자윤은 당시의 일을 선명하게 기억하고 있지 못했다. 게다가 당사자인 에릭은 이미 사망했고, 그 당시 함께 술자리에 있었던 다른 직원은 이미 막바지쯤에는 취해서 잠들어 있었다고 하니 그 내용을 들었을 리 만무했다.

아무리 생각해도 이제 제론의 눈앞에 남은 단서는 '홍 박사'라는 인물밖에 없는 듯했다. 홍 박사는 과거 제론이 관심을 가진 그 연구를 직접 수행했다던 장본인이었으므로 당연히 제론은 그를 찾아갔을 것이고, 분명 무언가의 교류도 있었을 터였다.

자윤에 따르면 에릭은 그 연구에 대해 이야기를 시작하자마자 숨이 멎었다고 했다. 그러니 당시의 대화 중에 연구의 구체적인 내용이 전부 발설되었을 것이라고는 생각할 수 없었다. 그리고 제론이 혼자만의 힘으로 홍 박사의 연구를 처음부터 끝까지 모방해 냈다고 하기에 7년이라는 시간은 너무 짧았다. 따라서 제론이 그림자 연쇄 갈취를 통해 완성하려던 마법레시피를 손에 넣은 경로는 홍 박사를 통한 것일 수밖에 없었다.

그렇다면 이번에도 홍 박사를 찾아내기만 한다면, 그의 연구 내용과 과거 제론과의 만남에 대해 물을 수 있지 않을까? 물론 과거의 제론이 보였던 신중함을 고려하면 그가 이미 홍 박사의 기억에 손을 댔을 가능성도 있었지만, 운이 좋다면 몇 가지의 해답은 얻을 수 있을 것이다.

그런데 과거의 제론은 홍 박사를 대체 어떻게 찾아낸 것일까? '홍'이라는 성을 가진 박사의 존재에 대해 들었더라도, 그 인물이 어디에 사는 누구인지 식별하기는 어려웠을 텐데. 대체 어떻게?

제론은 펜을 손가락 사이로 빙글빙글 돌리며, 7년 전 부여의 섀드 문헌 보관소를 다녀온 이후 자신의 행적을 차근차근 다시 더듬어 생각해 보았다.

"…아!"

생각을 거듭하던 중, 제론은 새롭게 떠오른 가설에 문득 짧은 탄성을 질렀다. 7년 전부터 지금까지의 제론의 행보를 돌이켜

보니 떠오르는 단어가 하나 있었다. 바로 '유명세'였다. 7년 전 급하게 만들어 낸 신분인 J. H. 율릭스는 분명 두 편의 소설로 소설가라는 신분을 얻었는데도 굳이 《두 어둠의 지배자》와 《일랑의 기적》을 추가로 발표하며 이름을 알렸다. 문체나 문장력에 큰 차이가 있었던 점을 감안하면, 아예 이후의 작품들은 제론 자신이 직접 쓴 것이 아닐 가능성도 컸다. 그리고 제론은 5년 전, 브룩스 교수라는 또 다른 신분을 만들어 다양한 학술지에 글을 기고하며 또다시 이름을 알리기 시작했다.

찾고자 하는 인물을 찾을 방법을 모른다면, 그 인물이 나를 찾아오게 하면 된다. 과거의 제론은 홍 박사나 그의 연구 내용을 찾아내지 못하자, 자기 자신을 유명하게 만들어 역으로 홍 박사가 자신을 찾아오게 만든 게 아니었을까? 생각해 보면 제론이 남긴 글들에는 홍 박사의 주의를 끌 만한 내용이 다수 포진되어 있었다. 소설 《두 어둠의 지배자》에는 대놓고 검은 지능체를 연구하는 섀드의 이야기를 실었고, 《일랑의 기적》에도 고대의 금지된 마법을 탐구하는 연구자가 단역으로 등장한다. 이제야 든 생각이긴 하지만 브룩스 교수가 학술지에 기고한 글 중에도 고대의 위험한 마법에 대한 탐구 그리고 고대의 전설을 구현하기 위한 시도 같은 주제가 교묘히 섞인 글들이 많았다. 별생각 없이 훑어보면 아주 평범하지만, 무언가를 알고 있는 사람의 시선으로 보면 거슬릴 만한 것들이었다.

이 가설이 옳다면, 제론의 연락 기록 중 어딘가는 홍 박사와 닿았던 흔적이 남아있을 것이다. 직접적인 연락을 주고받지 않았다면 누군가를 통해서라도 말이다. 제론은 다시 한번 연락 기록을 살피며 가설을 검증해 보기로 했다. 일이 잘 풀린다면, 이전에 제론 자신이 홍 박사와 연결되었던 그 동일한 경로를 따라 이번에도 그를 찾아낼 수 있을 터였다.


제론은 브룩스 교수와 J. H. 율릭스의 섀이덤 그리고 섀블릿을 가지고 주방으로 이동해 식탁 앞에 앉았다. 오전 내내 아무것도 먹지 않고 생각에만 집중했더니 허기가 졌다. 그래서 그림자에서 복원한 양파 수프를 천천히 떠먹으며 섀이덤에 남아있는 연락 기록을 처음부터 다시 살피기 시작했다.

일단 브룩스 교수와 J. H. 율릭스 둘 중 누구의 섀이덤에도 홍 박사로 추정되는 인물과 연락을 주고받은 내역은 없었다. 조금이라도 의심스러운 내용의 연락이 있었다면 제론이 이미 처음 섀이덤을 살펴볼 때 알아차렸을 것이기에 어쩌면 당연한 일이었다. 그리고 브룩스 교수나 J. H. 율릭스 모두 직업 특성상 여러 고대 섀드학 연구자와 오간 연락 기록이 남아있긴 했지만, 어느 곳에서도 홍 박사라는 이름이 언급된 적은 없었다. 하지만 홍 박사와의 직접적인 연결이 없을 수 있다는 점은 제론도 이미 충분히 예상했던 바였다.

그렇다면 다음 단계는 다리 역할을 했을 만한 중계자를 찾는 일이었다. 제론은 수프에 빵을 찍어 먹으며, J. H. 율릭스의 연락 기록에서 유독 빈번하게 등장하는 이름인 'K. 모예스'를 물끄러미 바라보았다. 기록을 보아하니 K. 모예스는 그의 소설을 담당한 편집자인 모양인데, 소설이 출판된 후에도 빈번하게 통화 발신 이력이 찍혀있다는 사실이 그의 주의를 사로잡았다. 그리고 일이 주 정도 간격으로 남아있던 발신 이력은 3년 전 여름을 마지막으로 끊겨있었다. 제론은 문득 떠오르는 생각이 있어 J. H. 율릭스의 소설 중 하나를 골라와 뒷면을 펼쳤다. 소설의 마지막 페이지 하단에는 출판사의 연락 정보가 찍혀있었다.

제론의 가설에 따르면, 과거의 자신이 출판 후에도 자주 출판사로 연락한 이유는 자신을 찾는 인물이 있는지 알고 싶었기 때문이 아닐까 싶었다. 그리고 홍 박사를 결국 찾아낸 3년 전, 연락을 중단한 것이 아닐까?

J. H. 율릭스의 새이덤을 장착한 섀블릿을 집어 든 제론은 잠시 고민하다가 K. 모예스에게 메시지를 보냈다.


케빈. 3년 전쯤 나를 보고 싶다 했던 독자분 말이야. '홍'이라는 성을 가진 한국인 독자가 있었는데. 기억해?


J. H. 율릭스는 이전의 연락에서 늘 편집자를 이름으로 친근하게 불렀기에, 제론 역시 그 말투를 최대한 흉내 내 메시지를 완성했다. 홍 박사를 알게 된 통로가 출판사가 맞는지는 알 길이 없었으나 그래도 작은 확률이라도 기대어 보는 수밖에 없었다. 이 추측이 맞았기를 바라며, 제론은 식사를 천천히 재개했다.

하지만 답장이 너무나 일찍 도착하는 바람에, 제론은 마지막 한 입을 채 삼키지 못하고 사레가 들려 기침을 쏟아냈다.


J. H. 오랜만이에요. 3년 전에, 한국인 독자라면… 그때 출판사 건물에서 만나보겠다고 했던 분 말인가요? 갑자기 무슨 일로 찾는 거죠?


'홍 박사'라는 인물을 출판사를 통해 만났으리라는 가설이 정확히 맞아떨어진 모양이었다. 제론은 속으로 쾌재를 부르며 빠르게 답변을 보냈다.


갑작스럽게 미안해. 그때 한 번 만났었는데, 본인이 섀드연금술학자라면서 나중에 작품 준비할 때 자문이 필요하면 연락하라고 했었거든. 독자분께 도움을 받기 조금 민망해서 잊고 지냈는데, 이번에 새로 작품을 준비하려다 보니 그래도 다시 연락을 해보고 싶더라고. 혹시 이름이나 연락처가 남아있으면 받을 수 있을까?

(p.s. 작품은 이제 시작하는 단계라서 미리 연락 못 했어. 조금 구체화되면 다시 알려줄게.)


과거 자료를 찾아보는 데 시간이 조금 걸려서인지, 답장은 제론이 그림자 복원한 커피 한 잔을 다 마셔갈 때쯤 도착했다.


찾아보니 '제임스 홍'이라는 이름이었네요. 섀이덤 코드 남겨요. 작품 구상하면 나한테 먼저 연락해 줘야 해요. 알죠?


다행히 별다른 의심을 사지는 않은 모양이었다. 제론은 대충 답변을 써 보내고는, 바로 전달받은 섀이덤 코드를 섀블릿에 입력해 보았다. 화면에 표시된 이름이 'K. Hong'인 걸 보니, 아마 '제임스'라는 이름은 본명이 아니었던 모양이었다. 한국 출신일 테니 제임스는 영어 이름일지도 모른다. 그런 사소한 부분은 아무래도 좋다고 생각하며, 제론은 망설임 없이 그 코드로 전화를 걸었다. 하지만 반대편에서 들려온 음성은 뜻밖의 것이었다.

"'기현 홍Ki-Hyun Hong'의 섀이덤입니다. 명의자의 사망으로 정지

된 코드이므로, 입력하신 코드를 다시 한번 확인해 주세요."

인간 여성의 목소리처럼 들리지만 아마 젠 같은 인공지능의 목소리인 듯했다.

"명의자가… 사망?"

제론은 헉, 하고 숨을 멈췄다. 불현듯 머릿속에 제이와의 마지막 대화가 울려 퍼졌다.


"2년 전에 돌아가셨어요."

"할아버지가 워낙 이상한 섀드연금술 연구를 많이 해와서…."


섀드연금술 연구자라던 제이 홍의 할아버지. 괴짜 연구자라는 소문에, 2년 전 사망했다는 사실까지…. 과거의 제론이 찾아 헤매던 홍 박사와 제이의 성이 같은 것은 단순한 우연이 아닐 수 있겠다는 생각이 들었다.

하지만 홍 박사가 제이의 할아버지와 동일 인물이란 생각은 아무리 그럴듯해도 아직은 추측에 불과했다. 그래서 제론은 남은 오후 동안 기현 홍 또는 제임스 홍이라는 연구자에 대한 정보를 찾기 위해 고군분투했다. 섀드 정보 네트워크 속에서 헤매며 그가 발표한 논문 하나, 그가 참여한 콘퍼런스 하나라도 찾아보려고 애썼지만, 성과는 전혀 없었다. 연구자라면서 공개된 정보가 이렇게까지 없을 수 있다니. 도리어 제론이 당황스러울 정도였다. 안타깝게도 그는 세상에 알려질 만한 종류의 연구는 전혀 하지 않은 모양이었다. 아니면 '세상에 알려져서는 안 되는' 연구여서 철저히 숨긴 것이거나.

혼자서 찾을 수 있는 정보가 전혀 없었으므로, 제론에게 남은 선택지는 하나였다. 월요일의 첫 수업은 〈섀드세계의 역사와 규칙〉이었는데, 제론은 일부러 옆자리가 비어있는 맨 뒷줄 좌석에 자리를 잡았다. 월요일 오전 첫 수업에는 일찍 오는 법이 없는 제이를 겨냥한 자리 선정이었다.

제론의 예상대로 제이는 프림 교수가 강의를 막 시작한 후에야 헐레벌떡 들어와 그의 옆자리에 앉았다. 하지만 막상 그가 눈앞에 나타나자 제론은 머릿속에 있던 질문을 하나도 입 밖으로 꺼내지 못했다. 다짜고짜 할아버지에 대해 물으면 너무나 수상해 보이리라는 생각이 머리를 스친 것이다.

섀드세계의 수장인 '섀이던트Shaedent'와 섀드내각에 대한 프림 교수의 길고 지루한 설명이 이어지는 동안, 제론은 열심히 머리를 굴려보았으나 자연스러운 첫마디가 영 떠오르지 않았다. 결국 입을 한 번도 떼지 못한 채 수업이 끝나버렸고, 제이는 어느새 교재와 섀블릿을 챙겨 자리에서 일어나고 있었다.

"저… 제이!"

이어질 말을 아직 결정하지 못했다는 사실도 잊은 채, 제론은 자신도 모르게 제이를 불러 세웠다.

"그… 혹시 이따 기숙사 방 한 번만 구경해도 돼요? 그게… 그러니까… 통학이 조금 번거로운 거 같아 기숙사를 봐둘까 해서…."

다음 말을 기다리며 그를 바라보고 선 제이를 보니 어쩐지 조급해져, 제론은 일단 머리에 떠오르는 대로 말을 내뱉어 버렸다. 바보 같은 말밖에 하지 못했다는 자책감이 바로 밀려왔으나, 이미 말을 뱉어버린 이상 순진한 웃음을 지어 보이는 것밖에 더 할 수 있는 행동은 없었다.

"당연히 괜찮죠. 그럼 이따 점심시간에 잠깐 들러요!"

다행히 단순하고 사교적인 성격의 제이는 별다른 이상한 느낌은 받지 못했는지, 씩 웃으며 흔쾌히 수락해 주었다.


그렇게 점심시간에 제이의 기숙사 방을 방문하게 된 제론은 자연스럽게 할아버지에 대한 이야기를 꺼낼 방법을 궁리하며 남은 오전을 보냈다. 하지만 결국 그 모든 고민은 무용지물이 되었는데, 제이의 방에서 전혀 생각지 못한 물건을 마주했기 때문이었다.

"이 책…은 뭔가요?"

제이의 방에는 1학기 수업 교재 외에도 잡다한 물건들이 가득했다. 그중 잡동사니 더미 한가운데 파묻히듯 끼어있던 《새드전설 모음집》이라는 낡은 책이 단박에 제론의 눈을 사로잡았다. 사실 그것은 정식으로 발행된 책이라기보다는 개인적인 기록장에 가까워 보였다. 투박한 표지에 《새드전설 모음집》이라는 제목이 친필로 적혀있고, 그 아래에는 검은 잉크로 희미하게 K. Hong이라는 이름이 남아있었다.

"아…, 돌아가신 할아버지께서 물려주신 책이에요. 책이라고 하기에는 그저 할아버지께서 직접 새드전설과 신화를 모아 적어두신 기록장에 가깝지만. 할아버지는 특이하신 분이셨어서, '새드라면 우리 세계의 신화와 전설 정도는 알아둬야 한다'고 늘 강조하셨거든요. 궁금하면 빌려가도 돼요. 정작 나는 새드설화 같은 거에 별로 관심이 없어서 읽어보지는 않았지만."

"어떤 내용인지 이 자리에서 조금만 읽어봐도 될까요?"

제이는 그렇게 하라는 듯 고개를 끄덕이더니, 제론이 책을 살피는 동안 침대에 반쯤 누워 인간세계의 게임기를 가지고 놀기 시작했다.

"하얀 그림자의 전설, 새드가 된 인간의 이야기, '영影' 국가의 건국신화…, 지능을 가진 그림자의 전설…!"

제론은 혼자 중얼거리며 책장을 빠르게 넘기다, '지능을 가진 그림자의 전설'이라는 챕터를 발견하고 손을 멈췄다. 제이의 할아버지, 즉 이 책의 이전 주인이자 집필자가 K. Hong이라는 이름의 연구자라는 점은 절대 우연일 리 없었다. 그는 과거의 제론이 그토록 찾아 헤맸던, 지능을 가진 그림자와 관련된 마법을 연구하던 바로 그 홍 박사인 게 분명했다.

결국 제론은 더 자세히 살펴보기 위해 그 책을 빌려 나올 수밖에 없었다. 그리고 저녁에 뉴욕의 집으로 돌아가자마자 옷도 갈아입지 않고 바로 식탁에 앉아 '지능을 가진 그림자의 전설' 챕터를 읽기 시작했다.

고대에는 지능을 가진 그림자 혹은 검은 지능체라는 존재를 생성하는 신비한 연금술이 있었다. 이 마법에는 7개의 그림자와 사막여우 털, 달맞이꽃 등의 재료가 필요하다고 알려져 있으며, 이를 통해 탄생한 존재들은 명령을 해석하고 수행할 줄 아는 지능을 가진, '본체가 없는 그림자'였다.

이들은 본체에 구애받지 않고 자유롭게 움직이기 때문에, 부지불식간에 적의 그림자를 습격해 살해하는 데 특화된, '지능을 가진 무기'들이었다. 특히 인간들은 그림자 습격에 전혀 대비하지 못하는 경우가 많아, 고대에는 인간 왕국에서도 검은 지능체를 생성하고 부릴 수 있는 섀드들을 포섭해 아군의 피해 없이 상대 왕국을 섬멸하는 전략이 유행했었다.

   …

  '지능을 가진 그림자의 전설' 챕터의 전반적인 내용 자체는 그리 대단할 것은 없었다. 제론이 홍 박사를 만나기 이전에 작성한 《두 어둠의 지배자》의 프롤로그와도 유사한 부분이 많은 점을 보면, 아마 고대 전설에 관심 있는 섀드들 사이에서는 꽤나 공공연히 전해져 내려오는 내용인 모양이었다.

  다만 중간중간 섞여있는 묘하게 구체적인 문장들이 제론의 시선을 붙잡았다. 일곱 개의 그림자가 필요하다는 내용도 그렇고, 사막여우의 털이나 달맞이꽃은 실제로 제론이 가지고 있는 비밀레시피에도 그대로 적혀있는 재료였다. 이 정도로 구체적인 내용은 지능을 가진 그림자를 언급하던 그 어떤 책에서도 본 적이 없었다. 홍 박사는 아주 예전부터 지능을 가진 그림자가 단순한 전설이 아닌, 실존하는 마법임을 알아채고 있었던 걸까? 어쩌면 그 이상의 정보도 이미 오래전부터 그의 수중에 있었을지 몰랐다.

  하지만 이 정도만으로는 제론이 목표로 하던, 그리고 아마도 홍 박사가 거의 완성시켰을 '그 마법'이 무엇인지 전혀 유추할 수 없었다. 제론은 다른 정보가 더 없을지 고민하며 페이지를 무심히 넘겨보다, 바로 다음 챕터인 '그림자의 숲 이야기'에서 손을 멈췄다. 해당 챕터에서 반복적으로 등장하는 아스카일이라는 이름이 눈에 강렬하게 들어왔기 때문이었다.

고대 섀드전쟁을 끝내고 통일 섀드제국을 건설한 아스카일에게는 숨겨둔 비밀 공간이 있었다. 아스카일의 직계 후손 외에는 그 누구도 가보지 못한 공간이지만, 모두 어디인지도 모를 그곳을 '그림자의 숲'이라고 불렀다. 아스카일의 손에 목숨을 잃은, 수도 없이 많은 그림자들이 그곳에 잠들어 있다는 이유에서였다.

전해져 내려오는 이야기에 따르면, 아스카일이 고대 섀드전쟁을 끝내면서 함께 봉해버린 마법은 검은 지능체를 생성하는 연금술 외에도 한 가지 더 있었다. 고대의 목격자들에 의하면 그 마법은 아스카일 이전에는 존재하지 않았던 듣도 보도 못한 마법이며, 전쟁에서 아스카일의 승리를 이끈 힘의 원천이었다고 한다. 아스카일은 전쟁을 끝낸 후 그가 발명한 마법에 영원한 마침표를 찍기로 결심했지만, 그가 만들어 낸 특수한 마법재료는 완전히 없애는 것이 불가능했다. 그래서 아스카일은 그것을 숨겨놓기 위해 그림자의 숲이라는 공간을 만들었고, 대대로 자신의 직계 후손에게만 위치를 알려 그곳을 지키도록 했다.

그 누구도 두 눈으로 본 적 없는 일이지만, 어디에서 새어나왔는지 모를 말들이 모여 이러한 전설을 이뤘고, 세상 사람들은 아스카일이 감춰두었다는 그 의문의 마법재료를 일컬어 '악마의 그림자 조각', 즉 고대 섀드어로 '샤티아텐Schattiaten'이라 부르기 시작했다.

　...


"샤티아텐!"

찾아 헤매던 단어와 뜻밖의 조우에, 제론은 자신의 심장이 사정없이 널뛰는 것을 느낄 수 있었다.

이전에 유란섀드학교의 전설과 미스터리 동아리에서 케이틀린은 "유란 셴이 아스카일의 후손이고, 아스카일이 숨겨둔 무언가에 대한 단서를 유란섀드학교에 남겨두었을 수 있다"고 말했었다. 놀랍게도 케이틀린의 이야기와 홍 박사가 기록해 둔 전설의 내용 그리고 제론 자신이 보관하고 있던 레시피, 이 모든 것은 하나로 연결되어 있었다. 그 조각들을 이어보면 유란 셴은 아스카일의 후손이고, 아스카일이 숨겨둔 위험한 마법재료인 샤티아텐이 위치한 그림자의 숲을 지키고 있었다는 결론이 나온다. 아마 과거의 제론이 유란섀드학교에서 찾아 헤맨 것이 바로 그것이리라.

그리고 "아스카일이 고대 섀드전쟁을 끝내면서 함께 봉해버린 마법은 '검은 지능체'를 생성하는 연금술 외에도 한 가지 더 있었다"는 구절. 이것이 바로 홍 박사의 연구 주제이자, 제론의 목표이자, 샤티아텐이라는 전설의 재료가 필요한 이유인 모양이었다. 아스카일을 고대 섀드전쟁의 승리로 이끈 새로운 마법이라….

제론의 머릿속에서 검은 지능체와 미지의 새로운 마법, 섀드전쟁과 홍 박사와 자기 자신에 대한 생각이 섞여 빙글빙글 돌았다. 홍 박사는 대체 왜 이러한 전설 속 마법을 연구하고 있었던 걸까? 그리고 마찬가지로 과거의 자신은 왜 이러한 마법에 관심을 가졌던 걸까? 근본적으로, 홍 박사와 이전의 제론이 가지고 있던 목적은 동일했을까 아니면 서로 달랐을까?

이러한 생각에 잠겨있던 제론은 문득, 홍 박사가 이 마법을 이토록 오랫동안 연구해 왔는데도 그림자 갈취라는 범죄가 수면 위로 올라오지 않았다는 사실에 의아함을 느꼈다. 이 책, 아니이 기록장의 상태를 보면 홍 박사는 아주 오래전부터 전설 속 마법들을 대부분 파악하고 있었던 것이 분명했다. 지능을 가진 그림자를 만드는 데 일곱 개의 그림자가 필요하다는 점부터, 샤티아텐이라는 재료가 아스카일과 관련된 어딘가에 숨겨져 있다는 것까지. 순서상, 홍 박사는 아주 오랜 시간 동안 전설 속 마법을 쫓고 있었고, 제론이 가지고 있던 지식은 모두 홍 박사로부터 넘어왔다고 보는 게 자연스러웠다. 그런데도 제론 자신이 일으켰다고 추정되는 이번의 그림자 연쇄 갈취 사건 이전에는 그림자 갈취라는 마법의 존재조차 알려지지 않았다고 했다.

혼란스러운 마음으로, 제론은 일전에 제이와 나눴던 대화를 곱씹어 보았다.

"할아버지가 13년 전인가? 그때쯤 캐나다로 이사 와서 정착하시면서 한국에 갈 일이 없어졌거든요. 한국에서 살던 동네에서 알 수 없는 사인死因으로 한 섀드가 죽었는데, 할아버지가 범인으로 몰릴 뻔해서 캐나다로 도망 오셨다나⋯."

13년 전쯤 알 수 없는 이유로 동네의 섀드가 죽어 캐나다로 도망갔다는 홍 박사. 그 당시 홍 박사는 살아있는 섀드의 그림자를 분리하는 마법을 시도했다가, 생각지 못하게 대상이 사망하자 겁이 나 도망친 게 아닐까? '홍 박사는 잊혀진 고대의 마법을 다시 연구하는 데는 관심이 있었지만, 범죄를 저지르면서까지 마법을 구현하고 싶지는 않았을 수 있다'라고 해석하면 얼추 들어맞았다. 사람은 대부분 호기심이 든다고 해서 남에게 피해가 갈 것이 뻔한 일을 태연하게 저지르지는 않으니까.

하지만 홍 박사가 자신이 저지른 범죄에 당황해 캐나다로 도망간 것이라면, 과거의 제론은 그림자를 갈취하는 방법 그리고 훔친 그림자를 이용한 특수한 마법레시피를 어떻게 홍 박사에게서 얻어낸 걸까? 만약 홍 박사가 범죄를 저지르고 싶지 않아서 자신의 연구를 현실로 만든다는 꿈을 접어뒀다면, 다른 섀드에게 그 레시피를 쉽게 넘겨줄 리가 없었다. 다른 섀드가 그의 레시피를 활용하기 위해 범죄를 저지른다면 이 또한 그의 과오가 될 테니까.

제론은 뒤이어 떠오른 생각을 차마 뿌리치지 못하고 눈을 질끈 감았다. 더 이상 자기 자신을 나쁘게 생각하고 싶지 않았지만, 쉬이 넘겨버리기에는 가능성이 너무 높은 가설이었다.

'2년 전 홍 박사의 사망 역시 과거의 나와 연결된 것이라면 어떻게 하지? 만약 과거의 내가 마법레시피를 훔치기 위해 홍 박사를 살해했다면?'

## 7월 밤의 기억

'이제라도 내가 범인이라고 자수하는 게 나으려나? 하지만 기억이 나지도 않고, 제대로 된 물증이 있는 것도 아닌데….'

다음 날 오전, 〈그림자 공격과 방어〉 강의를 기다리는 동안 제론은 멍하니 고민에 빠져있었다. 자신이 생각보다 더 악랄한 사람이었을지 모른다는 생각에, 끝없는 근심이 제론을 집어삼켰다. 과거의 제론이 홍 박사를 의도적으로 살해하고 마법레시피를 훔쳤다면, 그림자 연쇄 갈취 사건도 학문적 목적으로 벌인 실수라고 치부할 수는 없다. 그는 정말로 자신의 목적을 달성하기 위해서라면 다른 이들의 목숨 따위는 개의치 않는 악인이었던 걸까?

하지만 '지능을 가진 그림자'와 '샤티아텐' 그리고 '아스카일이 발명한 미지의 마법'이라는 키워드만 간신히 알아냈을 뿐, 과거의 제론이 완성해 내려 한 마법이 무엇인지는 아직 이해하지 못했다. 이렇게 기억의 구멍을 메우지 못한 채로 자신이 범죄자라고 결론을 내리기는 너무나 찜찜했다. 게다가 이 모든 것은 아무리 설득력이 있다고 해도 그의 추측으로 이어 붙인 결론일 뿐, 확실한 증거가 있는 것은 아니었다. 이러한 상태로 대충 자백한다 해도 섀드가더들이 그의 말을 믿기나 할까?

제론이 이런 생각을 하는 동안, 어느새 강의실 문이 열리더니 로렌츠 교수가 걸어 들어왔다. 그리고 당황스럽게도 그 뒤를 따라 열 명의 정규반 학생들이 줄지어 입장했다. 이런 상황은 모든 보충반 강의를 통틀어 처음 있는 일이라, 딴생각에 빠져있던 제론 역시 주의를 기울일 수밖에 없었다.

"오늘 수업은 조금 색다른 내용으로 준비했습니다. 이제까지는 허공에 혹은 기계를 상대로 마법을 연습해 보는 게 다였다 보니, 오늘은 특별히 실전 연습을 해보려고 해요. 여기 있는 정규반 학생 열 명이 상대가 되어줄 겁니다."

실제 섀드를 대상으로 공격과 방어 마법을 연습하는 것은 처음 있는 일이라, 보충반 학생들 사이에서 기대와 걱정이 뒤섞인 웅성거림이 퍼져 나갔다. 수업에 집중할 만한 마음 상태가 아니었던 제론마저도 약간의 흥미를 느낄 수밖에 없었다.

로렌츠 교수의 지휘에 따라 보충반 학생들은 열 명씩 한 조를 이루어 차례차례 정규반 학생들 앞에 섰다. 제론은 세 번째 조에 속해있어서, 일단 마음 놓고 앞선 학생들의 실습을 구경했다. 정규반 학생들은 로렌츠 교수에 의해 강제로 차출되어서인지 아니면 그저 보충반 학생들의 마법수준이 너무 시시해서인지 대부분 지루해하는 기색이었다. 제론이 보기에도 정규반 학생들과 보충반 학생들은 전력이 많이 차이 나긴 했다. 정규반 학생들이 힘을 빼고 날리는 간단한 공격마법도 제대로 막아내지 못하는 학생이 대다수였다. 마법결투에 누구보다 익숙할 세린 역시 서툰 척 몇몇 공격을 놓치며 자신의 정체를 열심히 숨기고 있었다.

그렇게 앞선 두 조의 실습이 끝나고, 제론이 속한 조의 차례가 돌아왔다. 제론은 캐리 레이필드라는 이름의 여학생 앞에 서게 됐는데, 앞선 실습 때 지켜보니 그녀는 보충반 학생들과 겨뤄야 하는 이 상황에 특히나 불만이 많은 모양이었다. 많은 정규반 학생처럼 보충반 자체를 못마땅하게 여기는 것인지, 아니면 단순히 지겨운 실습에 시간을 낭비해야 한다는 사실에 짜증이 난 것인지는 알 수 없지만 말이다. 이유가 무엇이든 제론은 자신만큼은 최대한 흥미로운 상대가 될 수 있도록 노력해야겠다고 생각하며 자세를 잡았다. 그리고 나름대로 캐리가 날린 두세 번의 그림자 공격을 훌륭히 막아내는 데 성공했다.

그런데 그때, 세린이 줄에서 이탈해 강의실을 몰래 빠져나가는 모습이 제론의 눈에 강하게 들어오며 그의 집중력을 뒤흔들어 놓았다. 로렌츠 교수와 다른 학생들은 실습에 집중하느라 누구도 세린의 이탈을 눈치채지 못한 듯했지만, 세린의 정체를 알고 있는 제론은 자연스럽게 그녀의 돌발 행동이 신경 쓰일 수밖에 없었다.

하지만 안타깝게도 실습 상대를 앞에 두고 다른 곳에 정신을 파는 모습을 이해해 줄 만큼 제론의 상대는 마음이 넓지 않았다. 더군다나 제론이 이미 캐리의 공격을 모두 수월하게 막아낸 후였기에, 캐리는 제론이 그녀를 너무나 무시한 나머지 이런 건방진 태도를 보인다고 생각한 모양이었다. 그래서 제론이 뒤늦게 캐리의 존재를 기억해 내고 실습 현장으로 시선을 돌렸을 때는, 이미 캐리가 최대한의 실력을 발휘해 그에게 그림자 공격을 날려버린 후였다.

실습용 고무 칼 그림자가 수십 개로 복제돼 복잡한 궤도를 그리며 제론에게 날아오고 있었고, 뒤늦게 이를 알아차린 제론에게는 그림자 칼을 하나하나 막아낼 시간이 없었다. 그래서 그는 그림자를 딱딱하게 굳혀 타격을 최소화하는 마법인 '그림자 경화 마법'이라도 발동하기로 마음먹고, 눈을 감은 채 그림자의 힘으로 온몸을 채우는 데 집중했다.

그런데 그 순간, 전혀 예상치 못한 일이 벌어졌다. 아직 마법 주문을 채 외우지도 않았는데, 갑자기 제론을 중심으로 돌풍이 불듯 알 수 없는 거센 에너지가 사방으로 퍼져 나간 것이다. 제론 자신조차 무슨 일이 일어났는지 이해하지 못하는 사이에 이미 앞에 서 있던 캐리는 한쪽 팔에 피를 흘리며 쓰러져 있었고, 주변에서 실습하던 학생들도 어안이 벙벙한 표정으로 넘어져 있었다.

제론은 어떻게든 이 상황을 이해하고 설명해 내기 위해 빠르게 주변을 살펴보았지만, 아무래도 어떤 말로도 수습이 안 되는 상태인 듯했다. 캐리는 다행히 팔의 피부만 살짝 찢어진 정도인지 금방 정신을 차리고 일어섰지만, 일개 보충반 학생에게 이런 수모를 당한 것이 분한지 그를 잡아먹을 듯이 노려보고 있었다. 주변 학생들의 얼굴에도 놀라움, 황당함 그리고 제론을 향한 원망이 뒤섞여 있었고, 냉정을 유지하는 게 특기인 세린조차 어느새 강의실로 돌아와 한쪽 눈썹을 치켜올린 채 아수라장을 바라보고 있었다.

다행히 그 누구보다 먼저 정신을 차린 로렌츠 교수가 상황을 수습하기 위해 앞으로 나섰다.

"하하…, 아무래도 에론 군이 잠재된 힘을 통제할 만한 숙련도가 부족해서 그런 거 같군요. 잠재된 마법적 재능이 뛰어난 어린 섀드들은 이런 식으로 몸이 먼저 공격에 반응해 버리는 경우가 종종 있습니다. 큰 상처는 아닌 듯하지만 그래도 캐리 양이 치료를 받아야 할 거 같으니 오늘 수업은 여기서 중단하도록 하죠."

로렌츠 교수의 기지로 상황이 어떻게든 잘 마무리되긴 했지만, 이 사태의 원인인 제론은 아무 일 없었다는 듯 바로 자리를 뜰 수는 없었다. 세린에게 어떤 신경 쓰이는 일이 생긴 건지 알아보기 위해 곧바로 그녀의 뒤를 쫓을 생각이었는데, 로렌츠 교수가 슬그머니 강의실을 떠나려던 제론을 가로막았다. 그리고 다른 학생들이 모두 강의실을 떠난 후, 제론을 데리고 동쪽 동으로 향했다.

"에론 군. 아까는 내가 대충 수습하느라 '잠재된 재능이 뛰어난 어린 섀드들은 몸이 먼저 공격에 반응할 때가 있다'고 둘러댔지만, 사실은 그렇지 않아요. 이 현상은 '그림자 폭주'라고 불리는데, 자신이 자각하지 못하는 사이에 마법에너지를 발산할 만큼 대단한 재능을 가진 섀드는 몇백 년에 한 명 있을까 말까 하죠. 나도 이 내용을 이론으로만 알고 있을 뿐, 실제로 목격한 건 에론 군이 처음이에요."

로렌츠 교수는 걸음을 옮기며 조금 흥분한 듯 빠르게 설명을 늘어놓았다. 제론은 그가 자신을 문책하려는 것인지 아니면 단순히 호기심을 가진 것뿐인지 분간할 수 없어, 잠자코 그의 뒤를 따라 발을 움직였다. 그런데 놀랍게도 로렌츠 교수가 제론을 데리고 향한 곳은 총장실이 있는 P층이었다.

깊은 무게감이 느껴지는 복도를 가로질러 총장실의 문 앞에 이르자, 곧바로 문이 스르르 열리면서 책상 앞에 앉아있는 그레이엄 교수의 모습이 보였다. 무언가 중요한 일을 처리하던 중이었는지, 그는 새블릿의 크기를 최대로 늘린 채 심각한 표정으로 들여다보고 있었다.

"그레이엄 교수님."

로렌츠 교수는 제론에게 아무런 설명도 해주지 않은 채 성큼 총장실 안으로 들어갔고, 제론은 눈치를 살피다 이내 그 뒤를 따랐다.

"무슨 일이죠?"

고개를 들고 로렌츠 교수와 제론을 차례로 살핀 그레이엄 교수의 눈빛에는 일을 방해받았다는 짜증보다는 흥미롭다는 듯한 반짝임이 담겨있었다.

"이쪽은 보충반 학생인 에론 레브런 군입니다. 원래도 재능이 뛰어난 학생이긴 했지만, 오늘 수업 중에는 그림자 폭주 현상을 일으켰습니다."

이러한 로렌츠 교수의 설명이 긍정적 의미인지 부정적 의미인지 알 수가 없어, 제론은 당황스러운 마음으로 로렌츠 교수와 그레이엄 교수를 번갈아 바라보았다. 그레이엄 교수는 이 이야기에 꽤 강한 호기심을 보이는 듯했으나, 역시 그 관심을 어떤 쪽으로 해석해야 할지 알 수 없었다. 제론이 이렇게 눈치만 보는 사이, 로렌츠 교수가 말을 이었다.

"전례가 없는 일이긴 하지만, 이 학생을 정규반으로 편입시키면 어떨까 제안하려고 합니다. 그레이엄 교수님도 아시겠지만, 자신도 모르게 그림자 폭주를 일으킬 만큼 대단한 잠재적 재능을 가진 섀드는 흔하지 않습니다. 에론 군이 어떤 사정으로 이제까지 섀드로서 교육을 못 받은 건지는 모르겠지만, 아마 체계적인 훈련을 받으면 단기간에 정규반 학생들을 따라잡고도 남을 겁니다!"

뜻밖에도 로렌츠 교수는 제론이 수업 중 사고를 일으킨 것을 질책하기는커녕, 정규반으로 영입하고 싶을 만큼 그의 재능을 높게 산 모양이었다. 하지만 제론은 스스로가 사실 '천재적 재능을 가진 젊은 섀드'가 아니라 '오랜 기간 수련을 거쳤으나 기억을 잃어버린 섀드'에 불과하다는 점을 알았기에, 이 상황에 당황하며 슬쩍 시선을 피했다.

그런데 눈길을 돌리다 문득 벽에 걸린 유란 셴의 초상화에 잠시 시선이 멈춰 선 순간, 불현듯 이상한 기분이 그를 감싸 오기 시작했다. 마치 초상화 속 유란 셴의 형상이 소리 없이 그를 부르는 듯한, 아주 기묘한 느낌이었다. 시간이 더없이 아득하게만 느껴지고, 초상화에서 뿜어져 나오는 알 수 없는 마법의 기운이 그를 매혹하듯 감싸 안았다. 제론 자신도 어찌할 수 없는, 본능적인 영혼의 이끌림이었다….

"에론 군?"

얼마나 시간이 흘렀을까. 불현듯 그레이엄 교수의 목소리가 다시 제론의 귓속에 파고들었다. 주변의 모든 소리가 사라지고, 세상에 오직 제론과 유란 셴의 초상화만 남아있는 듯한 신비로운 숙연함과 긴장감이 비로소 깨졌다.

"에론 군 생각은 어떠냐고 물었습니다."

"…네?"

아무것도 듣지 못한 탓에 제론은 멍청하게 되물을 수밖에 없었다.

"에론 군만 원한다면 다음 학기에 정규반 편입 시험을 치게 해준다고요. 시험을 통과하면 내가 지도하는 '그림자 방어술' 전공생으로 들어오게 될 겁니다."

로렌츠 교수가 친절하게 설명을 되풀이해 주었다.

"아, 네…. 너무나 감사한 제안이지만, 조금 갑작스러워서….
이번 학기가 끝날 때까지 천천히 생각해 봐도 될까요?"

아직도 유란 셴의 초상화에서 느낀 묘한 감각의 여운에서 빠
져나오지 못해, 제론은 어물쩍 대답을 미룬 후 머리가 아프다는
핑계로 서둘러 자리를 떠났다. 로렌츠 교수와 그레이엄 교수는
의아한 눈빛이었으나, 아까 무의식적으로 그림자의 힘을 강하
게 흘려보낸 후유증이라고 이해했는지 별말 없이 그를 보내주
었다.

이후 제론은 착실히 오후 수업에 들어갔지만, 역시 좀처럼 수
업에 집중할 수가 없었다. 자신이 저질렀다고 추정되는 범죄에
관한 고민과 방금 전 경험한 이상한 감각에 대한 생각이 뒤섞여
머릿속에서 혼란스럽게 부유했다. 하지만 제론은 계속해서 자
신의 고민을 반추하며 혼자만의 세상에 빠져있을 수는 없었다.
세린의 이상한 행동이 자꾸만 눈에 밟혔기 때문이었다.

칼슨 교수가 계속해서 못마땅한 눈길을 보낼 만큼, 세린은 이
상할 정도로 새블릿을 자주 힐끔거리고 있었다. 위장 잠입한 새
드가더답게 평소에는 이목을 집중시킬 만한 행동을 절대 하지
않던 세린이기에 그녀의 이런 모습이 제론에게는 더욱 크게 보
일 수밖에 없었다. 게다가 오전 수업 중간에는 아예 강의실을
나가버리지 않았던가. 평소와 같은 무표정한 얼굴에서도 오늘

은 어쩐지 조금 초조한 기색이 느껴졌다.

무언가 신경 쓰이는 일이 있는 게 틀림없다고 확신한 제론은 마지막 수업이 끝나고 귀가할 때 세린의 뒤를 한번 밟아보았다. 세린을 이렇게까지 동요시킬 일은 그림자 연쇄 갈취 사건과 관련된 일밖에 없을 터였고, 사건에 대한 중요한 단서가 들어온 것이라면 제론도 반드시 알아내야만 했다.


"그만 따라오죠? 할 말 있어요?"

학교를 벗어나 호숫가의 숲속으로 걸어 들어가던 세린은 뒤를 돌아보며 한숨을 쉬었다. 그만하면 되지 않았냐는 듯한, 지친 말투였다. 굳이 말하지 않았을 뿐, 제론이 조용히 자신을 따라다니고 있다는 걸 눈치채고 있었던 모양이었다. 결국 제론은 어두운 나무 그림자 뒤에서 얌전히 얼굴을 내밀 수밖에 없었다.

"그게… 신경 쓰이는 일이 있는 거 같아서요. 사건과 관련된 정보가 들어온 건가요?"

제론의 말에도 세린은 꿰뚫어 보는 듯한 눈으로 그를 빤히 응시할 뿐이었다. 그래서 제론은 그녀의 대답을 기다리지 않고 말을 이었다.

"나도 데려가 줘요. 지금 가려는 곳에."

물론 정말로 세린이 순순히 데려가 주리라 생각하고 한 말은 아니었다.

"…그러죠."

큰 기대 없이 던진 말이었는데, 세린의 입에서 나온 대답은 아주 뜻밖이었다. 특히나 이 대답은 무언가를 곰곰이 생각한 끝에 내린 신중한 결론으로 느껴졌기에, 그 의중을 알 수 없어 마냥 기뻐할 수는 없었다. 하지만 세린은 더 이상 아무 말도 하지 않은 채 제론을 데리고 이동 준비를 할 뿐이었다.

세린이 제론을 데리고 이동한 곳은 시카고 업타운에 있는 한산한 주거지역이었다. 시카고는 이미 해가 져버린 늦은 저녁이어서, 제론은 햇빛의 흔적조차 남지 않은 차가운 밤공기를 느끼고 몸을 부르르 떨었다. 세린은 땅거미가 내려앉은 어둑한 거리를 가로질러, 한적한 거리 끝에 있는 작은 공동주택으로 제론을 인도했다. 제론은 이 거리가 어쩐지 낯익다는 느낌을 받았지만, 애써 그 혼란스러운 기시감을 무시하며 세린의 뒤를 잠자코 따랐다.

공동주택의 2층으로 올라가자, 계단 바로 오른쪽에 있는 집의 문 앞에 노란색 폴리스 라인이 쳐져있는 모습이 바로 눈에 들어왔다. 세린은 망설임 없이 그 라인 위를 넘어 집 안으로 들어가며 제론에게도 따라오라고 손짓했다. 섀드가더들과 사전에 협

의한 건지, 인간 경찰들은 근처에 한 명도 보이지 않았다.

제론은 얌전히 세린의 뒤를 따라 현관문을 통과하고, 거실을 가로질렀다. 하지만 거실 옆에 위치한 아담한 침실로 들어서는 순간, 자신도 모르게 헉, 하고 숨을 멈출 수밖에 없었다. 침실 한가운데 있는 침대에 사람이 잠자듯 누워있던 것이다. 새하얀 이불 위에 눕혀져 있는 사람의 얼굴에는 사망 사실을 알리는 듯한 하얀 천이 씌워져 있었다. 실내복을 입은 여성의 사체로, 드러나 있는 손과 목의 피부를 보아하니 중년에 접어든 나이인 듯했다.

"이 집의 주인이에요. 오늘 오전에 인간 경찰에 의해 사망이 확인되었죠. 연락을 받지 않는 걸 의아해한 친구가 집에 찾아왔다가, 문을 두드려도 반응이 없어 신고했다고 해요."

죽은 시체를 마주하자 속이 울렁거리기 시작한 제론과 달리, 세린은 아무렇지 않다는 듯 평소와 같은 말투로 설명했다.

"…무슨 일이 일어난 거죠?"

제론은 가까스로 깊은숨을 몰아쉬며 세린에게 경위를 물었다.

"인간 경찰은 사인을 밝히기 위해 시체를 인도받길 원했을 텐데, 우리가 굳이 시체를 이곳에 남겨둔 이유가 뭘까요?"

세린은 명시적으로 설명해 주는 대신 역으로 질문을 던졌다. 그 말에 제론은 아득해지는 정신을 붙잡기 위해 의식적으로 숨을 천천히 내쉬며 주위를 살피기 시작했다. 애써 침착함을 되찾자, 제론은 세린의 의도를 금방 알아차릴 수 있었다. 침실 오른쪽 구석에는 플로어스탠드가 하나 있었고, 여기에서 나온 은은한 불빛은 방에 있는 모든 가구에 긴 그림자를 만들어 내고 있었다. 그런데도 시체에서는 검게 드리워진 그림자의 존재를 찾아볼 수가 없었다.

"그림자… 갈취로 인한 사망이군요…."

제론은 지나치게 두근거리는 심장을 진정시키기 위해 방의 다른 가구들로 눈을 돌렸다. 울렁이는 정신이 만들어 낸 환상인지, 어쩐지 방이 조금 익숙하게 느껴진다는 생각이 들었다. 그러던 중 세린의 목소리가 다시 그의 주의를 사로잡았다.

"7월 이후 처음 있는 일이에요. 사망한 이후에야 발견된 걸 보면, 넌-섀드라서 그림자가 갈취됐는지도 모르고 있었던 모양이죠. 안타깝게도…."

말을 이으며 세린은 천천히 시체 쪽으로 다가갔다. 그리고는 얼굴을 확인하기 위해 시체의 얼굴을 덮고 있던 하얀 천을 걷어 냈다. 세린이 너무 순식간에 손을 움직인 탓에, 제론은 고개를 돌릴 틈도 없이 생명을 잃은 그 얼굴과 마주할 수밖에 없었다. 다행히 그림자를 빼앗긴 시체는 언뜻 보면 그저 잠들었을 뿐이라고 오해할 정도로 상태가 말끔했다. 하지만 문제는 시체의 상태가 아니었다. 평화롭게 눈을 감은 그 얼굴을 눈에 담는 순간,

제론은 머리가 쪼개질 듯한 극심한 고통과 함께 그대로 온몸의 힘이 풀려 바닥에 주저앉고 말았다.

날것의 기억들이 유리 조각처럼 날카롭게 머릿속을 파고들었다. 거대한 충격의 파도가 그의 무의식 속 감옥을 부숴놓은 듯, 잊혔던 기억들이 무자비하게 쏟아져 나왔다. 혼란에 휩싸인 그의 머릿속은 불이 붙은 것처럼 활활 뜨겁게 타오르다, 순식간에 차갑게 얼어붙어 가라앉았다.

이 집은 그가 이전에 살던 곳이었고, 생명력을 잃은 채 침대에 잠들어 있는 중년 여성은 바로 그의 '어머니'였다. 그리고 무엇보다… 그는 '제론'이 아니었다.


모든 일이 시작된 7월의 밤. 무의식 어딘가에 단단히 봉인되어 있던 그날의 일이 불현듯 선명하게 떠올랐다.

그날은 7월 27일이었고, 그는 지친 발걸음으로 어둠에 삼켜진 시카고의 밤길을 걸어 집으로 돌아가고 있었다. 그러던 중, 적막한 골목길 어느 곳에서 터져 나온 알 수 없는 말이 그의 귀를 사로잡았다.

"하지만 넌-섀드들은…!"

"목소리를 낮춰."

또 다른 목소리가 상대를 저지한 후부터 대화는 거의 알아들을 수 없는 속삭임으로 바꿔었다. 숨소리조차 죽인 채 가만히 귀를 기울이자, 그림자니 마법이니 하는 단어들이 언뜻언뜻 작은 속삭임 속에서 들려왔다. 그리고 낯선 단어들에 이끌려 자신도 모르게 그쪽으로 발걸음을 옮긴 그는, 어둑한 길모퉁이에 모여 비밀스럽게 수군거리는 세 명의 성인을 발견했다. 얼굴이 분명하게 보이지는 않았지만 한 명은 여성, 두 명은 남성의 실루엣이었다.

그중 그를 가장 먼저 발견한 것은 여성 쪽이었다. 여성이 그가 서있는 방향으로 고개를 돌리자 어슴푸레한 달빛이 그녀의 이목구비를 밝혔다. 이제야 알아볼 수 있게 된 것이지만, 그때의 여성은 분명 '채 교수'였다. 채 교수의 검은 눈동자가 그의 얼굴을 빠르게 훑어내렸고, 그와 동시에 달빛과 건물이 만들어 낸 그림자의 가장 깊숙한 곳에 서있던 남성도 고개를 들어 그를 보았다. 그리고 마침내 눈이 마주친 그 얼굴은… 바로 '제론'의 얼굴이었다.

갈색 머리카락에, 투명한 연갈색 눈동자를 한 익숙한 얼굴. 하지만 이제는 익숙해진 그 이목구비가 만들어 낸, 냉정하다 못해 잔혹한 섬뜩함이 깃든 표정은 완전히 처음 보는 것이었다. 제론의 얼굴을 한 남성은 재미있다는 듯 한쪽 입꼬리만 올려 서늘한 미소를 지었다.

"제 발로 걸어 들어온 먹잇감이라…. 제법 괜찮은 그림자를 갖고 있군."

이 말에 이어, 제론의 얼굴을 한 남성은 달빛 아래 드러난 그의 그림자를 사뿐히 밟더니 입술을 달싹이며 알 수 없는 긴 문장을 중얼거렸다. 처음 듣는 음절의 조합에 막연한 두려움을 느낀 그는 얼른 도망치려 했지만, 어쩐 일인지 한 발짝도 움직일 수 없었다. 그리고 남성이 문장을 다 발음하고 나자, 순간적으로 눈앞에 놓인 모든 그림자가 빙글빙글 도는 듯한 환각에 휩싸였다. 가로등 빛을 받아 길게 늘어진 나무 그림자도, 건물이 만들어 낸 드넓은 그림자도, 발밑에 놓인 자기 자신의 그림자도…. 하지만 그 감각은 1초도 안 되는 짧은 순간 나타났다 사라졌을 뿐이라, 지나친 공포가 빚어낸 단순한 환상이 아닐까 생각될 정도였다. 이보다는 다시 팔다리를 움직일 수 있게 됐다는 사실이 더 중요해, 그는 다른 것은 신경 쓰지 않은 채 뒤도 돌아보지 않고 도망쳤다. 그리고 알 수 없는 세 명의 성인은 그가 도망치는 것을 굳이 막지 않았다….

"…리안! 리안 그레이! 이렇게 넋이 나가선… 대체 무슨 일이 있었던 거야?"

그의 이름을 부르던 어머니의 목소리가 생생하게 두 귀에 울려 퍼졌다. 숨을 헐떡이며 정신없이 집으로 달려 들어온 그를 마구 흔들던 어머니의 모습이 눈앞에 선했다. 여기, 시카고 업타운에 있는 바로 이 집에서 벌어진 일이었다.

그리고 그날 밤 가까스로 두려움을 떨치고 잠든 후, 그가 다시 깨어난 것은 8월이었다. 뉴욕에서, 제론의 얼굴로.

제론, 아니 '리안 그레이'의 의식은 다시 천천히 현재로 돌아왔다. 리안은 수상쩍다는 표정으로 서있는 세린을 무시하고 침실 구석에 놓인 서랍장으로 다가갔다. 서랍장 위에는 작은 액자가 놓여있었는데, 그 안에는 리안과 그의 어머니가 찍은 사진이 들어있었다. 곱슬거리는 짙은 갈색 머리에 진한 밤색 눈동자를 한 스물한 살의 인간 청년. 그것이 바로 그의 본모습이었다. 그리고 바로 그 얼굴은, 일전에 마인강변에서 만난 수상한 상대의 얼굴이기도 했다.

이제야 깨닫게 되었지만, 이상하게 낯이 익은 듯 기억나지 않았던 그 얼굴은 바로 리안 자신의 것이었다. 아마 온몸으로 서늘한 기운을 내뿜던 그 청년이 바로 '진짜' 제론이며, 무언가 알 수 없는 작용으로 리안과 영혼이 뒤바뀐 모양이었다. 도저히 상식적으로 믿어지는 내용은 아니었지만, '영혼이 바뀌었다'는 가설 외에는 이 모든 걸 설명할 수 있는 이유가 없었다. 혹시 이 터무늬없는 일들이 전부 하룻밤의 꿈은 아닐까 하고 마음 한편으로 기대하며, 리안은 액자 옆에 놓인 작은 탁상용 거울에 흘긋 시선을 주었다. 하지만 그 안에는 여전히 제론의 변장용 마스크를 쓴 얼굴이 비칠 뿐이었다.

"역시 그쪽은 그림자 연쇄 갈취 사건과 무언가 관련이 있는 거죠?"

세린의 목소리가 그를 상념 속에서 끄집어냈다. 팔짱을 낀 채 벽에 비스듬히 기댄 세린은 그를 차가운 눈빛으로 보고 있었다.

"…단순히 의뢰인을 위해 나서고 있다고 하기에는 수상한 점이 너무 많아요. 한 박사에 대한 정보를 흘린 점도, 섀드가더와 한편인 척 정보를 빼내려 한 행동도 모두 계산된 행동이 아닌가요? 그리고 오늘 사건 현장에서 보인 반응도… 아무 관련 없는 제삼자의 반응이라고 보기는 어려워요. 대체 무엇을 숨기고 있는 거죠?"

섀드가더의 정보를 나누기 싫어하던 세린이 굳이 그를 이곳에 데려온 이유가 바로 그것인 듯했다. 그를 시험해 보기 위해서. 리안은 미간을 살짝 찌푸리며 천천히 돌아섰다. 다행히 자연스러운 거짓말을 지어낼 수 있을 정도의 맑은 정신이 아직 조금 남아있었다.

"…비슷한 나이대의 사체를 마주했더니, 이전에 어머니가 돌아가셨을 때의 장면이 떠올랐어요. 트라우마가 되어버린 기억이라…. 미안하지만 오늘은 이만 돌아가 볼게요."

리안은 머리를 짚으며 돌아섰다. 세린은 여전히 의심스러운 눈길을 보내면서도 떠나는 리안을 막지는 않았다.

리안은 뉴욕에 있는 제론의 집으로 돌아가, 겉옷을 벗어 던지고 곧장 침실에 틀어박혔다. 아무 일 없었다는 듯이 제론의 집으로 들어가는 게 몸서리치도록 싫었지만, 이제 리안에게는 돌아갈 수 있는 공간이 없었다. 언제부터였는지 모르지만, 정신을 차려보니 이미 뺨을 타고 눈물이 흐르고 있었다. 모든 잃어버린 기억들이 한 번에 몰려와 머릿속을 헤집어 놓는 바람에 미처 슬픔을 느낄 틈조차 없었는데, 이제야 고통스러운 감정이 세차게 밀려왔다. 리안은 '진짜 몸'을 잃었고, 그의 어머니는 살해되었다. 아마도 '진짜 제론'의 손에.

그리고 그림자 연쇄 갈취 사건을 일으킨 범인은 제론이 맞을 것이다. 자기 자신이 제론이라고 믿어 의심치 않을 때는 애써 자신이 악인惡人일 가능성을 부인했지만, 그때도 이미 모든 증거는 제론을 가리키고 있었으니까. 게다가 분명 리안으로서의 마지막 밤에 마주했던 제론은 그에게 "제법 괜찮은 그림자를 갖고 있다"고 말했다. 그때는 미처 몰랐지만, 아마 그의 그림자를 밟고 알 수 없는 주문을 외웠던 행동도 그의 그림자를 갈취하기 위한 과정이 아니었을까 싶었다.

모든 재앙이 시작된 그날 밤의 기억이 리안의 머릿속에 몇 번이고 다시 재생되었다. 제론을 처음 만났던 그 밤에, 다른 길로 걸어가기를 선택했다면 자신은 여전히 인간으로서 평범한 나날을 보내고 있었을까? 이상한 말소리가 들리든 말든 무시하고 그저 집으로 똑바로 걸어갔다면? 아니, 애초에 밤늦게 귀가하는 대신 얌전히 일찍 귀가해서 어머니와 저녁 식사를 했다면? 꼬리에 꼬리를 물고 후회가 밀려왔다.

스스로를 책망하다가, 제론을 증오하다가, 자신을 이런 불운 속에 빠뜨린 모든 주변 상황에 화를 내다가, 리안은 새벽녘에야 비로소 지쳐 잠이 들었다.

17.
그림자 하키

시카고에서 돌아온 후, 리안은 며칠 동안 밖으로 한 발짝도 나
가지 않았다. 어둠 속에서 멍하니 허공을 바라보며 앉아있다가,
눈물이 마를 때까지 울다가, 지쳐서 잠들기를 반복했다. 햇빛 한
점 들지 않는 방 안에서 마음 가는 대로 잠들었다 깨었다 했더니
바깥의 시간이 어떻게 흘러가고 있는지도 느낄 수 없었다. 너무
배가 고프거나 목이 말라 쓰러질 것 같아도 그저 아무 음식으로
나 채울 뿐, 그 어떤 것에도 관심을 두거나 정성을 쏟고 싶지 않
았다. 다시 학교에 나가고 싶다는 생각도, 누군가를 만나고 싶다
는 마음도 들지 않았다. 바깥에 존재하는 날카로운 현실을 외면
하기 위해 점점 짙어지는 어둠 속으로 파고들 뿐이었다.

그렇게 오랜 시간 동안 폭풍우처럼 몰아치는 슬픔과 아픔, 공

허감과 증오심 속에서 중심을 잡지 못한 채 이리저리 쓸려가던 리안은 어느 날 불현듯, 자신의 머릿속 먹구름을 몰아낼 사람은 자기 자신밖에 없다는 사실을 깨달았다. 이렇게 스스로를 망가뜨리며 괴로워한다고 해서 그의 몸이 다시 돌아오지도, 어머니가 되살아나지도 않는다는 자명한 현실이 그의 머릿속에 맑은 종소리처럼 울렸다. 그래서 리안은 마침내 커튼을 조금 젖혀 햇빛을 받아들이고, 따뜻한 음식을 한 입 한 입 정성 들여 배불리 먹었다. 그리고 생각을 하기 위해 식탁에 앉았다. 파괴적이지 않은, 그에게 도움이 되는 단단한 생각을.

고속도로 위의 자동차처럼, 우울하고 자멸적인 잡념이 계속해서 줄지어 리안의 머릿속을 지나쳤지만, 리안은 따뜻한 차로 애써 마음을 진정시키며 그가 만들어 나가야 할 미래에 집중하기 위해 노력했다. 불행 중 다행이라고 해야 할지, 그가 되찾은 끔찍한 기억은 그의 목적의식을 더없이 분명하게 만들어 주었다. 지금의 그에게는 리안의 몸으로 안전하게 돌아가는 일 그리고 제론의 모든 흔적을 추적해 내는 것만이 중요한 목표였다. 제론이 이뤄내려 하는 최종 목표가 무엇인지 그리고 왜 이 시점에 다시 그림자 갈취를 벌이기 시작했는지 알아내, 정당한 죗값을 치르게 할 것이다. 제론이 자신에게 선사한 이 끔찍한 나락을 그대로 갚아줘야만 마음에 뚫린 구멍이 조금이나마 메워질 것 같았다.

리안은 의식적으로 숨을 천천히 마시고 내쉬며 답답하고 분한 마음을 가라앉혔다. 그리고 제론 일당의 목적을 알아내겠다는 목표에 집중하기 위해 자신이 알고 있는 지식을 하나씩 머릿속에 펼쳐보았다. 우선 기억을 되찾으며 새롭게 알게 된 내용에 따르면, 제론에게는 가까운 동료가 최소 두 명이 있으며 그중 한 명은 채 교수였다. 제론이 일곱 개나 되는 가짜 신분을 가지고 있다는 사실을 고려할 때, 아마 제론의 진짜 모습을 알고 있다는 사실은 정말 측근 중의 측근이라는 의미일 터였다.

'그런데 채 교수가 제론의 최측근이라면, 왜 나를 유란새드학교에 입학시킨 걸까?'

돌이켜 생각해 보면, 채 교수는 입학 테스트 때부터 리안의 정체를 이미 알고 있었던 게 분명했다. 아니, 애초에 광고나 추천서 등으로 그를 이 학교로 인도한 것부터가 그녀의 계책이었을 수도 있다.

'나를 곁으로 불러들인 이유는 단순히 내가 어느 정도를 기억하는지 감시하기 위해서일까? 아니면 제론 일당의 계획을 위해 나를, 혹은 내가 차지하고 있는 이 몸을 가까이 둘 필요가 있는 걸까? 그렇다기에 최근에는 채 교수가 나를 주시하고 있다는 느낌을 크게 받지 못했는데….'

채 교수의 알 수 없는 행동에 대해 곱씹어 보던 리안은 이내 제론 일당의 계획에 관한 생각으로 주의를 옮겼다. 기억을 되찾고 나니 si.와 il.로 이루어진 비밀레시피의 중요성이 더 선명해졌다. 몇 달 전 《두 어둠의 지배자》를 훔친 이도 제론의 동료일 가능성이 높으며, 아마 그 목적은 리안에게 마법레시피의 내용을 들키기 전에 두 종이 중 한쪽이라도 회수하기 위해서였을 것이다. 그리고 제론의 동료가 그렇게 흔적이 뻔히 남는 방식으로 급하게 움직인 걸 보면 그 레시피가 그들의 목표에 있어 얼마나 중요한 열쇠인지 알 수 있었다.

그런데 제론이 인간의 몸이 된 시점에 새로운 그림자 갈취 사건이 일어났다는 사실은, 제론 일당이 이 상황에 개의치 않고 원래의 계획을 다시 완성하려 한다는 뜻일까?

제론과 그의 동료들 그리고 다시 시작된 그림자 갈취를 생각하자, 리안의 마음속에 또다시 먹구름이 한 점씩 스멀스멀 모여들기 시작했다. 그의 어머니가 제론 무리의 계획을 위한 희생양이 되었다는 사실이 자연스럽게 다시 떠올랐기 때문이었다. 리안은 다시 자신을 어두운 벽 속에 가두지 않기 위해 그를 집요하게 쫓는 부정적인 생각들을 애써 떨쳐내고, 바람이라도 쐬며 머리를 식히고자 겉옷을 챙겨 입고 밖으로 나갔다.


시간은 해 질 녘에 가까워져, 저녁노을의 붉은 조각들이 하늘에 하나둘씩 번지기 시작하고 있었다. 서늘한 공기를 들이마시며, 리안은 거리를 오가는 수많은 사람 틈에 휩싸여 한참이고 거리를 헤맸다. 때때로 참을 수 없는 외로움과 우울감에 지나가는 누구라도 붙잡고 말을 쏟아내고 싶다는 생각도 들었지만, 그때마다 자신에게는 신세를 한탄할 대상조차 없다는 사실을 자각하며 감정을 억누를 수밖에 없었다. 물론 곁에 누가 있다고 해도, 평범한 인간인 자신이 제론이라는 범죄자 섀드와 몸이 바뀌었다는, 허무맹랑하게만 들리는 사연을 쉽게 털어놓을 수는 없겠지만.

리안이 실제로 '누군가'를 마주치게 된 것은 이렇게 열 번쯤 고독감의 파도가 그의 마음을 휩쓸고 지나간 후였다. 한 시간이 넘게 홀로 방황하던 리안이 브룩필드 플레이스라는 복합쇼핑몰 앞을 지나갈 무렵, 마침 그 앞에 조슈아와 루카스가 서있었던 것이다. 누군가를 기다리고 있는지, 둘은 꽤 초조해 보였다.

"어? 에론 군."

리안을 먼저 알아본 것은 조슈아였다. 리안은 제론의 얼굴을 한 자신을 태연하게 마주할 엄두가 나지 않았기에, 시카고에서 돌아온 후 줄곧 에론의 가면을 벗지 않고 지냈다. 그리고 블랑섀드 서점에서의 만남 후에도 리안은 미셀레이니어스 파우더스에서 종종 조슈아를 마주쳤기에 조슈아에게도 리안, 아니 에론이 이제는 익숙한 얼굴이었다.

"안녕하세요."

리안은 애써 옅은 미소를 끌어 올리며 인사했다. 며칠간 얼굴 근육을 웃는 데 사용한 적이 없어서인지, 가볍게 미소를 짓는 것조차 어색하게 느껴졌다. 그래도 다행히 이런 가벼운 인사말을 나누는 것만으로도 리안을 억누르던 어두운 감정들이 조금 희석되었다.

"…누구를 기다리고 계신가 봐요?"

리안은 조슈아가 계속해서 확인하고 있던 손목시계 쪽으로 슬쩍 시선을 던지며 질문했다.

"아, 친구 한 명을 기다리고 있어요. 이 녀석이 일이 아직 안 끝났는지, 아직도 안 와서…. 오늘 함께 그림자 하키 경기를 보기로 했거든요."

조슈아는 상황을 설명해 주면서 다시 한번 손목시계를 흘깃 확인했다.

"그림자 하키?"

리안도 유란섀드학교의 학생들 틈에서 지내며 '그림자 하키'의 인기에 대해 들어본 적은 있었지만, 실제로 어떤 스포츠 경기인지는 전혀 몰랐다.

"무려 '미국 그림자 하키 리그<sup>National Shadow Hockey League, N.S.H.L</sup>'의

결승전! '미드나잇 뉴욕' 팀과 '시카고 고스트' 팀이 붙는다고요!"

리안이 어떻게 반응해야 할지 몰라 난처해하는 사이, 루카스가 잔뜩 신이 난 목소리로 끼어들었다. 그림자 하키 역시 루카스가 아주 좋아하는 것 중 하나인 모양이었다.

"아… 션은 못 온대. 일이 아직 많이 남은 모양이야."

루카스가 신나서 설명하는 사이, 섀블릿으로 막 도착한 연락을 확인한 조슈아는 심각한 표정이 되었다.

"정말? 어떡하지…, 오늘 경기 놓치면 후회할 텐데. 티켓도 비싼데, 아깝게…."

조슈아의 말에 루카스 역시 짐짓 심각해졌다. 그러다 문득 옆에 서있는 리안을 보더니, 무언가 깨달은 듯 눈을 반짝 빛내며 씩 웃었다.

"마침 대신 데려갈 사람이 여기 있네. 남는 티켓이 있는데, 같이 갈래요?"

루카스는 동의를 구하듯 조슈아에게 슬쩍 눈빛을 보냈고, 조슈아도 승낙의 의미로 고개를 한 번 끄덕여 보였다.

"지금 시간 있죠? 다른 중요한 일 있어요?"

루카스는 다시 리안에게 고개를 돌리며 대답을 재촉했다.

"시간이 있기는 한데…."

그림자 하키가 무엇인지도 정확히 모르는 상태였기에, 리안은 머뭇거리며 말끝을 흐렸다. 지금 상황에서 자신이 한가롭게 스포츠 경기나 보러 가도 되는 것일지 고민되기도 했다. 하지만 루카스는 리안에게 더 이상 생각할 틈을 주지 않고, 그의 팔을 덥석 잡더니 빠르게 발걸음을 옮기기 시작했다.

"그런데, 경기가 이렇게 사람이 많은 쇼핑몰에서 열리는 거예요?"

영문도 모른 채 이끌리듯 따라 걷던 리안이 순진한 질문을 던지자, 양옆에서 걷던 루카스와 조슈아는 재미있다는 듯 웃음을 터뜨렸다.

"물론 이렇게 넌-섀드들이 우글거리는 한복판에서는 경기할 수 없죠! 이 앞에서 만나기로 한 건 그냥 동선 때문이고, 경기장으로는 이제부터 이동할 거예요. 일단 사람이 없는 곳으로 가죠."

루카스가 장난스러운 말투로 리안에게 설명했다. 이에 리안은 수긍하듯 고개를 끄덕이고는 그들이 인적이 드문 구석으로 이동할 때까지 잠자코 뒤를 따랐다.

"자, 에론 군도 티켓 한 장 받아요. 이제 거의 7시니까 하나 둘 셋 하면 다 같이 이동하죠. 이븐프림 오일은 가지고 있나요?"

사람이 없는 곳에 도달하자, 조슈아는 다시 한번 시계를 확인하더니 리안에게 티켓을 내밀었다. 다행히 리안은 마지막으로 외출했던 날과 같은 외투를 입고 있었기에, 주머니에 그대로 담겨있던 이븐프림 오일을 꺼내 보이며 고개를 끄덕였다. 하지만 티켓에는 '미드나잇 뉴욕 vs 시카고 고스트'라는 글귀와 좌석 번호 그리고 독특한 문양만이 새겨져 있을 뿐 특정 장소의 사진이 인쇄된 것이 아니라, 대체 어떻게 그림자 이동술이 가능한지는 알 수가 없었다. 하지만 조슈아와 루카스가 워낙 서두르는 바람에 질문할 기회를 잡을 수 없었다.

"자, 하나 둘 셋 하면 떨어뜨리는 거예요!"

어쩔 수 없이 리안은 일단 조슈아와 루카스가 하는 대로, 티켓을 포토-새다이즈 처리된 사진처럼 취급하며 이븐프림 오일을 한 방울 떨어뜨리고 눈을 감았다. 그리고 어디인지도 모르는 목적지로 이동하게 해달라고 강한 염원을 보냈다.


리안은 눈을 뜨기도 전부터 공간의 이동을 감지할 수 있었는데, 어느 순간 사방에서 시끌시끌한 목소리들이 들려왔기 때문이었다. 눈을 떠보니 리안과 조슈아, 루카스는 모두 거대한 경기장 속 무수한 좌석들 틈으로 이동한 상태였고, 놀랍게도 각자의 뒤에 놓인 좌석에는 들고 있던 티켓에 적힌 좌석 번호가 정확히 적혀있었다. 하지만 조슈아와 루카스는 이 상황이 지극히 자연스럽다는 듯 뒤에 놓인 좌석에 편안히 앉을 뿐이었다. 그래서 리안은 어리둥절해하면서도 일단 그들을 따라 좌석에 앉았다.

"어떻게 이동한 거예요?"

리안은 아직 경기가 시작하지 않은 상황임을 확인하고, 옆자리인 루카스에게 소곤소곤 질문했다.

"섀드세계의 모든 경기는 다 이런 식으로 진행돼요. 매번 주최 장소가 바뀌기 때문에 미리 경기장을 찾아올 수는 없고, 딱 정해진 입장 시간에만 이동해 올 수 있어요. 특수 처리된 티켓을 매개로 그림자 이동을 하면 지정된 좌석으로 바로 이동할 수 있죠. 이렇게 하지 않으면 어떻게 티켓이 없는 팬들이 몰래 숨어서 들어오는 걸 막겠어요? 당연한 거죠, 뭐. 그런데 진짜 섀드세계에 대해 아무것도 모르네요? 이제까지는 인간세계에서만 자란 건가요?"

루카스는 반대로 이 상황을 신기하게 여기는 리안이 더 놀라운 모양이었다. 어찌 됐든 '이제까지 인간세계에서 자란 것'이 맞긴 했으므로, 리안은 자세한 설명은 생략한 채 고개를 끄덕였다. 그리고 추가적인 질문을 막기 위해 은근슬쩍 시선을 돌려 경기장을 구석구석 관찰하기 시작했다. 다행히 새로운 외부의 자극들이 그와 부정적인 생각들 사이에 거리를 만들어 줘, 그는 진심으로 어느 정도 흥미를 느낄 수 있었다.

그들이 들어와 있는 경기장은 거대한 크기의 돔 형태였다. 천장은 유리 같은 투명한 재질로 만들어져 있어서 바깥의 어둑한 밤하늘과 달 그리고 별들이 모두 비쳐 보였다. 경기장 한가운데는 아이스링크처럼 보이는 새하얀 바닥이 넓게 펼쳐져 있었고, 사방에 설치된 조명에서 강한 빛이 쏟아져 나와 링크를 밝게 비추고 있었다. 원형의 링크 주위에는 오늘 경기를 치를 두 팀의 플래카드가 번갈아 걸려있었는데, 아마 미드나잇 뉴욕 팀은 남색, 시카고 고스트 팀은 옅은 회색이 상징색인 모양이었다. 그리고 주변에 있는 섀드 중 절반 정도는 남색 손수건을, 나머지 절반 정도는 회색 손수건을 꺼내 흔들고 있는 걸 보니 두 팀의 인기는 비등한 모양이었다. 옆을 보니 어느새 루카스와 조슈아도 뉴욕 출신답게 남색 손수건을 주섬주섬 꺼내고 있었다.

이렇게 리안이 주변을 둘러보는 사이, 어느새 사방에서 큰 환호성이 터져 나오기 시작했다. 이에 황급히 아이스링크로 시선을 돌려보니 양 끝에서 선수들이 막 입장하고 있었다. 왼쪽에서는 남색 유니폼을 입은 미드나잇 뉴욕 팀이 등장했고, 오른쪽에서는 회색 유니폼을 입은 시카고 고스트 팀이 등장했다. 선수들과 심판이 모두 입장하자, 별도로 마련된 중계석에도 두 명의 잘 차려입은 섀드들이 등장했다.

"선수들은 경기를 준비해 주시기 바랍니다!"

중계석에서 나온 목소리가 경기장 내에 쩌렁쩌렁하게 울려 퍼졌고, 관중의 환호는 점점 그 열기를 더해갔다. 선수들은 서로 악수를 마친 후, 각자 자리로 돌아가 가볍게 몸을 풀더니 주머니에서 무언가를 꺼냈다. 멀어서 자세히 보이지는 않았지만 동그랗게 뭉쳐놓은 가루 덩어리인 듯했다. 그리고 각 선수가 동그란 덩어리를 자신의 그림자에 던지듯 떨어뜨리자, 펑 하고 검은 연기가 피어오르며 선수들의 그림자가 각각 팀의 색으로 변했다. 미드나잇 뉴욕 팀의 그림자는 모두 선명한 남색으로 변했고, 심지어 그림자에는 팀의 로고와 각 선수의 번호까지 새겨지듯 표시되어 있었다. 시카고 고스트 팀의 그림자도 마찬가지로 모두 회색으로 변해있었다. 그 대단한 광경에 놀란 리안은 점차 아이스링크 위 상황에 빠져들면서 입이 점점 벌어지는 것도 자각하지 못했다.

"그림자 하키는 선수들이 각각 자신을 그림자화한 상태로 치르는 경기다 보니, 그림자만으로도 관중이 누가 누구인지 쉽게 알아볼 수 있게 하려고 그림자에 색을 입히는 거예요. 사실 나도 그림자에 어떻게 색이랑 문양을 입히는지 그 원리는 잘 모르지만요."

리안의 놀란 표정을 읽었는지, 루카스가 친절하게도 옆에서 소곤소곤 설명을 덧붙여 주었다.

"자! 그럼, 전반전을 시작합니다!"

때마침 중계석의 목소리가 크고 명랑하게 울려 퍼졌고, 선수들은 순식간에 그림자화 마법으로 본체를 숨기더니 본격적인 경기를 시작했다. 경기의 규칙은 인간세계의 아이스하키와 유사해 보였지만, 색다른 점은 퍽puck이 여러 개라는 점이었다. 단 하나인 '진짜' 퍽은 그림자가 붉은색이었고, 나머지 두 개의 '가짜' 퍽은 그림자가 그대로 검은색이었다. 몇몇 선수들은 가짜 퍽과 진짜 퍽을 바꿀 수 있는 특별한 능력이 있는 듯했는데, 리안은 규칙을 이해하지 못해 처음 몇 분간은 혼란에 휩싸여 있었다.

"각 팀은 여섯 명의 선수로 구성되는데, 골키퍼 한 명, 공격수 세 명 그리고 '교환술사' 두 명으로 나뉘어요. 인간세계의 아이스하키 규칙은 알고 있죠? 나머지 규칙은 거의 같은데, 그림자 하키에는 교환술사라는 포지션이 있어, 그 선수들의 하키 채에 가짜 퍽이 닿으면 바로 진짜 퍽과 위치가 바뀌어요. '조건부 그림자 교환술'을 걸어두거든요. 지금 저기 가운데 가짜 퍽 쪽으로 뛰어가는 선수를 잘 봐요. 교환술사 포지션은 특별히 번호 옆에 양방향 화살표 문양이 작게 표시되어 있어요."

다행히 리안의 어리둥절한 표정을 눈치챈 루카스가 다시 재빨리 설명해 주었다. 이미 수없이 많은 경기를 봐왔기 때문인지, 루카스는 두 눈을 링크에 고정하고 손으로는 남색 손수건을 세차게 흔들면서도 쉽게 설명을 줄줄 읊었다. 리안은 루카스의 이 대단한 능력에 감탄하며, 새롭게 알게 된 규칙을 바탕으로 경기 상황을 읽어내기 위해 눈동자를 이리저리 굴렸다. 여기저기서 동시다발적으로 회색과 남색 그림자가 엉키고, 진짜 퍽과 가짜 퍽이 계속 뒤바뀌는 광경에, 리안도 순식간에 다른 생각을 잊고 경기에 빠져들 수 있었다.

눈으로 선수들의 움직임을 좇으며 상황을 주시하다 보니 어느새 전반전이 끝났다. 조슈아는 음료수를 사러 떠나고, 루카스는 목이 터지도록 미드나잇 뉴욕 팀을 응원하느라 진이 빠졌는지, 눈을 감고 좌석 등받이에 털썩 몸을 기댔다. 그사이에도 리안은 여전히 선수들의 움직임을 멍하니 좇고 있었는데, 선수들이 휴식을 위해 하나둘씩 '본체'를 드러내고 대기실로 향하는 광경을 보자 불현듯 이상한 궁금증이 밀려왔다.

섀드는 그림자화 마법을 통해 그림자만 남은 상태로 진입할 수 있고, 그림자만 남은 상태에서 다시 본체화 마법을 통해 본체를 되찾을 수 있다. 그렇다면 반대로 애초부터 본체가 없는, 그림자만 있는 무언가에서 본체를 끌어낼 수는 없는 걸까?

검은 지능체에 관한 전설을 다룬 일부 고대 섀드학 문헌에 따르면, 이 잊혀진 마법을 더 이상 아무도 연구하지 않는 이유는 그 악함 때문이기도 하지만, 현대에는 본체가 없는 그림자만으로 할 수 있는 게 거의 없기 때문이라는 평이 지배적이었다. 하지만 만약 검은 지능체도 본체를 가질 수 있다면? 지능을 가진 그림자에 단단한 실재의 몸을 더해, 주인의 명령에 절대적으로 복종하는 가짜 그림자 마법사들을 탄생시킬 수 있다면?

이렇게 머릿속을 자유롭게 흘러 다니던 생각들은 문득 기억 속에 잠들어 있던 자윤의 목소리를 깨워냈다.

"아, 그러고 보니… 지능을 가진 그림자에 대한 이야기와 함께 '본체화'였나? 그런 이야기도 했던 것 같은데…."

지능을 가진 그림자와 본체화. 혹시… 사망한 섀드가 그날 발설한 내용은 본체화가 아닌, '검은 지능체에 본체를 생성하는 마법'에 대한 이야기는 아니었을까? 그리고 이것이 바로 홍 박사가 연구했던 주제이며, 제론의 주의를 사로잡은 내용이 아닐까?

순간 리안은 머릿속 어딘가에서 불꽃이 화르르 타오르는 듯한 기분을 느꼈다. 왜 미처 그 생각을 못 했을까? J. H. 율릭스의 소설에는 이미 답이 쓰여있었다. 《두 어둠의 지배자》가 '지능을 가진 그림자'에 관한 이야기였다면, 《일랑의 기적》은 그림자만 남은 동생에게 '본체를 만들어 주는' 내용이지 않은가. 그 연결성을 생각한다면 홍 박사가 이 두 편의 소설에 주목할 수밖에 없었던 것도 당연했다. 두 소설은 언뜻 생각하면 내용상의 관련성이 전혀 없어 보이지만, 그 두 편을 연결해 생각하는 것이야말로 해답이었던 셈이다.

그리고 비밀레시피에 붙어있던 알 수 없던 이름. 왜 이걸 이제야 깨달았을지 리안 자신도 어이가 없을 만큼, 제론이 레시피에 붙여놓았던 이름은 아주 친절하고도 직관적이었다. 첫 번째 레시피에 붙은 si.라는 이름은 《두 어둠의 지배자》의 주인공인 '시안느Sianne'의 축약이고, 두 번째 레시피에 붙은 il.이라는 이름은 《일랑의 기적》의 주인공인 '일랑Ilang'의 축약이었다. 즉, 첫 번째 레시피는 지능을 가진 그림자, 즉 검은 지능체를 만들어 내기 위해 필요한 마법재료이고, 두 번째 레시피는 그 그림자에서 본체를 생성하는 마법에 사용하는 재료인 것이다!

이제야 비로소 퍼즐이 딱딱 맞춰지는 느낌이었다. 하지만 지능을 가진 그림자에 본체를 만들어 주려는 시도는 대체 무엇을 위한 것일까? 홍 박사의 기록장에 따르면, 아스카일은 샤티아텐을 활용해 만든 새로운 마법에 힘입어 고대 섀드전쟁에서 승리했다. 지금까지 리안의 추론이 옳다면 그 마법이 바로 지능을 가진 그림자에 본체를 부여하는 마법일 텐데, 그렇다면 제론 역시 아스카일처럼 세상을 송두리째 뒤흔들 만한 거대한 변혁을 꾀하려는 걸까…?

다음 날부터 리안은 다시 학교에 나가기 시작했다. 제론의 목적을 파헤치기 위해서는 섀드학에 대해 더 공부해야 했고, 무수한 고대 섀드학 서적들을 마음껏 조사할 수 있는 곳은 유란섀드 학교의 도서관밖에 없기 때문이었다. 그리고 물론 '영혼이 바뀌는 마법'에 관한 실마리를 얻기 위해서도 다양한 서적을 탐독할 필요가 있었다.

열흘도 넘는 긴 기간 동안 결석해서인지 제이와 몇몇 학생이 무슨 일이 있었냐며 관심을 보였지만, 리안은 그저 지독한 독감에 걸려 집에서 쉬었을 뿐이라고 둘러댔다. 세린은 수업에 다시 나타난 리안에게 한 번 흘끗 시선을 보낼 뿐, 아무 말도 하지 않았다. 여전히 무언가 미심쩍다는 듯한 눈빛이었지만 그를 의심할 만한 증거는 아직 전혀 없는 듯했다.

리안은 섀드가더인 세린에게 모든 것을 털어놓고 도움을 청할까 잠시 망설이기도 했지만, 아직은 때가 아니라는 결론에 도달했다. "인간이었던 자신과 제론이라는 섀드의 몸이 바뀌었고, 제론이 바로 브룩스 교수이자 한 박사이며 그림자 연쇄 갈취 사건의 배후이다"라는 말은 자신이 생각해도 도저히 선뜻 믿을 수 있는 내용이 아니었기 때문이었다. 어설프게 제론의 비밀을 털어놓았다가는 현재 제론의 몸에 들어있는 리안 자신이 범죄의 책임을 대신 지고 잡혀갈 수도 있었다. 최소한 몸이 바뀐 비밀이라도 알아내야 그의 말이 설득력을 가질 것이다.

리안은 남은 평일 저녁 시간을 모두 도서관에 바친 후, 주말에는 시카고로 향했다. 그의 고향이자, 그가 사랑하던 삶의 터전. 하지만 이번에 시카고를 찾아간 목적은 물론 그런 감상적인 이유 때문은 아니었다. 리안과 몸이 바뀌어 버린 후 제론은 좋든 싫든 시카고에 있는 리안의 집에서 눈을 떴을 것이므로, 그의 이후 행적을 추적해 나가려면 시카고에서부터 시작하는 게 합리적이었다.

리안은 몸이 바뀐 이유와 제론 무리의 목적을 이해하는 데 도움이 될 만한 조각들을 얻을 수 있길 바라며 자신의 예전 집으로 먼저 향했다. 어머니와 살던 업타운의 공동주택에 가까워지자, 다시 어머니의 죽음을 마주한 그날의 끔찍한 기억이 심장을 죄어오기 시작했다. 하지만 이대로 감정에 삼켜져 버리면 아무것도 할 수 없다는 걸 알기에, 리안은 자신이 시카고를 찾아온 목적을 되뇌며 울렁이는 속을 간신히 달랬다.

얼마간의 심호흡으로 단단하게 정신을 부여잡는 데 성공한 리안은 자신의 집을 중심으로 서둘러 탐문을 시작했다. 이전에 세린이 사용한 '기관명을 내세워 권위와 신뢰를 얻는 방식'을 빌려, 사건을 수사 중인 경찰관 행세를 하며 이웃들에게 정보를 물었다. '리안이 실종되었다'는 신고를 받고 조사 중에 있다는 명목이었다. 리안은 제론의 위장용 마스크 중 가장 무게감 있는 인상을 가진 중년 남성의 마스크를 쓰고 있었고, 거의 진짜처럼 보이는 경찰 신분증도 준비했기 때문에 사람들은 대부분 그를 전혀 의심하지 않았다.

그리고 이웃을 중심으로 한 탐문수사에서 리안은 생각지 못한 정보를 얻을 수 있었는데, 바로 리안이 8월경까지만 해도 이 동네에 살고 있었다는 점이었다. 리안은 자신의 몸에 들어간 제론이 깨어난 즉시 시카고를 떠나 동료들을 찾아갔을 것이라 짐작했는데, 예상외로 몇 주 동안이나 자신의 집에서 지내온 모양이었다. 어머니를 죽음으로 몰고 간 원흉인 제론이 뻔뻔스럽게 어머니에게 아들 행세를 하며 지냈을 시간을 생각하니 또 속이 뒤집어지는 기분이 들었다.

하지만 다행히 리안은 다시 무너져 내리기 전 주의를 돌려줄 만한 새로운 정보를 얻을 수 있었다. 바로 근처의 주택에 사는 어머니의 오랜 친구, 이자벨 마리안이 흥미로운 사실을 언급한 것이었다.

"…8월 초였나, 클로이가 리안이 걱정된다고 말했던 게 기억나요. 7월 말에 알 수 없는 병으로 일주일가량 잠에서 깨어나지를 못했다고 했는데, 그다음부터 애가 이상해졌다고 했어요. 학교로 돌아가는 대신 어떤 실험실에 나가기 시작했다고 했나? 그런데 무슨 일을 하는지 물어봐도 아무 말도 안 해줬다고 해요."

리안은 어머니의 이름, '클로이'에 관한 언급을 듣고 잠시 움찔했지만, 빠르게 감정을 추슬러 '실험실'이라는 단어를 알맞게 잡아낼 수 있었다.

"실험실이라면… 어떤 실험실인지 혹시 들으신 적이 있나요?"

"그런 말은 못 들었는데…. 아, 그러고 보니 시카고 다운타운에서 리안을 한 번 스치듯 본 적이 있어요. 노스웨스턴대학 병원 근처에서 마주쳤는데… 그 근처 건물이라면 노스웨스턴대학 산하에 있는 실험실이 아닐까요? 그때가 8월 중순쯤이었던가…. 그런데 묘할 정도로 애가 인상이 싹 바뀌었더라고요. 예전에는 꽤 순한 인상이라고 생각했었는데, 그날은 눈빛도 날카롭고 표정에서도 어찌나 냉기가 흐르던지…."

이자벨은 그날의 일을 떠올리며 잠시 상념에 잠기더니, 문득 리안에게 다른 질문을 던졌다.

"그런데 클로이는 살해된 건가요? 전에도 클로이 사망 건과 관련해 경찰이 돌아다니던데, 이제는 리안도 사라졌다고 하고…."

"아직 확실한 건 아무것도 없습니다. 게다가 민간인에게 수사 정보를 발설해서는 안 된다는 규칙이 있어서…."

리안은 쓴웃음을 지으며 은근하게 말끝을 흐렸다. 가십을 좋아하는 이자벨에게 괜한 이야기를 했다간 소문이 퍼지는 일은 금방일 터였기에, 리안은 말을 아끼며 재빨리 감사 인사를 전하고 자리를 피했다.


업타운을 벗어난 리안은 곧장 시카고 다운타운의 중심부에 있는 노스웨스턴대학 병원으로 향했다. 그 근방은 노스웨스턴대학의 건물들로 가득해, 제론이 드나든 곳은 이자벨의 추측대로 대학 산하의 실험실이 아니었을까 하는 생각이 들었다. 물론 평범한 넌-섀드 대학의 실험실에서 제론이 할 일이 무엇이었을지는 짐작조차 할 수 없었지만, 리안은 우선 입수한 정보대로 근처를 돌며 리안의 얼굴을 기억하는 사람이 있는지 확인해 보기로 했다.

자신의 사진을 들고 다니며 제삼자인 양 탐문하려니 기분이 영 이상했지만 그래도 다행히 성과가 있었다. 리안의 얼굴을 한 인물이 특정 장소를 몇 번 들락거리는 모습을 봤다는 여학생이 있었던 것이다. 노스웨스턴대학의 박사과정 학생인 그녀는 그와 엘리베이터를 몇 번 함께 탄 적 있어 어렴풋이나마 기억에 남아있다고 증언했다. 게다가 리안이 내민 사진 속 인상과 달리 무서울 정도로 싸늘한 인상이었다고 이야기한 걸 보면, 제론을 목격한 게 맞는 모양이었다.

그래서 리안은 곧장 여학생이 일러준 건물의 10층으로 향했다. 10층에는 실험실처럼 보이는 공간이 다섯 곳 있었는데, 그 중 네 곳은 주말임에도 나와서 연구를 진행 중인 학생과 연구원 몇몇이 앉아있었다. 꽤 지치고 따분한 얼굴로 연구에만 집중하고 있는 모습을 보니 평범한 넌-섀드들인 듯했다. 그래서 리안은 자신의 감을 따라, 유독 사람 하나 없이 고요한 마지막 실험실을 살펴보기로 했다.

하지만 그 실험실은 문이 잠겨있었고, 겉으로만 봐서는 이상한 점을 발견할 수 없었다. 리안은 잠시 망설이다, 아무도 자신을 주목하지 않는다는 점을 확인하고 안주머니에서 그림자화 마법에 사용하는 파우더를 꺼냈다. 팔에 '부분 그림자화' 마법을 걸어 문을 열어보려는 심산이었다. 아직 학교에서는 '사물 그림자화'까지밖에 배우지 않아 사람을 그림자화한 적은 없었지만, 혼자 책에서 배운 지식으로 한 번 차근차근 시도해 보기로 했다.

리안은 주위에 사람이 없는지 다시 한번 확인한 후, 오른팔 그림자 위에 적정량의 마법가루를 뿌리고 온 정신을 팔에 집중한 채 주문을 외웠다. 그렇게 정신을 집중하고 또 집중했더니, 이내 오른팔이 점점 투명해지면서 사라졌다. 하지만 오른팔의 그림자만큼은 바닥 위에 선명히 남아있었고, 그림자화 상태가 되자 오른팔 그림자를 실제 팔처럼 자유자재로 움직일 수 있었다. 이에 리안은 때를 놓치지 않고 얼른 그림자 팔을 문 아래 틈으로 밀어 넣었다. 그리고 오른쪽 손 부분에만 정신을 집중해 반대로 '부분 본체화' 마법을 중얼거렸다. 그러자 상상한 대로, 이미 문안으로 들어간 오른손 그림자 위에 실체를 가진 손이 다시 생겨났다. 문틈에 걸쳐져 있는 손목에서 어깨까지의 팔 부위는 여전히 부분 그림자화를 유지한 채, 이미 문안에 들어간 손 부분만 부분적으로 본체화한 것이다.

리안은 집중력이 흐트러지기 전에 본체화한 손으로 안에서 잠겨있던 문을 열고, 재빨리 그림자화 상태의 나머지 팔 부분도 본체화 마법으로 원상 복구했다. 이전에 의자를 대상으로 부분 그림자화와 부분 본체화를 몇 번씩 혼자 연습해 본 게 다행이었다. 물론 남들보다 몇 배나 빠르게 마법을 체화할 수 있는 이유는 제론의 타고난 체질 덕도 있는 듯했지만.

리안은 자신이 제론의 몸에 아주 약간이나마 감사했다는 사실에 씁쓸한 기분을 느끼며, 누가 보기 전에 얼른 실험실 안으로 들어갔다. 그리고 실험실에 들어간 리안은 자신의 직감이 옳았다는 걸 금방 알아챌 수 있었다. 유리창마다 걸린 두꺼운 암막 커튼만 보더라도 이곳이 평범한 넌-새드 연구실이 아니라는 걸 느낄 수 있었던 것이다. 리안은 어둠 속에서 스위치를 찾아 전등을 밝힌 후, 방 안을 본격적으로 살피기 시작했다.

방의 전반적인 풍경은 여느 평범한 연구실과 같았다. 책상마다 '평범한' 책들과 노트북이 올려져 있었고, 어느 책상에는 쥐의 신경세포를 배양한 결과물을 출력한 종이가 보란 듯이 흩어져 있기도 했다. 하지만 역시 이곳이 평범한 대학 실험실이 아니라는 사실은 금방 밝혀졌다. 한쪽에 놓인 큰 냉장고만 해도 안에 달맞이꽃 종자유, 하얀 담비 털, 그라나딜라씨, 피마자 열매와 같은 재료들이 즐비했던 것이다. 물론 인간들도 원한다면 얼마든지 구할 수는 있는 재료겠지만, 평범한 대학 실험실에서 새드마법에 주로 사용하는 재료들을 우연히 확보해 두었을 확률은 0%에 가까웠다. 그리고 더 결정적인 증거는 한 책상 아래의 서랍에서 나왔다. 서랍 안에는 유리로 만든 작은 금고가 숨겨져 있었는데, 그 안에 들어있는 것은 그림자 조각들이었다. 두꺼운 잠금장치 때문에 직접 손을 넣어 만져볼 수는 없지만, 얇고 투명한 검은 조각들은 그림자 조각이 분명했다.

그리고… 계속해서 방 안을 살피던 리안의 눈이 문득 어딘가에 멈춰 섰다. 한 책상 위에 꽂혀있는 책 중 익숙한 표지가 보였기 때문이었다. 《분자생물학》, 《뇌과학 기초》 등의 위장용 책들 사이로, 《두 어둠의 그림자》라는 제목이 그의 눈에 꽂히듯 들어왔다.

'설마… 서재에서 사라졌던…?'

물론 나름 J. H. 율릭스 최고의 베스트셀러인 만큼 많은 섀드가 구매한 책이겠지만, 리안은 혹시나 하는 마음에 책 쪽으로 손을 뻗었다.

하지만 그때, 리안이 책을 막 집어 올리려는 찰나, 실험실 문이 벌컥 열리더니 한 남자가 걸어 들어왔다. 그리고 그 얼굴은 리안도 알고 있는 얼굴이었다. 그는 아직 인간의 몸이었던 리안이 제론을 처음 만난 7월의 밤, 제론과 채 교수의 곁에 있었던 남자였다.

제론의 최측근으로 추정되는 남자의 얼굴을 마주 보며, 리안의 머리는 1초도 안 되는 짧은 시간 동안 빠르게 굴러갔다. 이 실험실은 제론의 동료가 평범한 대학 실험실을 빙자해 비밀스러운 새드마법을 연구하는 곳인 모양이었다. 제론이 인간의 몸에 갇혀버린 후 굳이 얼마간 시카고에 머물렀던 이유도 이 연구실에서 동료와 접선하기 위함인 듯했다. 그리고 그 비밀스러운 공간을, 리안이 들쑤시다 적발된 것이다. 그러니⋯ 빠르게 도망치는 것만이 살길이었다!

하지만 안타깝게도, 그 짧은 시간 동안 리안을 마주 보고 선 남자의 머리도 빠르게 정보를 처리해 냈다. 리안의 발이 떨어지기도 전에 남자는 선반에 가지런히 놓여있던 작은 커터 칼을 보며 입을 달싹였고, 순식간에 커터 칼의 그림자가 리안을 향해 날아왔다. 아직 리안이 배우지 못한 마법인 그림자 부림술이었다. 물론 다행히 리안도 그림자 칼을 피해야 한다는 사실쯤은 알고 있었기에, 빠른 반사 신경으로 몸을 피해 그림자 칼이 자신의 심장 부위 그림자에 꽂히는 일을 막을 수 있었다. 하지만 약간의 계산 착오로 그림자 칼은 아슬아슬하게 리안의 왼팔 그림자를 스치고 지나갔고, 왼팔의 그림자가 약간 찢어지면서 리안의 왼팔 피부도 함께 찢어져 피가 흘러나왔다.

리안은 왼팔에서 느껴지는 쓰라린 감각을 참기 위해 입술을 꾹 깨물며, 다시 빠르게 머리를 굴리기 시작했다. 가장 쉬운 선택지였던 도망은 불가능해 보였고⋯ 어떻게든 저자를 대적할 방법을 생각해 내야 했다. 문득, 〈그림자 공격과 방어〉 수업에서 배웠던 '그림자 정지 마법'이 떠올랐다. 발로 상대의 그림자를 밟은 채 마법주문을 외우면 상대를 최대 1분까지도 멈춰둘 수 있는 마법이었다. 물론 상대가 강하면 몇 초도 못 버틴다는 한계가 있긴 하지만, 무엇보다 지금 가장 큰 문제는 상대의 그림자가 아예 '없다'는 점이었다. 빛을 받아도 그림자가 드러나지 않는 걸 보니, 남자는 평소에도 그림자 숨김 상태로 움직이기를 선호하는 모양이었다. 과연 제론의 동료답다고 할 수 있는 신중함이었다.

물론 리안도 그림자를 숨기는 방법 정도는 이미 숙달되었지만, 굳이 그림자를 숨기는 대신 자신의 그림자를 미끼 삼아 상대의 그림자를 꾀어내기로 했다. 그래서 최대한 남자에게서 멀리 떨어진 채, 그가 그림자 부림술을 활용해 보내오는 모든 그림자 물체에 그림자 교환술을 사용했다. 남자가 위험한 쇠붙이의 그림자를 보내오면 이를 꽃잎이나 나뭇잎 혹은 휴지 조각의 그림자로 바꿔버리는 식이었다. 남자의 그림자 부림 솜씨는 상당했지만, 리안 역시 이제 이런 일상적인 사물 정도는 순식간에 그림자를 교환해 버릴 수 있을 정도의 실력을 갖추고 있었다.

같은 싸움이 계속해서 지지부진하게 반복되자, 남자는 한숨을 내쉬더니 주머니에서 리섀딩 파우더를 조금 꺼내 자신의 그림자가 있어야 하는 위치에 뿌렸다. 숨겨두었던 그림자를 다시 나타나게 하려는 것이었다. 리안이 계속해서 그림자 교환술만을 사용하고 있음을 깨닫고, 물건의 그림자를 보내는 대신 자기 자신의 그림자를 부려 리안을 해치려는 심산이었다. 그림자 교환술은 인간이나 섀드의 그림자에는 사용할 수 없으므로, 스스로의 그림자로 공격하면 리안이 당황해 막지 못할 것이라는 계산인 듯했다. 그리고 이것이 바로 리안이 기다리던 순간이었다.

리안은 빠르게 몸을 날려, 남자의 그림자가 완전히 모습을 드러내기 전에 그의 그림자를 밟고 그림자 정지 마법의 주문을 외웠다. 리안의 외양만 보고 몸이 무거운 50대 아저씨라고 판단한 것인지, 남자는 예상치 못한 빠른 몸놀림에 미처 대응하지 못한 채 마법에 당해버렸다. 하지만 물론 남자는 그림자 정지 마법을 몇 초 안에 깨뜨릴 수 있는 실력을 갖추고 있을 듯했으므로, 리안은 재빨리 주머니에서 '오블리비드 파우더Oblivid Powder'를 꺼내 남자의 머리 부분 그림자에 쏟아붓고 정해진 주문을 외운 후 암호를 걸었다.

"아테나 옵티머스 헨리 주니어 3세."

오블리비드 파우더는 '그림자 망각술'에 사용하는 마법가루로, 리안이 이런 예측하지 못한 상황을 대비해 미리 미셀레이니어스 파우더스에서 사둔 것이었다. 그림자 망각술은 대상의 머리 부분 그림자에 오블리비드 파우더를 뿌려 일정 시간의 기억을 앗아가는 마법이었고, 주문과 함께 걸어둔 암호를 알고 있어야만 기억을 되돌릴 수 있었다. 그리고 방금 리안이 중얼거린 암호는 그가 유치원 때 키우던 강아지에게 붙여줬던 이름이었기 때문에, 그 유치하기 짝이 없는 이름을 다른 새드가 알아낼 가능성은 전혀 없었다.

리안이 사용한 오블리비드 파우더의 양은 15분 정도의 기억을 지워주기에 충분한 양이었지만, 그림자 망각술을 사용해 본 것이 처음이었기에 리안은 남자가 정신을 차리기 전에 얼른 그 자리에서 도망쳐 나왔다. 그리고 도서관에서 그림자 망각술을 포함한 다양한 마법교재들을 읽으며 보낸 지난날과, 가게에 갈 때마다 유용한 호신용 마법가루를 추천해 준 조슈아에게 무한한 고마움을 느끼며 뉴욕으로 돌아왔다.


예기치 못한 만남과 공격으로 조사가 중단되긴 했지만, 그래도 제론과 그의 측근이 무언가를 계획하던 장소를 발견한 점은 큰 성과였다. 그리고 단순히 장소만 발견한 게 아니라, 제론의 동료가 무엇을 계획하고 있는지 유추할 수 있는 단서들도 어느 정도 얻어냈다.

리안은 다시 il.과 si. 마법레시피가 적힌 종이를 가져와 재료들을 하나씩 꼼꼼하게 짚어보았다. 짐작한 대로, 아까 방문한 시카고 실험실에는 레시피에 필요한 마법재료들이 대부분 보관되어 있었다. 달맞이꽃 뿌리, 피마자씨, 란타나 열매, 펄라이트 등 자연 재료는 물론이고, 유리 금고 안에서 손톱 모양이나 찻잎 모양의 그림자 조각도 확인할 수 있었다. 게다가 자연 재료들은 최근에 새롭게 준비한 게 분명한, 아주 싱싱한 상태를 자랑하고 있었다. 이 말은 즉, 현재 제론과 그의 동료들이 문제의 마법을 다시 준비하고 있다는 뜻일 터였다.

생각이 여기까지 미치자, 리안은 새블릿을 가져와 다음에 예정된 월식이 언제인지 찾아보았다. 제론의 비밀레시피에서 가장 중요한 조건 중 하나가 월식이었기 때문이었다. 다행히 다음으로 부분월식이 예정된 시기는 2월이라 두 달 넘게 시간이 남아있었다. 하지만 두 달은 짧다면 짧다고도 할 수 있는 기간이라, 리안은 그때까지 가능한 한 모든 대비를 해두어야겠다고 마음먹었다. 이번에는 운이 좋았지만, 또다시 제론의 동료를 한 명이라도 혼자 상대해야 하는 날이 온다면 지금의 마법실력으로는 쉽지 않을 것이었다.

# 19.
# 채 교수의 발자취

시카고에 다녀온 후, 리안은 침착하게 자신이 당장 할 수 있는 일을 순서대로 나열해 보았다. 만약 제론 일당이 2월에 있을 월식에 맞춰 다시 일을 벌이려고 한다면, 그에게 있어 최선의 시나리오는 2월 전까지 섀드가더들을 자신의 편으로 끌어들이는 것이었다. 현실적으로 리안이 그때까지 제론 일당과 동등하게 맞설 마법실력을 갖추기란 무리였다. 그동안 아무리 열심히 공부했다 해도 리안은 고작 한 학기 정도의 마법지식을 갖춘 애송이일 뿐인데, 그쪽은 채 교수 한 명만 해도 뛰어난 마법실력으로 이름을 날린 유명인이었으므로.

그래서 리안은 한편으로는 마법실력을 쌓고 유용한 마법재료들을 사 모으는 데 시간을 쏟으면서, 다른 한편으로는 채 교수와 그림자 연쇄 갈취 사건 사이의 연관성을 입증할 증거물을 확보하기 위해 노력하기로 했다. 제론 일당을 의심할 만한 신빙성 있는 증거를 내세운다면 섀드가더들의 신뢰를 얻을 수 있으리라는 계산이었고, 일당 중 리안이 쉽게 접근할 수 있는 자는 유란섀드학교 안에 있는 채 교수뿐이었기 때문이었다. 게다가 채 교수에 대해 조사하다 보면 제론의 지향점을 알아내겠다는 목표에 가까워질 가능성도 있었다.

하지만 채 교수가 수상한 움직임을 보일 때까지 24시간 쫓아다니며 감시하기란 불가능했다. 만약을 대비해 그림자 마법을 하나라도 더 익히고, 중요한 마법재료를 하나라도 더 확보할 시간이 필요했던 것도 맞지만, 근본적으로 채 교수에게 들키지 않고 그녀를 따라다니기는 쉽지 않았다.

그래서 리안이 차선책으로 선택한 방법은 그녀의 '신발'을 증거물로 확보하는 것이었다. 또 다른 그림자 갈취 사건이 터진다면 아마 채 교수의 신발에는 그 사건 현장에 다녀온 정황이 묻어있을 가능성이 높았다. 그리고 이는 사실 한 그림자 광고에서 영감을 받은 아이디어이기도 했다. 뉴욕의 밤거리를 거닐던 중, 한 나무 그림자 안에 숨어있던 그림자 광고가 그의 눈을 사로잡은 것이었다.

배우자의 외도가 의심되나요? '레이첼 슈즈'에서 신발 바닥에 묻은 성분으로 단 3시간 만에 동선을 파악해 보세요!

맨 처음 이 광고가 리안의 눈에 들어왔던 이유는 구두 가게 같은 이름의 어색한 업체명 때문이었다. 그런데 곰곰이 생각해 보니 광고의 내용 자체도 꽤 흥미로웠다. 리안에게 외도를 의심 중인 배우자는 없었지만, 동선을 추적해 보고 싶은 피의자는 있었으니 말이다.

리안은 '신발 바닥에 묻은 성분으로 동선을 파악한다'는 개념과 책에서 읽었던 '그림자 연동 마법'을 연결해 보기로 결심하고, 다엘 슈에트에 가서 필요한 마법용액과 마법가루를 확보해두었다. 재료를 구매해 직접 만드는 것보다 이미 높은 품질로 제조된 마법약을 사는 편이 훨씬 비쌌지만, 어차피 제론의 돈이었으므로 리안은 굳이 돈을 아끼지 않았다.

이렇게 준비가 끝난 후, 리안은 곧장 채 교수를 찾아가 상담을 받고 싶다는 의사를 밝혔다. 다른 학생들의 선례로 미루어 볼 때, 보충반 담당 교수인 채 교수에게 이따금 학교생활이나 공부에 관해 상담을 요청하는 건 자연스러운 일이었기 때문이었다. 이에 채 교수는 예상 밖이라는 듯 눈썹을 살짝 치켜올리기는 했지만, 별다른 질문 없이 그에게 점심시간에 교수실로 찾아오라고 말해주었다.

점심시간이 되자, 리안은 대충 토마토수프로 식사를 때우고 조심스레 교수실로 들어섰다. 채 교수는 평소와 같은 덤덤한 표정으로 그를 맞이했다. 의중을 가늠해 보려는 듯한 신중한 시선으로 미뤄볼 때 아직 그가 기억을 되찾았다는 사실은 모르는 눈치였다. 그래서 리안은 오히려 채 교수를 완전히 신뢰하는 것처럼 행동했다.

"바쁘실 텐데 죄송해요. 누군가에게 상담하고 싶었던 게 있는데, 아무리 생각해도 채 교수님께서 가장 잘 들어주실 거 같아서요…."

그리고 망설이듯 적당히 뜸을 들이고는 다시 입을 열었다.

"사실 이제까지 비밀로 하고 있었지만…, 저는 완전히 마법을 처음 배우는 섀드는 아니에요. 기억을 잃었거든요."

리안은 이 말과 함께 조심스레 채 교수의 눈빛을 살폈으나, 그의 갑작스러운 선언에도 채 교수는 별다른 감정을 내비치지 않았다. 약간 놀란 정도의 표정이었지만, 리안은 그 표정이 꾸며낸 것이라는 걸 느낄 수 있었다. 그저 학생과 함께 공감해 주는 친절한 교수의 이미지를 만들어 내기 위한 연기인 듯했다. 리안은 다시 천천히 말을 이어나갔다.

"이유는 모르겠지만, 몇 달 전부터 과거의 일이 전혀 기억이 안 나요. 그래서 이렇게 보충반에서 마법을 다시 배우고 있기는 하지만…. 분명 다 배웠던 마법인 것 같은데, 똑같은 걸 다시 배우는 데 시간을 계속 낭비한다는 게 스스로 너무 한심하게 느껴져서…. 저는 대체 어떻게 해야 할까요?"

리안은 표정을 꾸며내는 데는 대체로 자신 있는 편이었기에, 이번에도 우수에 젖은 눈빛을 완벽하게 만들어 낼 수 있었다.

"음…, 어려운 문제긴 하네요. 이미 알고 있는 마법일 텐데 다시 처음부터 배워야 하는 상황이라면 많이 답답하겠어요…. 하지만 굳이 조급하게 기억을 찾으려고 하기보다는 다시 마법을 기초부터 천천히 배워나가는 게 낫지 않을까요? 마침 이곳은 다시 마법공부를 시작하기에 최적의 장소이니까요."

채 교수의 조언은 한 마디로 표현하면 '기억을 찾으려 애쓰지 말고 보충반에 붙어있어라'는 것이었다. 리안도 예상한 바였다. 채 교수로서는 그가 기억을 잃은 채 보충반에 남아있는 편이 감시하기도, 다루기도 편할 테니까. 하지만 물론 채 교수에게 진심 어린 조언을 얻는 게 목적은 아니었으므로, 리안은 그녀의 조언이 도움이 된다는 듯 연기하며 적당한 말들로 대화를 연장해 나갔다. 그러다 보니 어느새 점심시간이 끝나갔다.

"미안하지만 곧 수업이라 이만 가봐야겠네요."

"네, 교수님. 시간 내주셔서 감사했습니다."

리안은 숨 막히는 시간이 드디어 끝났음에 감사하며, 채 교수
와 함께 교수실을 나섰다. 채 교수는 정규반 수업을 위해 동쪽
동의 실험실 층으로 향했고, 리안은 보충반 수업을 위해 서쪽
동으로 향하는 척하다 5분쯤 뒤, 다시 동쪽 동의 Pf층으로 숨어
들었다.

리안의 진짜 목적은 채 교수가 없는 틈을 타 그녀의 교수실에
잠입하는 것이기에, 미리 교수실 문에 접근할 기회를 얻고자 상
담을 요청한 것이었다. 그리고 상담을 마치고 문을 나설 때, 일
부러 리안 자신이 직접 문을 여닫으며 그사이 빠르게 틈새에 스
티커를 붙여 문이 제대로 잠기지 못하게 해두었다. 고전적인
'인간 속임수'였다. 다행히 채 교수는 눈치채지 못한 모양이어
서, 리안은 다시 성공적으로 채 교수의 교수실 안에 들어올 수
있었다.

이렇게 은밀한 잠입에 성공한 후, 리안은 교수실 안에 가지런
히 놓여있던 세 켤레의 신발 쪽으로 다가갔다. 그리고 '그림자
복사'를 위해 각 신발의 그림자에 미리 구매해 둔 마법용액을 꼼
꼼히 바르고 주문을 새겨두었다. 그림자 연동 마법은 '복사'와
'연동' 과정으로 구분되는데, 대상의 그림자에 용액을 바르고 주
문을 새겨두는 복사 작업을 먼저 해야만 이후에 연동마법을 발
동할 수 있기 때문이었다. 이렇게 사전 작업을 마친 후, 리안은

문틈의 스티커를 흔적 없이 제거하고는 늦지 않게 강의실로 뛰어갔다.

그리고 의심을 사지 않도록 남은 수업을 모두 꼼꼼히 듣고 난 후, 저녁에 뉴욕의 집으로 돌아온 리안은 그림자 연동 마법을 시작했다. 세 켤레의 신발과 비슷한 형상을 한 신문지 뭉치를 만든 후, 준비해 둔 마법가루를 뿌리고 아까 새겨두었던 주문을 외웠다. 그러자 신문지 뭉치에서 신발과 똑같은 형상의 그림자가 드리워지더니, 본체 역시 각 신발과 똑같이 변했다. 구석구석 꼼꼼히 살펴보니, 신발에 묻은 흙먼지 하나하나까지 제대로 재연되었음을 확인할 수 있었다.

세 켤레 모두 마법이 제대로 적용되었음을 확인한 리안은 안도의 한숨을 내쉬었다. 리안의 계획은 바로 이 신발 복제본들을 이용해 간접적으로 채 교수의 움직임을 유추하는 것이었다. 채 교수를 24시간 감시할 수는 없지만, 저녁마다 신발 복제본을 지켜보면 채 교수가 학교를 벗어났는지 쉽게 알 수 있을 터였다. 그림자 연동 마법은 본체의 변화를 그대로 시시각각 본떠 복제본을 형상화해 주는 마법이었기에, 본체에 일어나는 움직임이라면 모두 복제본으로도 파악할 수 있었다. 그리고 만약 복제본에 새로운 물질이 묻어난다면 레이첼 슈즈라는 그 어색한 이름의 업체에 의뢰해 볼 것이다. 물론 채 교수가 오늘 신은 신발에는 마법을 걸지 못했지만, 푹신한 재질인 걸 볼 때 학교에서 주로 신는 신발인 듯했다. 아니, 최소한 리안의 희망은 그랬다.

그렇게 며칠이 흘렀지만, 안타깝게도 신발을 통해 채 교수의 움직임을 추적하겠다는 야무진 꿈은 실현될 기미가 보이지 않았다. 2주가 넘도록 제론과 그 동료들은 무서울 정도로 잠잠했고, 리안의 어머니가 살해된 그 사건 이후로는 새로운 그림자 갈취 사건이나 그와 비슷한 어떠한 사건도 일어나지 않았다. 제론 일당과 관련이 있다고 추정되는 사건이 하나라도 터졌다면 사건이 발생한 날, 사건이 발생한 장소에 채 교수가 있었다는 사실을 입증할 수도 있었겠지만, 이렇게 쥐 죽은 듯 고요한 나날 속에서는 특별한 증거를 얻어내기 어려웠다.

하지만 너무 고요한 바다는 밀려오는 폭풍우를 암시한다고 했던가. 지나치게 평화로운 나날에 오히려 리안의 불안감이 짙어질 무렵, 아무도 예상하지 못한 거친 풍랑이 유란섀드학교를 덮쳤다.

모두를 놀라게 한 끔찍한 사건이 시작된 것은 크리스마스를 일주일 정도 남겨둔 월요일이었다. 〈사물 그림자화〉 수업이 한창이던 월요일 오후, 엠마 벤더슨이라는 이름의 작은 여학생 하나가 어지러움을 호소하며 쓰러졌다. 엠마는 곧바로 근처의 섀드병원으로 옮겨졌는데, 놀라운 사실은 그녀가 쓰러진 원인이 어떠한 병 때문도 아니라는 것이었다. 그녀를 병원까지 데려갔던 브라운 교수가 전한 바에 의하면, 섀드병원에서는 그녀의 '그림자가 이상하다'고 표현했다. 알 수 없는 이유로 그녀의 그림자에서 힘이 빠져나가는 듯하다는 말이었다. 그리고 그녀의 그림자를 정밀 조사한 결과, 머리 끝부분의 그림자에서 바늘구멍 정도의 아주 작은 구멍 하나가 발견되었는데, 이는 현대 의학계에 남아있는 어떠한 선례로도 설명할 수 없는 증상이라고 했다.

결국 엠마는 미국에서 가장 영향력 있는 종합병원인 '제프리 브루닝 섀드병원Jeffrey Browning Shad Hospital'으로 옮겨졌고, 병원에서는 추가적인 환자가 발생할 가능성에 대비하기 위해 유란섀드학교에 연구진을 보내 대대적인 조사를 시작했다. 그리고 조사결과, 당황스럽게도 보충반 학생 마흔 명 중 서른 명의 그림자에서 동일한 구멍이 발견되었다. 그림자의 힘이나 체력이 달라엠마보다 이상을 늦게 알아차렸을 뿐, 그들 모두 시시각각 그림자의 힘이 조금씩 줄어들고 있었다는 것이다. 다만 구멍의 위치는 제각각이어서, 어떤 학생은 발끝 부분에 그리고 또 어떤 학생은 어깨 부근에서 구멍이 발견되기도 했다.

그런데 연구진들 그리고 학교 관계자들을 더 혼란스럽게 한 점은, 이 '증상'이 정규반 학생들이나 교수들 사이에서는 전혀 발견되지 않았다는 사실이었다. 단기간에 서른 명이나 되는 학생에게서 발견되었다 보니, 병원 측이 처음 제시한 가설은 이 증상이 어떤 새로운 전염병 때문이라는 것이었는데, 그렇게 가정한다면 같은 학교에서 수도 없이 마주쳤을 다른 정규반 학생들이나 교수들이 감염되지 않았다는 게 말이 되지 않았다. 하지만 이 증상은 섀드 사이에 보이지 않는 구분선이 있기라도 한 듯, 정확히 보충반이라는 경계 안에만 머무를 뿐이었다.

"혹시 이건 질병이 아니라 일종의 저주마법 같은 게 아닐까?"

리안의 앞줄에서 케이틀린이 티모시에게 속삭였다. 정규반 학생들과, 리안을 포함한 열 명의 보충반 '생존자'들은 A층의 대형 강의실에 모여 조사를 기다리던 참이었다.

"보충반 학생들 사이에서만 이런 일이 일어났다는 건 이상하잖아. 보충반 애들을 못마땅하게 여기던 애들, 걔네 짓 아니야 혹시?"

"확실히 희소한 질병이 딱 보충반만 겨냥해 퍼졌다는 건 이상하긴 해. 조사관들도 섀드가 벌인 일이라고 생각하니 이렇게 우리를 불러다 놓고 조사하는 거 아니겠어? 최근 들어 학교에 별다른 의심스러운 정황이 없었는지 확인하려는 거라곤 하지만,

사실은 의심스러운 '인물'이 없는지 캐내려는 거 아닐까?"

앞줄에서 들려오는 케이틀린과 티모시의 대화에 리안은 마음 속으로 고개를 끄덕였다. 그 역시 이 일은 질병 같은 것일 리가 없다고 생각하고 있었다. 하지만 보충반 학생들을 싫어하는 정규반 학생들이 벌인 일이라고 여기기에는 어딘가 찜찜했다. 그림자의 힘을 빨아들이는 끔찍한 마법을 개발해 보충반을 공격하는 건 그들을 골탕 먹이기 위한 장난이라기엔 정도가 너무 지나쳤다.

"그림자에 구멍이 뚫린 애들은 힘이 계속 빠져나가고 있대. 그림자의 색도 점점 옅어져서, 나중엔 그림자가 투명해질지도 모른다던데?"

"엠마는 원체 그림자 마법력이 약했던 애라…. 아직도 의식이 안 돌아왔다더라."

"그림자의 힘이 완전히 사라지면 어떻게 되는 거야…? 설마 죽는 건가?"

대부분의 학생은 이 끔찍한 증상의 결말이 죽음뿐이리라 생각하는 것 같았고, 그래서 벌써 병실로 이송된 친구를 걱정하며 눈물을 쏟는 학생들도 있었다. 리안 역시 이와 같은 해석에 동의했고, 그렇기에 이 일은 몇몇 학생의 장난 정도가 아니라 지극히 위험한 '범죄'로 접근해야 한다고 생각했다. 그리고 '보충반'과 '위험한 범죄'라는 두 단어에 가장 잘 어울리는 인물은 채 교수밖에 없었다. 하지만 채 교수가 범인이라고 하기에도 역시 납득할 수 없는 부분이 너무 많았다. 그들의 목표는 그림자 갈취 그리고 본체를 지닌 검은 지능체를 만드는 게 아니었던가. 제론의 집에서도 그림자의 힘을 서서히 빼앗는 마법에 관한 내용은 발견된 적이 없었다.

병원에서 보낸 연구원과 역학 조사관에, 섀드가더들이 파견한 조사관까지 찾아와 유란섀드학교를 들쑤시고 다녔음에도 수사는 지지부진하게 이어졌다. 이 와중에도 학교가 해야 할 최소한의 역할은 다해야 한다는 그레이엄 총장의 결정에 따라 대부분의 수업은 정상적으로 이루어졌다. 그러나 겁을 먹고 아예 학교에 나오지 않기로 한 학생들이 많아 학교의 뒤숭숭한 분위기는 좀처럼 잡히지 않았다.

결과적으로 이 증상은 전염병보다는 누군가의 마법에 의한 것일 가능성이 높다는 결론이 내려졌다. 하지만 범인이 누구인지 특정할 수 없는 상황이었기에 학생들은 자신도 당할 수 있다는 불안감에 떨고 있었다. 이런 분위기가 이어지다 보니, 유독 보충반을 티 나게 싫어했던 정규반 학생 몇몇은 대놓고 의심스러운 눈초리를 받기도 했다.

"난 진짜 아니야. 물론 보충반 애들처럼 마법력이 약한 섀드는 별 쓸모가 없다고 생각하긴 하지만, 그림자의 힘을 서서히 빼앗아 말려 죽일 만큼 증오했던 건 아니라고. 너네, 내가 다른 섀드를 공격하는 데 마법을 쓰는 애가 아니라는 거 정도는 알잖아."

리안은 복도 끝에서 래리가 케이틀린과 티모시에게 적극적으로 자신을 변호하는 모습을 목격하기도 했다. 래리는 보충반 학생인 리안에게 그런 모습을 들킨 것이 치욕스러웠는지 그를 보자마자 쌩하니 등을 돌려버렸지만, 리안은 당연히 그가 범인이라는 생각은 하지 않았기에 큰 관심을 두지 않았다.

이 시점에 리안의 관심은 다시 채 교수에게 돌아와 있었다. 보충반 학생 중에서도 그 마법에 당한 학생이 있고 또 아닌 학생이 있다는 점은, 그 학생들 사이에 무언가 차이가 있다는 의미일 터였다. 그리고 리안이 그동안 마법에 당한 서른 명의 학생과 관련된 이런저런 정보를 수집해 본 결과, 그들은 모두 이번 학기에 채 교수와 개인적으로 면담을 가진 적이 있다는 사실이 드러났다. 리안은 피해 학생 중 한 명인 제이가 최근 채 교수에게 보충반 생활과 관련해 면담을 청한 적이 있다는 걸 알고 있었기에 그 점에 주목했고, 그 결과 생각대로 서른 명의 학생 모두 채 교수와 개인적으로 시간을 보낸 적이 있다는 사실을 알아낼 수 있었다.

물론 여전히 이 '그림자력 소진 마법'이 제론 일당과 어떤 관련이 있는지는 전혀 짚이는 바가 없었다. 그러나 제론과 상관없이 채 교수가 단독으로 벌인 범행이라는 설명도 충분히 가능했으므로 리안은 일단 범행 동기에는 집착하지 않기로 했다. 지금으로서는 이 사태로 보충반 학생들이 희생되는 일을 막는 것이 더 중요했다.

그래서 채 교수에 대한 의심 정황이 어느 정도 정리되자마자 리안은 세린을 만나기 위해 학교 밖 호숫가로 나갔다. 수사본부에서 파견한 조사원들을 만나기 위해서인지, 세린이 요즘 뒤숭숭한 분위기를 틈타 수시로 호숫가에 나간다는 사실을 눈치챘기 때문이었다. 저녁 시간 정도밖에 되지 않았는데도 바깥은 유난히 깜깜해, 리안은 어둑한 나무들 사이를 한참 헤맨 후에야 세린을 발견할 수 있었다. 어떤 용무를 끝내고 다시 학교로 돌아가려는 길인 듯했다.

"무슨 일이죠?"

세린은 리안이 불쑥 자신 앞에 나타난 것이 놀랍지는 않다는 듯 무심히 말을 건넸다.

"이번 사건의 범인이요. 좀 알아낸 게 있나 해서…."

리안은 채 교수에 관한 이야기를 꺼내기에 앞서 세린의 생각을 떠보려 했으나, 세린은 아무 대답 없이 그를 빤히 보다가 고개를 저을 뿐이었다. 정보를 나눠주고 싶지 않다는 뜻일까, 아니면 나눠줄 만한 정보를 얻지 못했다는 뜻일까. 리안은 어쩔 수 없이 먼저 입을 열기로 했다.

"서른 명의 보충반 학생들에게 어떤 공통점이 있을지 찾아봤는데, 채 교수가 그 열쇠일 수 있을 거 같아요. 다들 채 교수와 개인적으로 면담을 한 적이 있더라고요. 여기에 학생들이 각각 채 교수를 만났던 일자를 적어봤는데…."

리안의 말을 끝까지 듣기도 전에, 세린은 눈썹을 찡그리며 딱 잘라 말했다.

"채 교수가 수상하다는 말은 우리가 처음 만났을 때부터 했던 얘기인 거 같은데, 혹시 제대로 된 증거가 없는 건 지금도 마찬가지인가요? 채 교수는 보충반 담당 교수예요. 보충반 학생 대부분과 면담했다는 이유만으로 범인으로 몰 수는 없어요."

"그건…."

세린의 말 역시 일리가 있었고, 채 교수가 수상한 인물이라는 다른 증거는 리안이 제론 일당과 마주쳤던 밤의 기억뿐이었으므로 리안은 어떠한 대답도 할 수가 없었다.

세린은 잠시 주변을 살피더니 한층 낮은 목소리로 조용히 말을 이었다.

"솔직하게 한 가지만 말해주자면, 우리 섀드가더들은 이번 사태에 사용된 마법이 무엇인지 알아냈어요. 내로라하는 모든 고대 섀드학 전문가들을 모아 조사했는데, 다행히 이번 마법은 그림자 갈취처럼 전혀 알려진 바가 없는 마법은 아니더군요. '섀도우 홀Shadow Hole'이라는 고대의 마법인 듯한데, 이 마법에는 '코어' 또는 '핵'이라고 불리는 특정한 공간이 필요해요. 대상의 그림자에 구멍을 뚫고, 그 구멍을 코어와 연결해 그림자에서 힘을 서서히 빼오는 마법이거든요. 그러니까 그림자의 힘을 코어로 옮겨 담는 거죠. 이 마법이 잘 알려지지 않은 이유는 빼앗아 온 그림자의 힘을 사용하는 방법이 아주 오래전에 잊혀졌기 때문이라, 범인이 이런 일을 왜 벌였는지는 모르겠지만요."

리안은 그녀가 이러한 설명을 꺼낸 이유를 알 수가 없어 잠자코 듣고만 있었다.

"어찌 됐든, 중요한 점은 이 마법을 구현하려면 범인은 코어가 있는 장소를 최소 두 번은 방문해야 한다는 거예요. 처음 구멍을 연결할 때 그리고 마법을 발동시킬 때. 그러니까 범인은 무조건 사건이 발생하기 직전에 수상한 장소를 방문한 적이 있어야 한다는 뜻이죠."

범인은 무조건 사건 직전에 코어가 있는 장소를 찾았어야 한다…. 그래서 그게 뭐가 어떻다는 거지? 리안이 영문을 모르겠다는 표정을 짓자, 세린은 조용히 한숨을 내쉬며 말을 이었다.

"눈치채지 못했겠지만 이번 학기 내내, 우리 수사본부의 조사원이 이 호숫가를 감시하며 모든 학생과 교수의 움직임을 기록해 왔어요. 그리고 이 사건이 터지고, 섀도우 홀이라는 마법이 사용되었다는 걸 알아냈을 때 우리는 당장 모든 관계자의 그림자 이동 여부를 확인했죠. 알다시피 모든 그림자 이동은 이 호숫가에서 이루어지니까요. 그리고 채 교수는 사건 발생일 전에 무려 한 달 동안이나 학교 밖으로 나오지 않았어요."

리안은 그제야 세린이 왜 자신에게 이 이야기를 해주었는지 깨달았다.

"하지만 학교 안에서는 그림자 이동이….""

"불가능하죠."

리안은 당황스러운 표정을 감출 수가 없었다.

"그리고 분명히 말해두건대, 코어는 학교 안 어느 곳에도 없었어요."

세린은 이렇게 말을 덧붙이더니, 리안을 어두운 나무 그늘에 홀로 두고 멀어져 갔다.

하지만 리안은 그렇게 깔끔하게 '채 교수 범인설'을 포기할 수는 없었다. 무엇보다, 채 교수가 한 달 동안이나 어느 곳으로도 그림자 이동을 하지 않았다는 정보는 도무지 믿어지지 않았다.

리안이 복제해 두었던 채 교수의 신발들은 다른 메시지를 전달하고 있었기 때문이었다. 리안이 매일 들여다봤던 채 교수의 신발들에는 나뭇잎이 묻어온 날도, 질척이는 눈이 묻어온 날도 있었다. 그리고 그 모든 건 분명 학교 안에서 묻을 수 있는 게 아니었다.

'대체 무엇을 놓치고 있는 거지?'

리안은 혼란스러운 심경으로 달빛이 사라진 깜깜한 밤하늘을 올려다보았다.

# 크리스마스의 악몽

　리안이 마침내 '자신이 놓치고 있었던 것'을 이해하게 된 시점은 사건이 발생한 지 일주일이 지난 월요일, 즉 크리스마스이브였다.

　마법에 당한 서른 명의 보충반 학생들은 모두 아직은 목숨을 부지하고 있었으나, 가장 처음 상태가 급변했던 학생인 엠마는 혼수상태에 빠진 후 좀처럼 깨어나지 못하고 있었다. 병문안을 다녀온 그녀의 단짝 친구 루나 에자키에 따르면 엠마의 그림자는 '검은색 물감을 한 방울 떨어뜨린 물' 정도의 채도를 보인다고 했는데, 이는 결코 좋은 신호는 아니었다.

　사건 발생 일주일째가 되자 수업을 정상적으로 이어가겠다는 그레이엄 총장의 결단도 크게 흔들려, 유란새드학교의 모든 수업은 24일을 마지막으로 중단될 예정이었다. 원래라면 기말시험이 예정되어 있던 주간이었으나, 보충반은 시험을 칠 학생 상당수가 병실에 있는 상황이라 시험 역시 무기한 연기될 수밖에 없었다.

이러한 상황이기에, 리안은 자신이 이 범죄를 파헤치고자 한다면 오늘이 마지막 기회라고 생각했다. 오늘이 지나면 채 교수를 비롯한 다른 교수들도 학교에 앉아있어야 할 의무에서 해방되므로. 하지만 대체 무엇을 어떻게 조사해야 한다는 말인가….

리안이 이렇게 고민하며 강의실을 터벅터벅 걸어 나서는 순간, 등 뒤에서 누군가가 리안을 불러 세웠다.

"에론 레브런 군?"

뒤를 돌아보니 처음 보는 정규반 학생이었다. 리안이 어리둥절한 표정으로 그를 빤히 바라보자, 학생이 말을 이었다.

"채 교수님이 에론 군에게 말을 전해달라고 하셔서요. 이따 수업이 다 끝난 후 5시경에 교수실로 찾아오라고 하셨어요. '로렌츠 교수님이 제안하셨던 건'에 관해 이야기하려 한다고…."

학기의 마지막 날, 마지막 수업이 끝난 후에 채 교수가 그를 불러낼 이유라니. 로렌츠 교수가 제안했던 건이라면… 이전에 총장실에서 이야기했던 정규반 편입을 의미하는 걸까? 리안이 혼란스러워하는 사이, 전해야 할 말을 마친 학생은 미련 없이 자리를 떠났다.

    마지막 수업이 끝난 후, 리안은 채 교수가 자신을 부른 진짜 의도가 무엇일지 고민하며 천천히 교수실을 향해 걸어갔다. 리안이 기억을 되찾았다는 사실을 알아낸 걸까? 아니면 단순히 로렌츠 교수가 제안한 편입 건에 관해 말하는 척하며 리안의 동태를 살피고 싶은 것뿐일까? 하지만 채 교수의 목적이 무엇이든, 그녀를 찾아가 보지 않고서는 리안 역시 얻을 수 있는 게 하나도 없었다. 그래서 리안은 마음을 굳게 먹고 교수실 문을 두드렸다.

    "들어와요."

    채 교수는 손수 문을 열어주더니, 자리로 가 앉으며 리안에게도 맞은편 자리를 권했다. 리안은 권유대로 자리에 앉으며 채 교수의 표정을 조심스레 살폈지만, 아직은 그녀의 완벽한 포커페이스 뒤에 무엇이 숨겨져 있는지 알아낼 수 없었다.

    먼저 대화의 물꼬를 튼 쪽은 채 교수였다.

    "로렌츠 교수가 에론 군에 대해 상당한 관심을 품고 있더군요. 보충반이긴 하지만 손꼽힐 만큼 대단한 재능을 가진 학생이라나."

    예상하지 못한 첫마디에, 리안은 어떤 반응을 보여야 할지 알 수 없어 어색한 미소만 띠어 보였다. 대화가 어떤 방향으로 흘러갈지 가늠해 보려 리안이 머리를 굴리는 사이, 채 교수의 말이 천천히 이어졌다.

"…어떻게 보면 당연한 일이죠. 제론 님의 그림자는 세상에서 가장 강력한 힘을 가지고 있으니까. 그렇죠? 에론 군. 아니, 리안 군?"

갑작스레 떨어진 이 말에, 리안은 당황스러운 표정을 숨길 수 없었다. 심장이 미친 듯이 뛰기 시작했다. 무슨 말을 하고 싶은 거지? 어디까지 파악하고 있는 거지? 리안의 머릿속에서 수많은 물음표가 아우성치는 사이, 어느새 채 교수의 눈빛은 눈앞의 먹잇감을 탐색하는 듯한 서늘한 눈빛으로 바뀌어 있었다. 방 안의 공기도 점점 숨 막힐 듯 싸늘한 긴장감으로 채워졌다.

"최근에 쥐새끼 한 마리가 내 신발에 마법약을 묻히고 갔더군요. 그림자 연동 마법이라니. 내가 어디로 돌아다니나 감시라도 하고 싶었던 모양이죠?"

리안은 한쪽 구석에 줄 맞춰 놓여있는 신발들을 곁눈질로 바라보며 입술을 꾹 깨물었다. 아무리 채 교수라도 신발의 그림자까지 세세하게 살펴보지는 않을 것이라 생각했는데, 그녀는 예상보다 더 만만하지 않은 인물이었다.

채 교수는 리안의 흔들리는 눈동자를 탐색하듯 바라보다, 서서히 표정을 누그러뜨렸다. 그러고는 좋은 생각이 떠올랐다는 듯, 한쪽 손으로 턱을 괸 채 리안을 보며 눈빛을 반짝 빛냈다.

"나를 의심하는 걸 보니 기억이 돌아온 게 확실한데… 이건 어때요? 다시 제론 님과 몸을 바꾸는 데 협조하는 거예요. 그러면 리안 군도 더 이상 범죄자로 의심받을 필요 없이 인간의 몸으로 돌아가서 좋고, 우리는 다시 제론 님의 몸을 돌려받을 수 있어서 좋고. 윈-윈win-win이랄까."

"몸을 바꿔줄 수 있다고요…?"

뜻밖의 제안에, 리안은 채 교수의 의중을 확신할 수 없어 조심스럽게 대답했다. 채 교수를 믿을 수 없다는 건 알지만, 마음 한 구석에서 몸을 바꿔주겠다는 말만큼은 사실이길 바라는, 터무니없는 희망이 피어올라 그를 괴롭게 했다.

"그럼요. 영혼을 다시 되돌리는 방법을 찾기까지 오래 걸렸지만, 우린 드디어 방법을 찾아냈어요. 그러니까 이제 리안 군도 굳이 섀드의 몸으로 살아갈 필요 없잖아요? 이 세계에 친구나 가족이 있는 거도 아니고."

채 교수의 자신감 넘치는 미소에, 리안은 혼란스러운 마음이 들었다. 채 교수는 정말 그를 원래의 몸으로 되돌려 줄 생각인 걸까? 너무나도 매혹적인 제안이었으나, 오히려 그렇기에 섣불리 물었다가는 다칠지 모른다. 리안은 신중한 판단을 위해 조심스레 떠보듯 질문을 던졌다.

"그런데… 제가 몇 달 동안 이 몸의 주인…분의 집에서 지내면서 의도치 않게 알게 된 정보들이 조금 있는데 괜찮으신가요?"

이 질문에 채 교수는 조금의 고민도 없이 곧바로 대답을 내놓았다. 어린아이를 구슬리는 듯한 온화한 말투였다.

"우린 리안 군이 제론 님의 비밀을 알고 있다고 해도 상관없어요. 어차피 인간으로 돌아가면 섀드세계와는 관계가 없는걸."

하지만 그 부드러운 말은 리안의 마음을 녹이기는커녕, 예리한 비수가 되어 그의 머릿속 경고등에 강하게 꽂혔다. 이 말 한마디로 오히려 리안은 채 교수가 거짓말을 하고 있다는 걸 확신할 수 있었다. 제론과 그의 무리는 절대로 '리안이 그들의 비밀을 알고 있다고 해도 상관없다'고 여길 리 없었다. 제론은 본 얼굴과 신분을 숨기기 위해 수많은 가짜 얼굴과 가짜 신분을 만들 정도로 철저한 인물이다. 게다가 인간으로 돌아간다 해도 리안이 섀드세계에 제론의 무리에 대해 알리는 일은 얼마든지 가능하다. 그런데 그렇게 조심성이 강한 이들이 리안을 그대로 보내주겠다니. 채 교수는 짐짓 다정한 분위기를 조성하려고 애썼지만, 그녀의 태도는 리안에게 이 모든 것이 다 연기라는 믿음을 심어줄 뿐이었다.

애초에 몸을 다시 뒤바꿀 방법을 알아냈다는 것 자체가 거짓말일 수도 있다. 아예 리안의 영혼을 소멸시키고 제론의 몸과 그림자만 취하려는 술수인 건 아닐까? 게다가 백번 양보해서 그들이 진짜로 몸을 되돌리는 법을 찾아냈다 해도, 그들이 인간으로 돌아간 리안을 살려둘 리 없다. 오히려 인간으로 되돌아가면 섀드의 마법에 제압당하기 수월해질 뿐.

몸을 바꾸는 데 협조하라는 채 교수의 제안이 자신에게 어떠한 이득도 되지 않는다는 걸 완벽하게 확신한 리안은, 재빨리 교수실을 떠나기 위해 의자를 박차고 일어났다. 채 교수는 리안보다 문에서 먼 쪽에 앉아있었기 때문에, 리안은 그녀가 저지하기 전에 자신이 문밖으로 안전하게 도망갈 수 있다고 생각했다.

하지만 교수실의 문을 연 순간, 리안의 눈앞에 펼쳐진 풍경은 얼마 전까지만 해도 그곳에 있던 익숙한 학교 복도가 아니었다. 아예 유란섀드학교에 존재하는 장소가 아닌 것 같은, 생전 처음 보는 알 수 없는 저택의 복도였다. 바닥과 벽면이 온통 검은 대리석으로 지어져, 문을 열자마자 싸늘한 냉기가 훅 끼쳐왔다. 리안은 믿기지 않는 풍경에 당황해 뒷걸음질 치다, 어느새 뒤에 바짝 다가온 채 교수의 발에 걸려 비틀거렸다.

"이건 대체⋯."

당황한 리안은 혼잣말을 내뱉으며 바로 뒤에 있는 채 교수를 돌아보다, 본능적으로 다시 그녀에게서 멀어지기 위해 뒤로 몇 발짝 걸음을 옮겼다. 채 교수는 아무 일 아니라는 듯 씩 웃을 뿐이었다.

"그림자 이동의 한 종류랄까? 섀드 본인의 몸을 이동시킬 수 있다면, 교수실을 통째로 이동시킬 수도 있지 않겠어요?"

한 공간을 통째로 이동시키다니. 듣도 보도 못한 마법이었다. 대체 세상엔 상상조차 하지 못하는 마법이 얼마나 더 있는 것일까? 게다가 리안은 교수실 안에 있으면서도 채 교수가 마법을 발동하고 있다는 걸 전혀 느끼지 못했다.

"대체 어느새… 아니, 그보다 학교에서는 그림자 이동 자체가 불가능할 텐데…?"

리안의 혼란스러운 머릿속에 가득 떠오른 질문들이 또다시 혼잣말의 형태로 쏟아져 나왔다. 채 교수는 한 번 더 소리 없는 웃음을 짓더니, 짐짓 강의라도 하듯 리안에게 설명을 제공해 주었다. 혼란에 빠진 리안의 모습을 지켜보는 게 그녀에게는 꽤 즐거운 일인 듯했다.

"학교에서는 그림자 이동이 불가능하다… 맞아요. 하지만 아무리 강한 제약이라도 섀드가 걸어둔 마법일 뿐이죠. 그보다 뛰어난 섀드라면 얼마든지 제약을 깰 수 있어요. 내가 이 교수실을 고집한 이유도 제론 님이 풀어둔 제약 때문이죠."

제론은 다른 섀드들이 걸어둔 강한 마법조차도 무력화할 수 있을 만큼 대단한 인물이었던 모양이었다. 이 긴박한 상황에서 떠올리기 적절한지는 모르겠으나, 제로에 갔을 때 제론의 트랜스포마스크는 보안 장막에도 끄떡하지 않았다는 사실이 머릿속을 스쳤다. 리안은 그렇게 상상을 초월하는 능력을 가진 자들과 대적한다고 할 때, 자신이 얼마나 승산이 있을까 생각하며 침울하게 한숨을 내쉬었다.

"그러게, 처음부터 순순히 제안을 받아들이겠다고 했으면 이렇게 강압적으로 데려오지는 않았을 텐데. 제법 똑똑한 인간인 줄 알았는데 실망이네."

채 교수는 비꼬는 듯한 말투로 이야기하며 리안에게 조금씩 다가왔다. 그러면서 알 수 없는 주문을 달싹이며 리안의 두 다리 그림자를 '그림자 끈'으로 꽁꽁 묶더니, 끈의 끝을 잡고 리안을 이동시키기 시작했다. 어떤 마법을 쓴 건지, 채 교수의 그림자가 리안을 묶은 그림자 끈을 잡고 움직이니, 리안의 몸도 따라서 부드럽게 바닥 위로 미끄러지듯 나아갔다. 검은 대리석으로 둘러싸인 복도는 보이는 것만큼이나 냉기가 가득해서, 리안은 점점 추위에 몸이 굳어지는 걸 느꼈다.

그렇게 저항할 틈도 없이 끌려간 리안이 당도한 곳은, 복도와 마찬가지로 사방이 온통 검은 대리석으로 둘러싸인 방이었다.

천장에 달린 백열등에서 뿜어져 나오는 눈부신 빛에도 불구하고 이 방 역시 싸늘한 한기가 가득해, 리안은 본능적으로 몸을 부르르 떨었다.

"때가 될 때까지 얌전히 여기 있도록. 어떠한 마법도 쓸 수 없도록 제한을 걸어두었으니 허튼 생각은 안 하는 게 좋아요."

냉정한 말만 남기고 채 교수는 리안을 혼자 방에 내버려둔 채 떠났다. 이중 잠금장치가 튼튼하게 설치된 문을 채 교수가 꼼꼼히 잠그는 소리를 들으며, 리안은 자포자기하듯 방 한가운데 털썩 주저앉았다. 어느새 다리에 있던 그림자 끈은 사라져 있었지만, 다리가 자유롭다고 해도 바닥에서 올라오는 소름 끼칠 정도의 냉기 때문에 편안하게 앉아있기는 힘들었다.

하지만 지금 중요한 것은 당장의 편안함이 아니었다. 리안은 채 교수가 이야기한 '때'라는 게 대체 언제를 의미하는 것일지 생각해 보며 방 안을 둘러보았다. 가만히 앉아 제론 일당이 준비한 결말을 맞이할 수는 없었다. 하지만 방 안을 아무리 꼼꼼하게 살펴봐도 도망칠 구멍은 어디에도 없었다. 도구로 쓸 만한 물건을 찾아 잠금장치를 어떻게든 해보려고 해도, 창문조차 없는 이 방에는 대리석 벽과 천장 한가운데 달린 백열등 외에는 아무것도 없었다. 혹시나 해서 간단한 그림자 마법을 몇 가지 시도해 보기도 했지만, 역시 허사였다. 채 교수의 말대로 이 방에는 마법을 제한하는 조치가 단단히 걸려있는 모양이었다.

'마법 제한이라….'

리안은 이 말을 곰곰이 되새겨 보며 머리 위에 달린 백열등을 바라보다가, 그 빛이 만들어 낸 자신의 그림자로 시선을 옮겼다.

'혹시….'

섀드의 마법력은 그림자에 의해 결정된다고 했다. 얼마나 강한 마법의 힘을 지닌 그림자를 타고났는지가 섀드의 기본 능력을 결정지으며, 평생에 걸친 학습과 수련에 따라 증폭되는 마법의 힘도 그림자에 저장된다. 리안은 유란섀드학교의 보충반 입학 테스트 날, 자신이 1등급 섀도우 스톤에 그림자를 얹었던 장면을 떠올렸다. 분명 그때 리안의 그림자, 그러니까 리안에게 있는 '제론'의 그림자는 1등급 섀도우 스톤을 순식간에 물들이고도 그 돌을 파괴해 버릴 만큼의 위력을 보였다.

"아무리 강한 제약이라도 섀드가 걸어둔 마법일 뿐이죠. 그보다 뛰어난 섀드라면 얼마든지 제약을 깰 수 있어요."

리안은 방금 전 채 교수에게서 들은 말을 떠올렸다.

제론은 현재 인간인 리안의 몸에 갇혀있으므로, 아마 이 방에 걸어두었다는 '마법 무효화 제한'은 채 교수나 다른 동료가 구현한 마법일 터였다. 그리고 이제까지 알게 된 사실에 따르면, 제론은 그 누구보다 강한 섀드마법력을 가진 인물이었다. 채 교수가 "제론 님이 풀어둔 제약 때문에 브룩스 교수의 교수실을 고집했다"고 말한 걸 보면, 제론 외에는 누구도 유란섀드학교에 걸려있는 강한 제약을 깨뜨릴 정도의 힘은 갖지 못한 게 아닐까? 이는 곧, 제론이 채 교수를 비롯한 그의 어떤 동료보다도 우월한 힘을 가진 섀드였다는 말이 된다. 그리고 현재, 제론이 지닌 마법력의 원천인 그림자는 바로 리안의 수중에 있었다. 그렇다면, 그 누구보다 강력한 그림자를 가진 리안이라면, 이 방에 걸어두었다는 제약을 깰 수도 있지 않을까?

리안의 머릿속에 희망이 조금씩 자라났다. 리안은 얼른 가설을 시험해 보기 위해, 오른쪽 신발을 벗어 바닥 위에 내려놓고 앞에 가까이 앉았다. 신발 정도 크기의 물체에 그림자 압축 마법을 거는 일이라면 지금의 리안에게는 아주 손쉬운 수준이었다. 그렇기에 그가 이 방의 제약을 깨고 그림자 마법을 구현해 낼 수 있을지 테스트하기에 안성맞춤이었다. 리안은 잠시 눈을 감고 간절한 희망과 함께 호흡을 고른 후, 다시 신발을 응시하며 그림자를 축소하기 위해 온 정신을 집중했다. 하지만 신발에 정신을 집중하고 또 집중해 비로소 마법이 실현될 것 같은 단단한 감각이 찾아오는 족족, 알 수 없는 거대한 벽이 마법을 튕겨

내는 듯한 느낌과 함께 마법은 실패했다.

계속되는 실패에 낙담한 리안은 다시 자신의 그림자로 시선을 옮겼다. 아무리 강한 힘을 지닌 그림자가 있다고 해도, 이를 완벽히 다스릴 만한 실력과 경험이 뒷받침되지 않으면 안 되는 것일까? 리안이 제론의 그림자를 가지고 있는데도 채 교수가 딱히 경계하거나 걱정하지 않은 이유도, 어차피 리안이 그림자의 힘을 제대로 사용하지 못할 걸 알았기 때문이 아닐까? 자라났던 희망이 조금씩 꺾여나가고 있었다.

리안은 실망감을 이기지 못하고 차가운 바닥 위에 그대로 누워버렸다. 어차피 아무것도 할 수 없다면, 언제 다가올지 모르는 '때'를 기다리며 체력이라도 보충해 둬야 하는 게 아닐까? 리안은 자포자기한 심정으로 바닥 위에 웅크려 누운 채 잠이라도 청하려 했다.

하지만 바닥의 냉기 탓인지, 분한 마음 때문인지 그대로 잠들어 버릴 수는 없었다. 리안은 다시 마음을 다잡고 벌떡 일어나 앉았다. 이미 사형선고가 떨어진 것이나 다름없는 지금, 안 되겠다고 포기하고 누워있을 수는 없었다. 그래서 리안은 다시 신발을 눈높이까지 높게 들어 올려 주문을 외우고, 그림자에 시선을 고정한 채 정신력을 최대한 끌어모았다.

'줄어들어라… 제발 줄어들어….'

기도하듯 간절한 염원을 보내며 리안은 다시 한번 마법이 실현되기 직전까지, 그러니까 거대한 무형의 방어벽이 그를 가로막는 단계까지 도달했다. 그리고 마법이 벽에 부딪히는 느낌이 들자, 그 벽을 심상화해 마음속에서 시각적으로 그려냈다. 벽을 뛰어넘기만 하면 그 너머로 자신의 마법을 보낼 수 있을 것 같은 느낌이 강하게 들었다.

'그래, 어떤 벽이라도 끝은 있어. 그 끝을 찾자.'

리안은 계속해서 모든 집중력을 끌어모아 벽의 형상을 머릿속에 그려냈다. 그리고 높게만 느껴지는 그 보이지 않는 벽이 끝나는 지점을 찾기 위해 벽을 계속 거슬러 올라갔다. 그렇게 몇 번이고 시도하다 보니, 점점 리안은 벽의 끝에 가깝게 마법의 힘을 밀어낼 수 있게 되었다. 계속해서 시도하면 시도할수록 마법의 완성에 가까워지고 있다는 느낌이 강하게 들었다.

'조금만 더, 조금만 더….'

마법을 가로막는 벽의 끝에 도달한 순간, 리안은 마법의 힘을 한 방울이라도 더하기 위해 남은 모든 정신력을 쥐어짜 냈고, 마침내 찌릿, 하고 머릿속에서 경쾌한 전류가 흐르는 듯한 산뜻한 기분이 리안을 사로잡았다.

"…해냈어."

눈앞에서 동전만큼 조그맣게 줄어든 신발을 바라보며, 리안은 작은 혼잣말로 승리를 선언했다. 너무 기쁜 나머지, 이제까지의 긴장감과 불안감이 모두 뒤섞여 눈물이 날 것 같은 벅찬 기분이 들었다.

마법 무효화 제한을 자신이 성공적으로 깰 수 있다는 사실을 발견한 후, 리안은 얼른 다른 마법을 시도하기 위해 정신을 집중했다. 그리고 무수한 시도를 거쳐 그림자화 마법으로 자신을 그림자만 남은 상태로 변환하는 데 성공했다. 리안은 시카고에 있는 실험실에 다녀온 후 자신을 완전히 그림자화하는 방법도 몇 번이고 혼자 연습해 두었기에, 제약이 붙은 상황에서도 결국 그림자화라는, 꽤 난이도가 있는 마법을 구현할 수 있었다.

방문은 단단히 잠겨있었지만, 문과 바닥 사이에는 어느 정도 공간이 있어 그림자 상태가 되자 별다른 문제 없이 문틈을 스르륵 통과할 수 있었다. 리안은 그림자 상태 그대로 복도를 따라 미끄러지듯 이동하며 아까 채 교수가 이동시킨 교수실이 있던 곳을 찾아보았다. 교수실 안에 그림자 이동에 쓸 만한 사진들이 몇 개 남아있을 거라 짐작했기 때문이었다. 하지만 아까 교수실이 있었던 장소에 도달했는데도, 그곳에는 교수실이 없었다. 교수실은 온데간데없고 그저 텅 빈 방만이 놓여있을 뿐이었다. 채 교수가 다시 교수실을 원래의 장소로 이동시켜 버린 걸까?

리안은 이렇게 된 이상, 저택의 출구를 찾아 그쪽으로 나가야겠다고 결심하고, 복도를 따라 더욱 빠른 속도로 미끄러지듯 움직였다. 다행히 채 교수를 비롯한 제론의 동료들은 보이지 않았다. 하지만 복도에 놓인 대부분의 문 뒤에는 사방이 튼튼한 검은 대리석으로 막힌 방이 자리할 뿐이었다. 이쯤 되니 이 기묘한 구조의 저택에 바깥으로 나가는 문이 있기는 할까 하는 의심이 들었다. 그래도 리안은 아직 확인해 보지 않은 몇 개의 문을 열어보기 전에는 희망을 잃을 수 없다고 생각하며, 바로 옆에 놓인 새로운 문을 확인하기 위해 다가갔다.

그런데 문을 통과하기도 전부터, 그 방 안에서는 잔뜩 화가 난 듯한 두 남성의 목소리가 들려왔다. 그리고 그 목소리 중 하나는 리안도 아주 잘 아는, 자기 자신의 목소리였다.

"그건 내가 해야 하는 일이야, 케인!"

리안의 목소리를 가진 남자, 그러니까 '제론'은 누군가에게 화를 내고 있었다.

"하지만 저도 그림자 갈취 마법 정도는 잘 해낼 수 있습니다!"

케인이라 불린 남자도 다소 격양된 목소리였다. 리안은 상황을 확인하기 위해 문틈으로 그림자 머리를 빼꼼 내밀어 보았다. 이 방은 저택의 다른 방들보다 훨씬 커다란 방이었고, 리안의 몸에 들어간 제론은 방 가운데 놓인 검은 소파에 앉아 케인이라는 남자를 노려보고 있었다. 얼굴을 자세히 들여다보니 다부진 체격을 한 그 남자는 바로 리안이 시카고에 있는 실험실에서 마주쳤던 남자였다. 다행히 제론과 케인은 서로에게 정신이 팔려,

알 수 없는 그림자 머리 하나가 문틈으로 들어온 사실을 눈치채
지 못한 듯했다.

"그래, 나를 아들이라고 생각하던 순진해 빠진 인간 여자를
죽여 괜히 불필요한 시선을 모았던 일을 말하는 건가? 내 어깨
너머로 보고 훔친 지식으로 구현한 거치고는 잘했다, 뭐 이렇게
칭찬이라도 해주길 바라나?"

냉소적인 제론의 말에 리안은 심장이 쿵 떨어지는 기분을 느
꼈다. 제론은 지금 자신의 어머니에 대해 이야기하고 있었다.

"하지만 그 여자가 계속 실험실 주변을 맴돌면서 귀찮게 하는
걸 어떡합니까. 제론 님이 그 몸으로 제 실험실에 드나들었다는
사실을 알아챘던 거 같습니다. 제 비밀 실험실이 인간들에게 발
각되기 직전까지 갔는데, 그걸 그대로 참고만 있어야 했다고 말
하려는 건 아니겠죠? 그리고 그 여자, 제법 괜찮아 보이는 그림
자를 가지고 있던걸요? 그냥 죽여버리지 않고 그림자를 빼앗은
건 나름대로 대의를 위한 결정이었습니다."

리안의 어머니는 아들의 몸을 한 제론이 어느 날 불쑥 사라지
자, 그를 찾기 위해 그가 마지막으로 목격됐던 장소를 샅샅이
살핀 모양이었다. 아들의 탈을 쓴 악당인지도 모르고, 그를 위
해 전전긍긍했을 모습이라니… 이 생각에 리안의 가슴이 답답
하게 죄여왔지만, 이어지는 제론과 케인의 대화를 따라가려면

멍하니 슬픔에 삼켜져 있을 시간이 없었다.

"백번 양보해서 그게 꼭 필요한 일이었다고 해도, 내가 몸을 되찾은 후에, 내 손으로 직접 해야 했어. '그 세상'을 만드는 건 내가 할 일이니까. 가장 우월한 힘을 지닌 자가 이끈다. 그 규칙을 잊은 건가?"

제론의 싸늘한 목소리에, 케인은 입술을 꾹 깨물며 고개를 숙였다. 제론의 앞에서는 애써 억누르고 있지만, 리안은 등 뒤에 숨긴 케인의 주먹이 분한 듯 떨리고 있는 모습을 똑똑히 볼 수 있었다.

"게다가 자네는 '가짜 섀드' 군단을 만들기 위한 마법의 핵심을 모르지 않나. 빼앗은 그림자를 가지고 있어도 자네는 그 마법을 구현할 수 없어. 그러니 자네의 그 독단적인 행동은 쓸모없고, 어리석은 결정이었다는 거지."

그를 완전히 무시하는 듯한 제론의 말이 이어지자, 케인은 커지는 분노를 삭이기 위해 손톱이 파고들 정도로 주먹을 세게 쥐었다.

"…샤티아텐. 그것이 무엇인지 정말 알려주시지 않을 겁니까? 어차피 지금의 그 몸으로는 마법을 행할 수 없는데, 혼자만 정보를 쥐고 있는 게 대체 무슨 소용이란 말입니까."

애써 억누르고 있었지만, 케인의 목소리에는 채 감추지 못한 불쾌감이 그대로 묻어나왔다. 샤티아텐. 제론은 동료에게조차 모든 정보를 공유하지는 않은 모양이었다. 아마 자신 외에는 누구도 믿지 못하는 것이겠지. 자신이 섀드의 힘을 되찾기 전에는 중단됐던 계획을 다시 진행할 생각도 없었던 것 같았다. 그렇다면 케인의 실험실에 구비되어 있던 마법재료들은 무슨 의미일까. 어머니의 그림자를 빼앗은 짓도 독단적이었다면, 케인은 마음 깊숙한 곳에서 혼자만의 계획을 따로 그리고 있었던 걸까?

제론 역시 케인의 반항심을 감지한 것인지, 앉아있던 소파에서 일어나 케인에게 한 발짝 다가갔다. 그리고 얼음장 같은 눈빛으로 그를 똑바로 바라보았다. 체격이 좋은 케인 옆에 서자 제론이 들어가 있는 리안의 몸은 꽤 왜소해 보였으나, 제론이 뿜어내는 위압감은 이를 넘어서고도 남았다.

"그림자는 주인의 명을 따른다. 사사로운 감정도, 생각도 없지. 가짜 본체를 부여받아도 역시 그렇다. 그러므로 시키는 일을 완벽히 수행하는, 본체를 가진 그림자 군단의 주인은 나여야만 해."

그리고 제론은 문득 생각났다는 듯한 말투로 덧붙였다.

"…혹시, 자네가 나를 대신해 '그 세상'을 이끌 수 있다는 오만한 생각을 하는 건 아니겠지?"

말투는 한없이 가벼웠으나, 케인을 보는 그 눈빛에는 오싹할 정도의 위압감이 담겨있었다. 눈빛만으로 사람을 죽일 수 있겠다, 싶을 정도로 무서운 살기가 느껴졌다. 멀리 떨어져 있는 리안마저 흠칫 놀랄 정도였다.

"그, 그럴 리가요. 제가 제론 님이 몸을 되찾는 날을 얼마나 고대해 왔는지…."

케인 역시 제론에게서 풍겨져 나오는 섬찟한 기운에 위축된 듯, 한 발 뒤로 물러서며 항변했다. 그 순간, 케인의 감정적인 동요 때문인지, 리안은 아주 이상한 광경을 목격했다. 광원이 여러 개도 아닌데 그림자가 순간적으로 두 개로 나뉘어 보인 것이었다. 그야말로 찰나의 순간이었지만, 리안은 그림자의 주인이 서로 다르다는 사실을 알아챘다. 한 개는 케인 자신의 것인 듯했으나, 다른 하나는 체구가 훨씬 작았다. 케인이 빼앗은 어머니의 그림자, 그것이 지금 케인의 발밑에 자리한 두 번째 그림자가 아닐까? 원리는 알 수 없지만, 빼앗긴 그림자는 범인에게 귀속되어 그의 발밑에 연결되는 것일까…?

이 광경이 다시 어머니를 살해한 케인이라는 자에 대한 증오를 일깨워, 리안은 본능적으로 그를 죽이고 어머니의 그림자를 되찾고 싶다는 충동에 휩싸여 방 안으로 달려갈 뻔했다. 하지만 그때 마침 복도 멀리에서부터 들려오기 시작한 발소리가 다행히 리안에게 이성을 되찾아 주었다.

제론과 케인 역시 발소리를 감지했는지 대화를 멈추고 문으로 시선을 돌렸고, 리안은 그들이 눈치채기 전에 재빨리 문안으로 그림자 몸체를 밀어 넣었다. 그리고 미끄러지듯 이동해 구석에 놓인 탁자의 그림자 속에 몸을 숨겼다. 탁자는 그리 크지 않았지만, 그림자 상태의 몸을 잘 구겨서 숨기면 탁자 그림자와 그럭저럭 융화할 수 있었다.

복도에서 들리던 발소리는 점점 더 가까워지더니, 이내 문이 벌컥 열리고 두 명의 섀드가 안으로 들어왔다. 그중 한 명은 채 교수였고, 나머지 한 명은 처음 보는 마르고 키가 큰 남자 섀드였다. 회색 양복 차림에 손에 든 세련된 가죽 가방, 깔끔하게 뒤로 넘긴 머리 스타일이 인상적이었다.

"준비가 다 됐습니다. 가실까요?"

이렇게 말한 쪽은 채 교수였다. 어떤 준비가 되었다는 건지 리안으로서는 전혀 알 수 없었으나, 그에게 좋은 일이 아니리라는 것만은 분명했다. 그래서 리안은 그들이 자신의 존재를 알아차리지 못한 채 이 방을 떠나기를, 그렇게 또다시 탈출의 기회가 허락되기를 간절히 바라며 잠자코 기다렸다.

하지만 안타깝게도 제론은 인간의 몸에 들어간 상태에서도 꽤 만만치 않은 상대였다. 다른 섀드들은 아무것도 눈치채지 못한 채 이미 방을 나섰지만 그 뒤를 따라 걸음을 옮기던 제론은 불현듯 이상한 낌새를 눈치챘는지 갑작스럽게 문 앞에 멈춰 섰다. 그러고는 천천히 방 구석구석을 둘러보다, 리안이 숨어있는 탁자 밑 공간에서 정확히 시선을 멈추었다. 리안은 실낱같은 희망이 스러져 가는 걸 느끼며 눈을 질끈 감았다.

"우리의 손님이 여기에 와있군."

제론의 말에 채 교수는 탁자 쪽으로 성큼성큼 다가오더니, 숨어있던 리안의 그림자를 발로 꾹 밟고 알 수 없는 주문을 빠르게 중얼거렸다. 리안은 처음 듣는 주문이었지만, 그림자화 상태로 숨은 누군가를 강제로 본체화하는 주문인 모양이었다. 결과적으로 리안은 저항 한 번 해보지 못하고 본체 상태로 돌아와 버렸다. 탁자 밑은 '본체' 리안에게는 턱없이 좁아서, 리안은 탁자 밑에 아주 볼품없게 구겨진 모양이 되어버렸다.

채 교수가 리안을 탁자 밑에서 끌어내자, 제론은 리안이 쓰고 있던 에론의 가면을 낚아채듯 벗겨버리고서는 그 아래 드러난 자신의 원래 얼굴을 바라보았다. 그리고 흥미롭다는 듯 한쪽 입꼬리만 올려 서늘한 미소를 지었다.

"이렇게 나 자신의 얼굴을 마주하니 확실히 묘하긴 하군."

"죄송합니다. 분명 그림자 마법을 쓸 수 없도록 제약을 건 방에 가둬놨는데."

채 교수는 급하게 고개를 숙여 사과했다. 하지만 제론은 리안의 얼굴에서 시선을 떼지 않고, 채 교수에게 괜찮다는 손짓을 보냈다.

"자네의 일 처리는 완벽했겠지만, 이 친구가 내 그림자를 가지고 있다는 게 문제였겠지. 내 그림자에 깃든 마법력은 모든 제약을 뛰어넘을 만큼 강하니까."

이어진 제론의 말은 채 교수에게 하는 말이라기보다는 혼잣말에 가까웠다.

"그런데 신기하긴 하군. 내 그림자를 가지고 있다고 해도, 한낱 평범한 인간이 그 힘을 온전히 사용할 수 있다니. 아마 이 힘은 나 외에는 아무리 강한 새드라도 제대로 다룰 수 없을 텐데 말이지."

흥미롭다는 듯 중얼거리다, 제론은 어느새 그의 뒤에 와 서있던 동료들을 돌아보았다.

"뭐, 상관없지. 오늘 내가 저 그림자를 돌려받고 나면, 어떻게 그런 일이 가능했는지도 금방 알아낼 수 있을 테니. 그럼, 응당 내가 가져야 할 저 그림자를 되찾으러 가지."

제론은 손에 들고 있던 가면을 다시 리안의 얼굴에 억지로 덮어씌우더니, 성큼 앞장서 방을 나섰다. 케인과 채 교수가 리안의 양팔을 잡고 그를 끌다시피 하며 제론의 뒤를 따랐고, 다른 한 명의 남성 섀드 역시 이 방에 올 때부터 들고 있었던 가죽 가방을 손에 든 채 함께 걸음을 옮겼다.

제론 일당이 리안을 데리고 간 곳은 저택 안에 있는 또 다른 공간이었다. 복도에 놓인 검은 문을 열고 들어간다는 점은 저택 내 여느 공간과도 같았지만, 이곳은 평범한 방은 아니었다. 검은 문을 제외한 모든 면이 투명한 유리로 되어있어, 새하얀 눈과 울창한 나무로 뒤덮인 바깥 공간이 모두 선명하게 보였다. 하지만 더 범상치 않았던 점은 방 안에 자욱하게 들어선 까만 안개 같은 것들이었다. 방 안을 채운 검은 기운들은 마치 살아 있는 생물인 양 방 안을 자유롭게 휘젓고 다니고 있었다.

리안은 그의 양팔을 잡은 케인과 채 교수에 의해 방의 가운데로 끌려갔다. 방 한가운데서 보니 머리 위에는 눈부신 보름달이 떠있었고, 보름달 빛이 그대로 리안 위에 쏟아지며 그의 그림자가 바닥에 선명하게 드리워졌다. 이 광경을 보자 리안은 왜 그들이 이 방을 굳이 유리로 만들었는지 눈치챌 수 있었다. 그들이 지금 리안에게 가하려는 마법의 힘에는 보름달의 빛이 필요하고, 그래서 달빛을 가장 이상적으로 활용할 수 있는 형태로 방을 설계해야 했던 모양이었다.

"어때, 아름답지 않으냐. 반짝이는 달빛에, 이 방을 가득 채운 그림자의 기운까지. 게다가 이 유리 벽은 저 너머로 생생히 보이는 바깥세상이라도 마음대로 나갈 수는 없다는 절망을 심어주지."

제론은 자신들이 만들어 놓은 이 공간에 심취한 듯, 방을 둘러보며 입꼬리를 한쪽만 올려 미소를 지었다. 이제 곧 자신의 그림자를 되찾을 수 있다는 기대감에 부풀어 있는 것일지도 몰랐다.

리안은 제론이 무심코 내뱉은 '그림자의 기운'이라는 말에 놀라 혼잣말을 중얼거렸다.

"설마 이 검은 기운들….'

리안의 얼굴에 서린 당혹감을 보고 채 교수는 재미있다는 듯 웃었다.

"꽤 충격받은 표정이네. 맞아, 네 소중한 보충반 동지들의 그림자에서 끌어온 힘이야. 오늘 우린 그림자의 힘이 아주 많이 필요하고, 마침 학교에는 쓸모없이 약한 섀드들이 많이 널려있으니까. 아마 오늘의 절차가 끝날 때쯤이면 학생들의 생명도 다하겠지만, 그래도 이런 원대한 마법에 자신들의 힘이 사용되었다는 점만으로 감사하지 않을까?"

리안의 예상대로, 섀도우 홀 마법으로 보충반 학생들이 지닌 그림자의 힘을 빨아들이고 있던 자는 채 교수였다. 채 교수는 보충반 담당 교수라는 직함을 달고 있으면서도 애초부터 마법의 힘이 약한 보충반 학생들에게 일말의 애정도 느끼지 않았던 모양이었다. 리안은 제론을 섀드의 몸으로 돌려놓겠다는 목표 하나 때문에 자신뿐 아니라 서른 명이나 되는 보충반 학생들이 희생된다고 생각하니 문득 미안해졌다. 애초부터 리안 자신과 제론의 영혼이 바뀌지 않았더라면 좋았을 텐데.

반면 제론은 본인 때문에 이런 일이 벌어지고 있다는 사실이 전혀 미안하지 않은지, 한 치의 동요도 없는 표정으로 마법을 시작하라는 신호를 보냈다.

"시작하지, 아르망."

아르망은 리안이 오늘 처음 본, 마르고 키 큰 남자 섀드의 이름인 듯했다. 그는 내내 들고 있던 가죽 가방 안에서 은빛 페이퍼 나이프로 보이는 물체를 꺼내더니 리안에게 다가왔다. 리안의 양팔은 여전히 케인과 채 교수에 의해 고정되어 있는 상태였다.

"섀도우 나이프를 개조한 거야. 여기엔 네 손 부분의 그림자 조각이 들어가 있어서, 네 협조 없이도 심장 부근 그림자를 얼마든지 도려낼 수 있지."

제론은 이렇게 말하며 리안의 얼굴에 떠오른 두려움의 감정을 감상했다. 아무래도 그는 상대에게 무력감을 심어주는 상황 자체를 즐기는 것 같았다. 리안은 이 말에 괜히 손을 내려다보았으나, 대체 언제 손 부분의 그림자 조각을 빼앗긴 것인지 전혀 잡히는 구석이 없었다.

리안의 양팔을 잡은 새드들이 단단하게 그를 누르고 있는 동안, 아르망은 손쉽게 그의 심장 부근 그림자에 새도우 나이프를 박아 넣더니, 동그랗게 그림자 조각을 오려내기 시작했다. 그러자 리안은 즉시 심장 부근의 살이 찢어지는 듯한 극심한 고통에 휩싸였다. 칼자국이 크게 날수록 그의 고통도 가중되었고, 리안이 입고 있던 하얀 스웨터에는 붉은 핏자국이 점점 번지기 시작했다. 원래 자기 자신의 그림자를 잘라낼 때는 고통을 느끼지 않는 것이 정상이지만, 리안의 손 그림자가 들어간 '개조된' 새도우 나이프는 그런 안전장치가 통하지 않는 모양이었다. 리안은 고통으로 몸부림치면서, 그런 자신을 냉담하게 바라만 보고 있는 제론에게 깊은 분노를 느꼈다.

곧 리안의 그림자 한가운데에는 동그란 구멍이 뚫렸고, 임무를 완수한 아르망은 가방에서 알 수 없는 은회색 가루를 꺼내 그림자를 도려낸 경계 부분에 뿌렸다. 그림자는 일부가 잘리면 다시 그 부분을 스스로 채우려는 성질이 있어서, 아마 도려낸 부분이 다시 차오르지 않도록 막아주는 마법가루인 듯했다. 리안은 조금이나마 지혈하기 위해 심장 부근의 상처를 손으로 감싸 압박하며, 자신의 그림자 중앙에 동그랗게 뚫린 구멍을 힘없이 바라보았다.

첫 번째 절차가 끝나자, 제론은 방 가운데로 걸어 들어와 리안의 그림자에 난 구멍을 정확히 밟고 섰다. 이에 아르망은 가방에서 꺼낸 붉은 마법약을 그림자의 구멍에 부으며 중얼중얼 알수 없는 주문을 외우기 시작했고, 채 교수는 방 안을 채우고 있는 그림자의 기운들을 움직여 검은 힘이 각각 리안과 제론을 휘감도록 했다. 짙은 그림자의 기운에 둘러싸이자 리안의 시야는 온통 검은색투성이가 되었다. 그리고 피를 많이 흘려서인지 마법의 힘이 작용해서인지 점점 정신이 아득해지는 기분이 들었다. 눈이 스르르 감기고, 발을 딛고 선 바닥의 감각이 사라지면서, 이제는 차라리 이대로 의식을 놓아버리는 것이 더 편하겠다는 생각마저 들었다….

그런데 그 순간, 구름이 보름달 앞을 지나면서 달빛이 잠시 가려졌고, 이에 리안을 둘러싼 그림자의 힘이 일시적으로 약해지면서 리안에게 잠시 맑은 정신이 돌아왔다. 그리고 순간적으로 어딘가에서 가느다란 바람이 불어오는 것이 느껴졌다. 이대로 정신을 놓아버리면 모든 게 끝난다는 생각에, 리안은 이 틈을 놓치지 않고 온몸의 힘을 짜내 주머니에 있던 볼펜을 그림자화했다. 그리고 그 그림자를 부려서 바람이 불어온 곳, 그러니까 유리벽 사이의 가는 틈새로 내보내고, 다시 본체화한 볼펜을 조종해 흙바닥에 꽂았다.

그러자 쿵, 하는 소리와 함께 리안이 볼펜을 꽂은 바닥 옆에 세린을 비롯한 몇 명의 섀드가더들이 착지했다. 그리고 알 수 없는 색색의 덩어리들이 시야를 어지럽히며 리안의 눈앞이 빙글빙글 돌기 시작했고, 지칠 대로 지쳐버린 리안은 그대로 의식을 잃고 쓰러졌다.

22.
새로운 시작

　다시 정신이 돌아온 리안이 가장 처음 느낀 감각은 더는 상처 부위가 아프지 않다는 점이었다. 주위를 둘러보니 그가 있는 곳은 세린의 나무 오두막 안이었는데, 마지막으로 방문했을 때와 달리 한쪽에 침대가 놓여있고 리안은 그 위에 눕혀져 있었다. 처음 보는 한 여성 섀드가 침대 곁을 지키고 있었는데, 그녀는 자신을 에일린이라고 소개하더니 가방에서 알 수 없는 붉은색 음료를 꺼내 내밀었다.

　"과다출혈로 잠시 기절해 있었어요. 이건 기력 회복을 도와주는 레드벨 주스Redbelle Juice예요. 상처는 다 치료했지만, 일단은 몸이 많이 놀랐으니 마셔두세요. 추운 곳에 있어서 체온이 많이 떨어지기도 했고요."

검은 저택 곳곳에 스며있던 냉기를 다시 떠올린 리안은 몸을 부르르 떨며 에일린이 건넨 음료를 받아 들었다. 씁쓸하고 시큼한 냄새가 나는 음료는 썩 맛있어 보이지는 않았으나, 에일린의 제복에 수놓아진 제프리 브루닝 섀드병원이라는 이름을 믿기로 하며 음료를 입으로 가져갔다.

리안이 애써 미소를 지으며 음료를 끝까지 마시고 난 후, 에일린은 리안의 상처 부위를 한 번 더 확인하더니 세린을 불러왔다. 세린과 에일린은 오두막에 연결된 문을 통해 들어오고 나갔는데, 보아하니 문밖은 바깥이 아니라 어딘가 다른 공간과 연결된 모양이었다. 하지만 리안은 그 구조에 대해 굳이 따져 묻지는 않았다.

"몸은 좀 괜찮아요?"

세린은 평소와 달리 걱정과 미안함을 담은 부드러운 표정이었다. 채 교수를 의심해 보라는 리안의 말을 번번이 무시했던 일을 미안해하는 모양이었다. 리안은 그녀의 죄책감을 덜어주기 위해 미소를 지어 보였다.

"네, 도와주러 와줘서 고마워요. 덕분에 살았네요."

"아니에요. 처음부터 에론 군이 경고했는데, 마지막까지 믿지 않은 내 잘못이에요."

"그래도 나에게 '볼펜'을 준 이유는, 반 정도는 내가 맞을지 모른다는 생각이 있어서였죠?"

리안이 말한 볼펜이란, 그가 마지막 힘을 다해 검은 저택의 바깥에 꽂았던 그 볼펜이자, 채 교수의 교수실에 찾아가기 전 세린이 리안에게 건넸던 볼펜이었다. 그 볼펜은 세린이 소지하고 있는 다른 하나의 볼펜과 쌍을 이루는 섀드-텍 기기로, 위험한 순간에 한쪽을 땅바닥에 꽂기만 하면 자동으로 다른 한쪽을 소환하는 마법이 발동되었다. 아마 섀드가더들이 주요 참고인의 안전을 보장하기 위해 주로 사용하는 기기인 듯했다. 다만 아무런 구조물로도 덮여있지 않은 지표면에 꽂아야 한다는 제약이 있어, 리안은 검은 저택 안에서 이를 사용할 기회를 좀처럼 잡을 수 없었다. 유리로 된 방에 잡혀있던 마지막 순간, 유리벽 사이에서 미세하게 불어온 바람의 기운을 느낄 수 있었던 것은 천운이었다. 만약 그사이로 그림자를 내보내야겠다고 생각하지 못했다면, 리안은 지금 이렇게 멀쩡히 살아있지 못했을 것이다.

세린은 리안의 말에 동조하듯 미소를 한 번 지어 보이더니, 이내 핵심적인 질문으로 화제를 전환했다.

"그럼, 이제 어떻게 된 일인지 상황을 한 번 들어볼까요? 에론 군, 아니 리안 군이 정신을 잃은 동안 녹음 파일을 들어보긴 했지만, 앞뒤 정황을 잘 모르겠어서."

이렇게 말하면서 세린은 리안에게서 회수한 볼펜을 가볍게 흔들어 보였다. 세린이 주었던 이 볼펜에는 상대를 소환하는 기능만 아니라 녹음 기능도 함께 내장되어 있어서, 리안은 채 교수의 교수실에 들어간 순간부터 그들 사이의 모든 대화를 녹음해 두고 있었다.

"그래서 제론이라는 섀드는 누구고, 몸이 바뀌었다느니, 인간이 되었다느니 하는 이야기는 대체 뭐예요?"

채 교수와 리안 사이에서 오간 대화는 녹음본을 한 번 듣는다고 해서 이해할 수 있는 내용은 아니었으므로, 당연히 세린으로서는 궁금한 점이 산더미일 수밖에 없었다. 리안은 세린에게 도움을 청했을 때부터 이미 모든 것을 털어놓기로 각오했기에, 물한 잔을 마시고는 차근차근 이야기를 풀어나갔다. 자신이 제론과 알 수 없는 이유로 몸이 바뀌었다는 이야기부터, 제론의 흔적을 조사해 나가던 중 그가 지난여름에 발생한 그림자 연쇄 갈취 사건의 배후라고 짐작하게 되었다는 점 그리고 오늘 제론과 그 일당이 계획한 사건의 전말까지. 섀드가더로서의 교육 때문인지 원래 성격이 그런 것인지, 세린은 끝까지 별다른 감정을 내비치지 않은 채 차분하게 메모하며 경청했다.

"확실히 영혼이 바뀌었다는 점, 그것도 섀드와 넌-섀드의 영혼이 바뀌었다는 건 한 번도 들은 적이 없는 일이에요…. 그림자 교환술도 사물이나 동물의 그림자를 바꾸는 데만 사용될 뿐,

인간이나 섀드에게는 효력이 없으니까요. 오늘 오간 대화를 듣지 않았다면 나도 믿지 못했을 거예요."

세린의 첫마디는 영혼이 바뀌었다는 내용에 대한 반응이었다. 역시 그 부분은 누구라도 속 시원히 설명하기 어려운 문제인 듯했다.

"…아마 오늘 그 일당이 시도하려 했던 마법도 영혼을 되돌리는 마법이 아니라, 죽은 자의 몸을 강제로 취하는 고대의 마법이었던 거 같아요. 그들도 영혼을 제대로 돌려놓는 법은 알아내지 못했다는 뜻이죠."

역시 제론 일당의 계획은 리안을 죽이고 몸만을 빼앗으려는 것이었던 모양이었다. 리안도 짐작은 했지만, 세린의 입으로 들으니 자신이 얼마나 죽음의 목전에서 아슬아슬하게 살아 돌아온 것인지 떠올라 오싹해졌다.

리안이 끔찍한 기분을 혼자 털어내는 사이, 세린은 그대로 생각에 잠긴 채 말을 이었다.

"음…, 리안 군 말대로 제론이라는 섀드가 그림자 갈취 마법으로 수많은 목숨을 빼앗았다면 무언가 부작용으로 몸이 바뀌었을 가능성도 있지 않을까요? 고대의 악한 마법 중에는 예상치 못한 부작용이 뒤따라오는 경우들도 있었다고 하니…. 아니면 리안 군의 체질과도 관련이 있을지 모르죠. 리안 군이 정말로 그저 평범한 인간이라면, 아무리 몸이 바뀌었다 해도 제론이라는 새드의 강력한 그림자를 자유롭게 다룰 수 있다는 점이 조금 이상하긴 해요. 어찌 됐든 확실한 사실은 조사를 해봐야 알겠네요…."

영혼이 뒤바뀐 문제에 관한 이야기가 일단락된 후, 리안 역시 궁금했던 내용을 세린에게 물었다.

"그래서, 내가 의식을 잃은 후에는 일이 어떻게 되었나요?"

리안의 물음에 세린은 미묘한 표정을 지었다.

"아…, 반 정도는 성공이고 반 정도는 실패…라고 해야 할 거 같아요."

세린은 생각을 정리하려는 듯 잠시 뜸을 들이더니 이내 설명을 이어갔다.

"좋은 소식부터 말하자면 결과적으로 서른 명의 보충반 학생들은 무사해요. 새도우 홀 마법의 경우 피해자의 그림자력이 소진되기 전에 코어를 파괴하면 피해자가 다시 살아날 수 있다고 했거든요. 이번에는 그 유리로 된 방이 코어 역할을 했던 모양이라, 그 방을 파괴해서 마법을 깰 수 있었어요. 아마 피해를 본 학생들은 일주일 정도 잘 치료받으면 다시 정상적으로 생활할 수 있을 거예요."

리안이 안도하며 가슴을 쓸어내리는 사이, 세린의 설명이 이어졌다.

"그리고 11월에 발생했던 그림자 연쇄 갈취 사건의 희생자분… 너무 늦어버렸지만 그래도 다행히 그분의 그림자도 되찾아올 수 있었어요. 그 케인이라는 섀드, 감정적으로 동요하니 순간적으로 그림자가 두 개로 분리되어 보이더군요. 비록 이번에는 '섀도우 밤Shadow-Bomb'을 마구 던져서 갈취당한 그림자를 잘라 온 거라 제대로 탈환하는 방법을 알아내지는 못했지만, 그래도 갈취한 그림자가 마법을 행한 섀드의 발밑에 연결된다는 사실을 알게 된 것만으로도 큰 수확이에요. 이번에 찾아온 그림자는 간단한 검사 후에 희생자분께 돌려드리려고 해요."

어머니의 그림자를 되찾았다는 소식 역시 리안이 간절히 바라던 바였기에, 리안은 조용히 기뻐하며 두 주먹을 불끈 쥐었다. 어쩌면 당연한 일이겠지만, 섀드가더들 역시 케인이 두 개의 그림자를 가지고 있었다는 사실을 한눈에 알아본 모양이었다. 안도하는 리안의 모습을 보며 세린은 살짝 미소를 지었다가, 다시 미소를 거두며 진지한 얼굴로 말을 이어갔다.

"하지만 안타까운 소식도 있어요."

리안 역시 그 말에 다시 웃음기를 거두고 집중했다.

"…제론 일당 네 명을 모두 놓쳤어요. 유리로 된 방을 파괴하고, 리안 군을 안전하게 이동시키는 데 신경 써야 했다 보니, 전투에 온전히 집중하지 못했어요. 애초에 병력을 더 요청하지 못한 내 잘못도 있고요. 채 교수는 들리던 소문보다도 더 그림자 부림술 실력이 상당하더군요."

채 교수와의 싸움을 다시 떠올리고 있는 것인지, 세린은 안타깝다는 듯 씁쓸한 미소를 지었다.

"일단 네 명의 얼굴을 몽타주로 그려 세계 곳곳에 수배령을 내려두긴 했는데, 그렇게 허술하게 잡힐 거 같지는 않아요. 이미 쉽게 찾을 수 없는 곳으로 이동해 버렸을 테고, 앞으로는 그 얼굴 그대로 활동하지 않을 가능성이 높으니까요."

리안 역시 이 소식에 씁쓸한 표정을 숨길 수 없었다. 어딘가에서 자유롭게 활동할 수 있는 한, 제론 일당은 그들의 최종적인 목표를 포기하지 않을 것이다. 그리고 그들이 만들고자 하는 새로운 세상은, 소수의 천재가 활약할 수 있도록 '쓸모없는' 약한 존재들의 희생이 뒤따라야 하는 세상일 터였다. 그들은 목표를 위해 얼마나 많은 희생자가 더 나오든 개의치 않을 것이고, 제론의 강력한 그림자를 점유하고 있는 리안이 언젠가 다시 타깃이 되리라는 사실 역시 자명했다.

리안의 불안한 심정을 읽었는지, 세린이 다시 입을 열었다.

"그래서, 리안 군의 거처를 옮겼으면 해요. 이야기를 들어보니 리안 군은 아직 제론의 집에서 지내고 있는 모양인데, 그 집으로 다시 돌아가는 건 현명하지 않을 듯하네요."

그날 밤, 리안은 로스앤젤레스의 한 저택으로 안내되었다. 방마다 도시의 광활한 모습이 완벽하게 펼쳐지는 통창이 있는, 얼핏 보면 어느 유명 인사의 별장처럼 보이는 호화로운 집이었다. 하지만 사실 이곳은 완벽한 보안 시설을 갖춘 섀드가더들의 비밀 기지 중 한 곳이었다. 게다가 감춰진 진입로에도 등록되지 않은 섀드는 발을 디딜 수조차 없어, 리안 역시 이곳에 들어가기 위해 그림자 등록 등 다양한 보안 절차를 통과하느라 몇 시간이나 고생해야 했다.

그래도 리안이 안내된 방은 고생한 보람이 있는, 아주 근사한 공간이었다. 깨끗한 화이트 톤 인테리어에, 통창 너머로는 도시의 반짝이는 야경이 눈부시게 펼쳐졌다. 그리고 고생한 리안을 위해 창가 테이블에는 따뜻한 식사가 차려져 있었다. 기지 내 모든 창은 내부의 진짜 모습이 절대 보이지 않는 특수한 유리로 제작되었다고 했기에, 리안은 편안하게 창가에 앉아 야경을 바라보며 천천히 식사를 마쳤다.

리안은 오늘은 더 이상 걱정거리를 생각하지 않기로 결심하고, 식사를 마치자마자 씻고 푹신한 침대 위에 몸을 눕혔다. 아직 제론과 그의 무리가 세상 어딘가에 멀쩡히 살아 숨 쉬고 있다는 걸 알고 있었지만, 그래도 오늘 밤만큼은 모든 고민에서 멀어져 휴식을 취하고 싶었다. 지난 24시간 동안 많은 우여곡절을 건너왔고, 또 나름대로 긍정적인 결과도 있었다. 리안은 오늘 같은 작은 승리가 누적되면 결국 제론 일당에게 치명적인 일격을 날릴 수 있으리라고 생각하다, 피로와 긴장이 누적된 무거운 몸을 이기지 못하고 스르르 잠에 빠져들었다.

그리고 리안이 한창 달콤한 잠에 빠져있던 새벽녘, 방문 앞에 그를 위한 신문이 배달되었다. 신문 1면에는 다음과 같은 내용이 적혀있었다.

### *The Penumbra Daily*

**살아난 학생들과 밝혀진 범인의 비밀**

유란섀드학교의 보충반 학생 30명이 그림자의 힘이 빠져나가는 알 수 없는 마법에 당하는 사태가 발생한 지 일주일이 지난 어젯밤, 섀드 범죄 수사국에서는 공식적으로 해당 사건이 해결되었음을 선언했다.

수사국에서는 잘 알려지지 않은 고대의 마법 중 하나인 섀도우홀 마법이 사태의 원인이었다고 밝히며, 그림자의 힘을 빨아들이고 있던 근원지인 코어를 늦지 않게 파괴한 덕분에 30명의 학생을 구할 수 있었다고 말했다.

게다가 이번 사태의 범인들은 놀랍게도 지난여름 그리고 11월에 발생한 그림자 연쇄 갈취 사건의 범인들과 동일한 것으로 드러나, 수사국은 이번 사태를 진압하는 과정에서 11월에 빼앗겼던 여성 넌–섀드의 그림자도 회수할 수 있었다고 발표했다. 수사국은 이번에는 안타깝게 범인 무리를 놓쳤지만 그들의 정체가 드러난 이상 앞으로의 수사는 가속도가 붙을 것이라 포부를 밝혔으며….

앞으로 찾아올 새로운 시작을 예고하기라도 하듯, 유난히 밝은 아침 햇살이 저택의 창문들을 두드리기 시작했다.

## 그림자 마법사들: 사라진 그림자의 비밀

초판 1쇄 발행  2024년   2월   8일
초판 2쇄 발행  2024년   2월  23일

지은이 | 정채연
일러스트 | 소만
발행인 | 강봉자, 김은경

펴낸곳 | (주)문학수첩
주소 | 경기도 파주시 회동길 503-1(문발동633-4) 출판문화단지
전화 | 031-955-9088(대표번호), 9536(편집부)
팩스 | 031-955-9066
등록 | 1991년 11월 27일 제16-482호

홈페이지 | www.moonhak.co.kr
블로그 | blog.naver.com/moonhak91
이메일 | moonhak@moonhak.co.kr

ISBN  979-11-92776-98-9  03810

＊파본은 구매처에서 바꾸어 드립니다.